陶淵明私記

詩酒の世界逍遥

枯骨閑人
沓掛良彦

大修館書店

はじめに

このささやかな本は、『陶淵明《とうえんめい》私記』というタイトル自体が示しているように、陶淵明研究といった学問的な仕事ではなく、若き日から陶淵明の詩に心惹かれ、長らくこれに親しんできた東都の一酒徒による、淵明をめぐる気ままな随想であり、また頌詞の如きものでもある。言ってみれば、江戸時代の儒者や詩人などが好んで書いた、気楽な「詩話」のようなものかもしれない。陶淵明は、中国においても日本においてもはなはだ人気の高い詩人であり、これまでにも膨大な研究が積み重ねられている。拙老が寓目したのは、そのうちの九牛の一毛にすぎないが、そのいずれもが陶淵明という、不思議な魅力にあふれてはいるが、謎めいたところも多いこの詩人の「実像」や、陶詩の世界を解明しようとの、研究者たちの真摯な努力の跡を物語っている。研究者たちの営々たる努力はまことに敬服に値するものだ。

拙老は陶詩の一愛好家にすぎないから、そのかみの異国の詩人について、わが国の読者に何かを教えようとか、膨大な先行研究を踏まえて、陶淵明に関する新たな学説や見解を提示しようとする意図なぞは毛頭ないことを、まずお断りしておく。陶淵明のような大きな存在で、しかも謎めいたところの多い詩人となれば、一介の素人の身で、その全体像を描くことはおろか、作品の一端についてでさえも、創見と言えるほどのものを提示することは、そもそも無理である。さような企ては暴虎馮河にほかならず、中国詩に関する専門的知識を欠いた元横文字屋の一隠居の、到底よくなしうるところではない。拙老はただ中谷孝雄氏に倣って「わが陶淵明」を語り、勝手気ままにそのいくつかの相貌を窺ってみたいだけの話である。そうすることで、この詩人を愛する人々と、陶詩を読むよろこびを分かち合いたいのである。

拙老は中国文学の専門家ではなく、かつてヨーロッパ文学を学び、ギリシア・ラテン詩や中世ロマンス語の詩、フランス近代詩などを読むことに多くの時間を費やしてきた者である。だが、正直に言えば、世界の詩歌の中で最も強く魅了され、また深く愛するのは少年時代から親しんできた禹域の詩、就中唐・宋の詩であり、次いでわが国の王朝和歌なのである。戦前のわが国のヨーロッパ文学研究者の多くがそうであったように、拙老もまた不惑にして早くも「東洋回帰」を経験したのだが、この傾向は齢知命を過ぎたころからいっそう激しくなり、いくら読めどもわからぬところだらけの横文字に倦んで洋学を廃し、漢籍などをひもといて時を過ごすことが多くなった。無論、それも「下手の横好き」の域を出るものではない。学成ることなく終わった洋学の徒の行き着く先は、かようなものなのだろう。「東は東、西は西」、拙老の如き浅学菲才の身をもってしては、ヨーロッパ文学を深く把握・理解することなぞはそもそも無理だったのかもしれない。

ともあれ、陶淵明に憧れて退隠後一山翁となって以来、老酒顛の酒伴は李白《りはく》、杜牧《とぼく》、李商《りしょう》隠《いん》、蘇軾《そしょく》といった中国の詩人たちであり、また大沼枕山《おおぬまちんざん》、柏木如亭《かしわぎじょてい》、館柳湾《たちりゅうわん》といった江戸の詩人たちであって、その老いの心を慰めてくれるものは、王朝女流歌人の歌と江戸の才媛江馬《えま》細香《さいこう》などの清楚な詩句なのである。中でも詩酒の人である陶淵明にはひときわ強く心惹かれ、その詩は折あるごとに、というよりは何よりも酒中酒後の楽しみとして、常々愛読、愛唱するところとなっている。仮に貴公の最も好きな詩人は誰かと問われれば、拙老は躊躇なく「陶淵明」と答えることであろう。言うまでもなく中国古典詩の一素人としてではあるが、陶淵明の詩を愛する一読者として拙老がこの詩人に寄せる思いは、その一端を『讃酒詩話』『壺中天酔歩』といった旧著の中で洩らしてきた。しかし今度はわが愛する詩人靖節《せいせつ》先生陶淵明その人と作品そのものをとりあげ、思うところ感ずるところを綴り、時にまたオマージュを捧げてみたい。一介の素人、一アマトゥールとしてではあるが、この詩人の作品を繰り返し読んできた読者として、拙老にもそれなりの感慨や見方がないわけではない。また中国の古典詩とはおよそ異質のヨーロッパの詩を多少読み齧ってきた者として、専門家とは違う立場からわが愛する詩人陶淵明について、言っておきたいことも多少はある。本来ならばさらに時間をかけて陶詩を熟読し、自分の内部で淵明像や陶詩に関する考えが熟成するのを待つことが望ましいのは、言うまでもない。とは申せ、近年衰老とみに進み耄碌の度合いまた激しく、アタマのほうも大分怪しくなってきた。はや「お迎え」も近い身であるから、それをゆっくり待ってはいられない。残された時間はあまりなさそうなので、急がねばならないのである。されば陶詩の世界逍遥・漫歩という形で、陶淵明というわが愛する詩人について、思うところを気ままに語ってみようと思う。考えてみれば、そのこと自体がおおけなき行為であり、「老来《ろうらい》事業《じぎょう》 転《うたた》荒唐《こうとう》」と哂われようが、これは詩酒を愛する一貧士の、そのかみの偉大な詩酒徒靖節先生への頌の如きものであるから、それに免じて、専門家諸氏ならびに世の読書人の御寛恕を請う次第である。

近年、文学に関しても研究領域の専有化、私物化が目立つようになり、「守備範囲」などという、縄張り根性のあらわれにほかならぬ卑しいことばが横行しているのは情けない。ものにならなかったとはいえ、拙老もまた多少は研究めいたことにも携わったことがあるので、専門家というものに対する敬意は十分にもっているつもりである。ただ、広大無辺な文学の中に自分が勝手に設けた「研究領域」の中に、他人が容喙することを絶対に認めず、「俺のシマを荒らされた」などと憤る狭量な研究者（学者ではない）が往々にしているのは、なんとも残念なことである。

拙著『壺中天酔歩』の序でも述べたところだが、幸いわが国の中国文学者の先生方は、いずれ劣らず大人の風格と雅量を備えておられ、目を吊り上げて「俺の縄張りを犯された」などと怒り狂うような偏狭な徒輩はいないのが嬉しい。一酒顚老人が語る陶淵明についての空談贅言をも、その無学に呆れつつも、憫笑をもって眺めてくださるものと信ずる。中国古典の専門的知識を欠く拙老如きが、ともあれかような本を書けるのも、本朝の中国文学者の先生方の信頼できる立派なお仕事があってのことである。その成果を枉げて利用するのは心苦しくもあるが、これまた老耄書客の所業として、御寛恕を請う次第である。

かような気ままな本だが、これを書くにあたっては、日本と中国の陶淵明研究者の方々の研究成果を可能なかぎり参照させていただいた。先学の学恩は深きこと海の如く、まことにありがたい。にもかかわらず本書に粗漏多く、「紙墨《しぼく》遂《つい》に多《おお》くして、辞《ことば》に詮次《せんじ》無《な》し」なのは、陶靖節先生に倣って、しばしば酒を蒙って筆を執ったのと、老来呆然、積年の飲酒で荒廃した老耄書客のアタマが呆けているためにほかならない。また文の拙きは、己が文才乏しきを悟って、隠居先の蓬廬の門前に柳を二本植えた、「二柳（二流）先生」と自称する男の所業ゆえ、お目こぼしを願うのみ。いずれにしても「恨《うら》むらくは謬誤《びゅうご》多《おお》からん。君《きみ》よ当《まさ》に酔人《すいじん》を恕《ゆる》すべし」。

陶淵明私記　目次

〈詩句の引用について〉

本文中に引用した詩句のうち、先学諸家の読み下しによるものは、引用の末尾にその名を掲げた。表記は原文・読み下し文とも原則として新字体・現代仮名遣いとし、読み下し文にはルビを補うなどした。読者の便を考えて私意により先学の文に手を加えたことに関しては、平に御寛恕を請う次第である。

一　陶淵明・その魅力と多様な相貌

陶淵明は不思議な魅力を湛えた詩人である。ホメロスの二大叙事詩とほぼ同じ頃に成立したとされる『詩経《しきょう》』以来、三千年近い歴史を有する中国文学は数多くの傑出した詩人を生み、その代表的な詩人の作品は、古来わが国でも広く親しまれ、またわが国の文学を養う精神的な糧ともなってきた。そんな中で、千五百年以上も昔の異国の詩人でありながら、陶淵明は、われわれ日本人にはある特別な親しみとなつかしさを感じさせ、憧れを誘う詩人だと言えるのではなかろうか。淵明への親炙は五山文学あたりから始まっているが、それはこの詩人の詩文全体を対象としたものではなく、その後漢詩が隆盛をきわめた江戸時代をも通じて、わが国では淵明への関心は「五柳先生伝《ごりゅうせんせいでん》」「桃花源記《とうかげんき》」「帰去来の辞《ききょらいのじ》」「園田の居に帰る《えんでんのきょにかえる》」といった作品、それに何篇かの代表的な飲酒詩に集中していたようである。淵明はもっぱら隠逸の士として慕われ、陶詩は江戸の漢詩人に親しまれて、淵明その人やその詩文を詠じた詩や、その体に倣った詩が数多く作られている。そればかりか、芭蕉《ばしょう》、其角《きかく》、蕪村《ぶそん》、一茶《いっさ》といった俳人の作品にも陶詩が色濃く影を落としているのが見られる。一茶の句、

いうぜんとして山を見る蛙《かはづ》かな

は知る人も多かろう。陶淵明欽慕というこの文学的現象は明治以後も衰えることなく続き、漱

石や啄木もまた陶詩に親しんでいたことは周知のところだ。
もしわが国の読書人に、あなたの好きな中国の詩人は誰かと問うたならば、「陶淵明」と答える読者は少なからずいるはずである。圧倒的に多くの、とは言わぬまでも、相当多くの日本人が淵明の名を挙げることは容易に想像がつく。隠者文学をもつ国の民であるためか、あるいは自然を友として田園に生きる詩人の姿に惹かれるためか、淵明に一種の憧れを抱く日本人は多い。しかしわれわれ日本人が、そのかみの中国のこの詩人に抱くイメージや、共感あるいは思慕の念は、その実大方陶淵明という詩人の作品をよく知っての上でのものではなく、かつて学校で漢文の時間に学んだ「五柳先生伝」や「帰去来の辞」「桃花源記」、それと広く人口に膾炙した少数の飲酒詩の名篇によって築かれたものではないかと思われる。詩琴酒を友とし、世事風雲をよそに閑適の生涯を送った詩人、「安貧楽道」に徹して、田園の中に自然体で生きる達観した清介孤高の隠士――こういう陶淵明像はすでに五山文学の時代に始まったもののようである。だがこのイメージは、夏目漱石という大文学者が『草枕』の中で淵明の代表作とも言えるかの名詩の句を引いて、次のように述べてから、決定的とも言えるほどのものになったかの観がある。

西洋の詩になると人事が根本になるから所謂詩歌の純粋なるものも此境を解脱することを

知らぬ……うれしいことに東洋の詩歌にはそこを解脱したのがある。「採菊東籬下　悠然見南山」只それきりの裏《うち》に暑苦しい世の中を丸で忘れた光景が出てくる。垣の向ふに隣りの娘が覗いている訳でもなければ、南山に親友が奉職して居る次第でもない。超然と出世間的に利害損得の汗を流し去つた心持ちになれる。

明治以後のわが国における陶淵明像の形成において、漱石の小説のこの一節が果たした役割は実に大きい。実際、陶淵明と言えば、われわれの脳裏にまず浮かぶのは、「採菊東籬下　悠然見南山　菊《きく》を採《と》る東籬《とうり》の下《もと》、悠然《ゆうぜん》として南山《なんざん》を見《み》る」という広く人口に膾炙した千古の名句を含むあの名高い一首（連作詩「飲酒《いんしゅ》」二十首「其《そ》の五《ご》」）であろう。

飲酒　其五　　飲酒《いんしゅ》　其《そ》の五《ご》

結廬在人境　　廬《ろ》を結《むす》んで人境《じんきょう》に在《あ》り
而無車馬喧　　而《しか》も車馬《しゃば》の喧《かまびす》しさ無《な》し
問君何能爾　　君《きみ》に問《と》う　何《なん》ぞ能《よ》く爾《しか》ると
心遠地自偏　　心遠《こころとお》ければ　地《ち》も自《おの》ずから偏《へん》なり

採菊東籬下
悠然見南山
山気日夕佳
飛鳥相与還
此中有真意
欲弁已忘言

菊《きく》を採《と》る東籬《とうり》の下《もと》
悠然《ゆうぜん》として南山《なんざん》を見《み》る
山気《さんき》　日夕《にっせき》に佳《よ》く
飛鳥《ひちょう》　相与《あいとも》に還《かえ》る
此《こ》の中《うち》に真意《しんい》有《あ》り
弁《べん》ぜんと欲《ほっ》して已《すで》に言《げん》を忘《わす》る

淵明の代表作とも言えるこの一首はまさに名詩中の名詩であって、中国の学者がこれを「超然妙絶」「意趣高遠、妙趣無窮」「千古絶唱」などと讃えているのもうなずけるところだ。拙老の知るかぎり、こういう詩はヨーロッパにはないし日本にもない。いや、中国の詩史の上でも独歩のものだろう。老荘思想をその根幹にもち、その詩的体現だとも評されているこの一首には、物我一体、作者と自然とが渾然一体となった澄み切った詩境が、驚くべき平易なことばで完璧にうたい上げられている。あたかも一幅の南画の世界を見るかの如くである。その詩風を、しばしば「平淡」と称される陶詩を代表する作であることは、衆目の一致するところだ。とはいえ「平淡」であることは、ただちにこの詩の詩意が容易に把握・理解できることを意味するものではない。それどころか陳《ちん》怡良《いりょう》氏がこれを評して「辞濃意遠、極富理趣」と言っているように（『陶淵明之人品与詩品』）、一語一語の意味するところは奥深く、しかも精妙で多彩なニュアンスを宿しているから、解しがたいところもある。もっとも、次のことは明らかだ。

若き日に蒼生の民を救わんとの志を抱きながら、官途において挫折し、四十一歳にして淵明は帰隠の途へと踏み切った。陰謀や虚偽が支配し汚濁にまみれた官界を捨て去り、敢えて「人境」に蓬廬を結んだ詩人の心は、もはや塵想を断って深遠な世界に遊んでいる。詩人は自問自答して言う、「自分の心はもはや俗界を離れて幽遠であるから、深山幽谷ならぬかような「人境」つまり世俗の中も、おのずと僻遠の地となるのだ」と。淵明は自由を得た淵明自身の姿の投影である「飛鳥」を、みずからしつらえた絶対自由な空間を象徴する「東籬」で菊の花を摘みつつ眺めやり、悠然と南山を見、また南山に見られてもいるのだ。ここに見られるのは、もはや言語そのものをも超越した深くまた広い詩的世界であって、これについて駄弁を弄することをむなしく感じさせずにはおかない。こういう詩を前にすると、神韻縹渺ということばさえもそらぞらしく響く。この第九句の「此中」が具体的には何を指しているかをめぐって、専門家の間で異なった解釈があり、「真意」とは何かについてあれこれ議論がなされているが、ここでは触れない。それにしてもこの「真意」とは果たして外国語に翻訳できるのか、疑問に思って陶淵明詩集の仏訳を見ると、une signification profonde「深い意味」とあった。これでは不十分で意は伝わるまい。

賛嘆すべきことは、このわずか十句の詩的空間のうちに、虚偽に満ち汚濁にまみれた俗世の栄辱を超越し解脱した達観の隠士の姿が、その真面目が、完璧な形でうたわれているということだ。ここには、詩人が「真意」と呼ぶ、人間の生きかた、生の様相の把握があり、しかもそれを言語を超えたものとして認識している作者の姿勢がある。これが詩人陶淵明の「実像」であるか否かなどということは、さして問題ではない。肝心なことは、淵明という詩人が、その詩才を傾け、その詩的言語をもって、このような詩の世界をよく築き得たということである。

この詩を念頭に置いて、

齷齪東籬下　齷齪《アクソク》タリ東籬ノ下《もと》　こせこせと籬の菊に　こだはる
淵明不足群　淵明　群スルニ足ラ不《ず》　陶淵明なぞは仲間に入れない
——「九日《きゅうじつ》巴陵《はりょう》に登《のぼ》りて置酒《ちしゅ》し、洞庭《どうてい》の水軍《すいぐん》を望《のぞ》む」（訓読と訳は青木正児氏による）

などと勝手なことをうたった李白は、この詩の真意が理解できなかったのだろう。淵明が真の理解者を得るのには、やはり宋代の蘇軾まで待たねばならなかったのである。

中国古典詩の至宝のひとつであるこの詩は、やはり東洋でなければ生まれ得なかったものだと思う。自然を常に人間を脅かすものと見て、自然のうちに人間に対立する攻撃的なものを認めるヨーロッパ的な観念からは、かような詩はまず生まれない。詩の自然流露を軽蔑し、霊感を拒否して、詩人とは意思と計算によって作品を生む幾何学者の如きものだと説くヴァレリーや、息苦しいまでに運思消蟿の跡を見せる極度に人工的なマラルメの詩などに触れた後で、このような陶詩を読むと、そこに理屈を越えてすっと入ってゆけるものを感じ、大きな安堵感を得るのは、拙老一人ではなかろう。このたぐいの陶詩の魅力は限りなく大きく、われわれを魅了してやまないものがあるから、この一篇の名詩によって、超俗・達観の隠士としてのわれわれの陶淵明像が不動のものとなったとしても、それを咎める理由はない。

ちなみに、大詩人ゲーテには大山定一氏の名訳によっても知られる名詩「旅人の夜の歌（二）」があって、右に掲げた陶詩の最後の四句をいささか連想させるところがないではない。

山々は
はるかに暮れて、
木ずえ吹く
ひとすじの
そよぎも見えず。
夕鳥のうた木立に消えぬ。

あわれ、はや
われも憩わん。

（大山定一訳）

ドイツ語の原詩はここでは引かないが、平淡無奇、平易という点では両者は甲乙つけがたいものがある。ゲーテのこの詩は表面的にはごく単純な詩でありながら、静謐のうちにやすらぐ遠景から中景へ、さらには近景へと視線をうつろわせてゆき、最後には自分の内部の風景へと焦点をしぼってゆく過程がうたわれている。ゲーテの詩心は、静寂のうちにひそむ自然の息吹をしかととらえ、それが詩人の内面とかすかに共振しているさまが、詩句の中から伝わってくる。驚くほど平明なことばで構成されているこの一篇の詩は、澄み切った鐘の音の残響のように、読者の心中に余韻をとどめずにはおかない。確かにその点ではこれまた名詩と呼ばれるには恥じない作である。だが、ここには淵明の詩に見られる、東洋に特有の作者と自然との渾然一体化と、詩人が「真意」と呼ぶ言語を超越した絶対的な世界の把握はないと思うのだ。その詩境の深さと広がりにおいて、この二篇に関するかぎりでは、淵明の詩は明らかにゲーテの詩にたちまさっていると思われる。拙老が東洋人なるがゆえであろうか、少なくとも淵明の詩のほうが、われわれにはより魅力に富み、慕わしく思われることは確かだ。

ついでに言えば、文人画家としても著名であった江戸の詩人祇園南海《ぎおんなんかい》に、先の陶詩を踏まえた「秋菊《しゅうぎく》」と題するこんな詩がある。

秋菊

東籬秋色好
万朶尚傲霜
朝散綺羅色
夕含月露光
凌寒知晩節
帯雨到重陽
陶令今何在
秀英空自芳

秋菊《しゅうぎく》

東籬《とうり》　秋色《しゅうしょく》好し
万朶《ばんだ》　尚《な》お霜《しも》に傲《おご》る
朝《あした》に散《さん》ず　綺羅《きら》の色《いろ》
夕《ゆう》べに含《ふく》む　月露《げつろ》の光《ひかり》
寒《かん》を凌《しの》いで晩節《ばんせつ》を知《し》り
雨《あめ》を帯《お》びて重陽《ちょうよう》に到《いた》る
陶令《とうれい》　今何《いまいず》くにか在《あ》る
秀英《しゅうえい》　空《むな》しく自《おのず》から芳《かんば》し

（訓読は山本和義氏による）

重陽（九月九日）の頃、垣根のあたりにみごとに咲き誇る菊の花を見て、東籬に菊を採る淵明に思いを馳せた佳篇であり、詩酒の人南海らしい作である。だが、当然のことながらやはり陶詩との落差は大きい。雄大なひろがりと宇宙的なコレスポンダンスをもつ淵明の詩と南海の詩とでは、その言語空間に封じられている詩想の豊かさと深さがまったく違う。両者を読み比べることによって、われわれは、少なくとも拙老は、ここで淵明の詩が、この詩人のみが築き得た余人の遠く及びがたい高遠な詩境であり、独自の世界であることを、改めて確認することになるのである。ちなみに、わが国の詩人が、淵明といえば菊の花を連想するようになったのも、先に引いた「菊《きく》を採《と》る東籬《とうり》の下《もと》」の淵明のイメージが夙に定着してしまったからであろう。大沼枕山にも、「栗里冒霜黄菊秀　栗里《りつり》霜《しも》を冒《おか》して黄菊秀《こうぎくひい》で」なる句を含んだ詩がある（「感懐《かんかい》」）。横井也有《よこいやゆう》の俳句

淵明が籬《まがき》も西は瓢《ひさご》かな

籠《かご》にうつす日あり東籬の秋の色

などは、江戸時代の文人が淵明をどのようなイメージでとらえていたかを、よくものがたってはいまいか。

先に掲げた「飲酒　其の五」ほどは人口に膾炙してはいないが、次の二首もまたよく知られており、詩酒に生きる超俗・反俗の隠士としての淵明の姿をわれわれの脳裏に刻印せずにはお

かない。ことにも前者は一読忘れがたい作品であって、これまた陶詩中の精華と言えるだろう。拙老と同じく、陶淵明と言えばこの詩をも思い浮かべ、それに魅了された読者は多いはずである。

飲酒　其七

秋菊有佳色
裛露掇其英
汎此忘憂物
遠我遺世情
一觴雖独進
杯尽壺自傾
日入群動息
帰鳥趨林鳴
嘯傲東軒下
聊復得此生

飲酒《いんしゅ》　其《そ》の七《しち》

秋菊《しゅうぎく》に佳色《かしょく》有《あ》り
露《つゆ》に裛《ぬ》れたる其《そ》の英《はなぶさ》を掇《つ》み
此《こ》の忘憂物《ぼうゆうのもの》に汎《う》かべて
我《わ》が遺世《いせい》の情《じょう》を遠《とお》くす
一觴《いっしょう》　独《ひと》り進《すす》むと雖《いえど》も
杯尽《はいつ》きて　壺《つぼ》　自《おの》ずから傾《かたむ》く
日入《ひい》りて　群動《ぐんどう》息《や》み
帰鳥《きちょう》　林《はやし》に趨《おもむ》きて鳴《な》く
嘯傲《しょうごう》す　東軒《とうけん》の下《もと》
聊《いささ》か復《ま》た此《こ》の生《せい》を得《え》たり

和郭主簿

其一

藹藹堂前林
中夏貯清陰
凱風因時来
回飆開我襟
息交遊閒業
臥起弄書琴
園蔬有余滋
旧穀猶儲今
営己良有極
過足非所欽
舂秫作美酒
酒熟吾自斟
弱子戯我側

郭主簿《かくしゅぼ》に和《わ》す

其《そ》の一《いち》

藹藹《あいあい》たり　堂前《どうぜん》の林《はやし》
中夏《ちゅうか》　清陰《せいいん》を貯《たくわ》う
凱風《がいふう》　時《とき》に因《よ》って来《き》たり
回飆《かいひょう》　我《わ》が襟《むね》を開《ひら》く
交《まじ》わりを息《や》めて閒業《かんぎょう》に遊《あそ》び
臥起《がき》に書琴《しょきん》を弄《もてあそ》ぶ
園蔬《えんそ》は余滋《よじあ》有り
旧穀《きゅうこく》は猶《な》お今《いま》に儲《たくわ》う
己《おのれ》を営《いとな》むは良《まこと》に極《さだめあ》有り
足《た》るに過《す》ぐるは欽《ねが》う所《ところ》に非《あら》ず
秫《じゅつ》を舂《つ》きて美酒《びしゅ》を作《つく》り
酒熟《さけじゅく》すれば吾《われみずか》自ら斟《く》む
弱子《じゃくし》は我《わ》が側《かたわ》らに戯《たわむ》れ

学語未成音　語《ご》を学《まな》びて未《いま》だ音《おん》を成《な》さず
此事真復楽　此《こ》の事《こと》　真《しん》に復《ま》た楽《たの》し
聊用忘華簪　聊《いささ》か用《もっ》て華簪《かしん》を忘《わす》る
遥遥望白雲　遥遥《ようよう》として白雲《はくうん》を望《のぞ》み
懐古一何深　古《いにしえ》を懐《おも》うこと一《いっ》に何《なん》ぞ深《ふか》き

前者すなわち「飲酒 其の七」について言えば、これは淵明の数ある飲酒詩の中でも、これほど力むことなく、自然体に飲酒のよろこび、「酒中趣」をうたった作はないと思う。古今の飲酒詩中の名篇と称するに足る作だと言ってよい。香り高い菊の花が咲き匂う重陽の節句の頃、「頽齢を制する」つまり老衰を抑えると信じられていた菊を摘み、それを「忘憂物《ぼうゆうのもの》」たる酒に浮かべて独飲する隠士の自画像である。「秋菊《しゅうぎく》に佳色有《かしょくあ》り」と、菊花のもつ高雅にして清冽な精神性をもつ背景をまず提示し、その中で「忘憂物」である菊酒を酌むことで、もはや捨てた塵世をいっそう遠く離れて心を遠く遊ばせるさまが、これまた驚くべき平易明快なことばでうたいあげられている。酒を「忘憂物」と表現したのは、『詩経』邶風《はいふう》「柏舟《はくしゅう》」の一節への古注に基づくものであることが指摘されているが、後に触れるように、酒は淵明にとって、なによりもまず有限の生を生きねばならぬ憂いを忘れるためのものであった。その憂いを心底に秘めながら、独り静かに酒を酌む境地が、「一觴《いっしょう》独《ひと》り進《すす》むと雖《いえど》も、杯尽《はいつ》きて壺《つぼ》自《おの》ずから傾《かたむ》く」という絶妙な詩句のうちに、間然するところなく表現されている。一見無技巧と見える詩的技法の極地だと言っても過言ではなかろう。淵明がその「忘憂物」によって、李白の言う「万古《ばんこ》の愁《うれ》い」（「将進酒《しょうしんしゅ》」）を消し去り、完全に自足しているわけではないことは、最後の詩句「聊《いささ》か復《ま》た此《こ》の生《せい》を得《え》たり」の「聊か」ということばによって知られる。菊の花の咲き匂う秋の夕暮れ、闇が迫る頃合に無限の寂寥感を感じつつ、詩人は「聊か復た此の生を得たり」つまりは、まあまあともあれ、今日一日をかく生きたという満足感と感慨にひたっている。世上あれこれと心を煩わせること多く、しかも存在の憂い、「万古の愁い」だけはいかんともしがたいが、にもかかわらず、こうして自分は生きているのだということを実感した充足感が、ここにはある。ではあるが、畢竟死すべき身であることの存在の憂いは、「忘憂物」をもってしても、ついには消しがたいことを悟っていたがゆえに、「聊か」なのである。この詩全体からわれわれが受ける印象、脳裏に浮かぶイメージは、「安貧楽道」の実践によって満たされ、隠逸生活のうちに心の平安を得た隠士のそれである。先に引いた一首「飲酒 其の五」ほどではなくとも、この詩もまたわれわれの間で、世俗を超越して達観した人物としての淵明像を不動のものとするのに、大きな役割を担ったことは間違いない。

後者の詩「郭主簿に和す 其の一」であるが、これまた田園生活の中にあって、自由な人間として生きるよろこびが、平明でしかも味わい深い詩句のつらなりから、彷彿と浮かび上がってくる一篇である。この詩の世界には、魏晋《ぎしん》の詩に見られる、肩を怒らせた「慷慨」の気風はなく、前者にも増して自然体でのびやかにうたわれている。詩人は今欺瞞と悪意に満ちた官界を捨て、帰山して一布衣となり、静かな田園生活を送っている。貧しいながらも一応の衣食は足り、好きな酒も飲めて、家族とともに和気藹々と暮らす楽しみにひたっている。この一首に見られるのは、「華簪《かしん》」の世界すなわち役人生活のわずらわしさを遁れて、自らが選び取り、自らの手でしつらえた空間の中で、心から自由な生活を楽しんで自得した隠士の姿であり、その心境にほかならない。ここには、貧しいながらもひとまず隠棲生活に心満たされた人物像がある。「交《まじ》わりを息《や》めて閒業《かんぎょう》に遊《あそ》び、臥起《がき》に書琴《しょきん》を弄《もてあそ》ぶ」という詩句は、それを端的に物語るものだ。世の風雲をよそに詩琴酒を友として暮らした詩人というイメージが、こういう詩句によって築かれることになる。「藹藹《あいあい》たり　堂前《どうぜん》の林《はやし》」で始まる詩句で、詩人はlocus amoenus（心地よい場所）をしつらえ、その空間の中で、思いを太古の無懐氏《むかいし》や葛天氏《かってんし》に馳せ、もはや彼自身もそれらの太古の聖人と一体と化しているかの如くだ。ここにいるのはまさに、己の姿を「酣觴《かんしょう》して詩《し》を賦《ふ》し、以《もっ》て其《そ》の志《こころざし》を楽《たの》しましむ。無懐氏《むかいし》の民《たみ》か、葛天氏《かってんし》の民《たみ》か」（「五柳先生伝」）と描いた、五柳先生その人だと言ってよい。最後の二句

遥遥望白雲　　遥遥《ようよう》として白雲《はくうん》を望《のぞ》み
懐古一何深　　古《いにしえ》を懐《おも》うこと一《いつ》に何《なん》ぞ深《ふか》き

は、心を俗塵、俗界を遠く離れた世界に遊ばせ、心の安寧を得た詩人の高い境地を、みごとにうたいきっている。心なごむ静謐な世界が、平淡なことばによって築かれていて、ゆるぎないかに見えるのである。

後世における陶淵明の人間像の形成を考える上で、悠揚迫らざる調子で隠逸生活のよろこびをうたったこれらの詩のもつ意味は、実に大きいと言えるだろう。淵明は、自然に返り、自然の中に生きることこそ己の本領と考えた。権謀術数の渦巻く政治の世界を潔く捨て去り、汚れきった俗世間を遁れ、貧窮のうちに己を高く持して隠逸生活を送った清介孤高の士としての陶淵明の真面目は、この二首のうちにもみごとに結晶していると言ってよい。

しかしながら、これが淵明の詩の世界のすべてではない。後に述べるように、淵明にはただ単に、これらの詩から浮かび上がってくる「高潔なる隠逸詩人」「楽天知命の達観の士」としては片づけられない側面があって、それが陶詩の世界を自家撞着や矛盾をはらんだきわめて複雑なものにしているのである。淵明はその詩文の中でいくつもの相貌を見せていて、陶詩の世界は多様であり矛盾に満ちている。そのことは詩人陶淵明の魅力をいささかも減じるものではないが、この詩人とその作品をなかなかに把握、理解しがたいものにしていることは否みがたい。「五柳先生伝」や広く人口に膾炙した何篇かの飲酒詩を念頭に置いて、田園に隠棲し、超俗解脱した飄逸な人物、心安らかに詩酒徴逐の日々を送った好々爺を思い浮かべて陶詩の世界に分け入ると、たちまちにしてわれわれはそこに詩人の異なる相貌を見出すことになる。そこには「悠然《ゆうぜん》として南山《なんざん》を見《み》」、菊酒に酔って東軒の下に嘯き、自足して「聊《いささ》か復《ま》た此《こ》の生《せい》を得《え》たり」との感慨をもらす隠逸の詩人の姿からは想像できない、一種悲壮な思いを抱いた失意の人としての淵明がいるのである。次の詩を見てみるとよい。

飲酒　其十六　　飲酒《いんしゅ》　其《そ》の十六《じゅうろく》

少年罕人事　　少年《しょうねん》　人事《じんじ》罕《まれ》にして
遊好在六経　　遊好《ゆうこう》は六経《りくけい》に在《あ》り
行行向不惑　　行《ゆ》き行《ゆ》きて不惑《ふわく》に向《なんなん》とするに
淹留遂無成　　淹留《えんりゅう》するも遂《つい》に成《な》る無《な》し
竟抱固窮節　　竟《つい》に固窮《こきゅう》の節《せつ》を抱《いだ》きて
飢寒飽所更　　飢寒《きかん》　更《へ》し所《ところ》に飽《あ》く

弊廬交悲風　　弊廬《へいろ》　悲風《ひふう》交《まじ》わり
荒草没前庭　　荒草《こうそう》　前庭《ぜんてい》を没《ぼっ》す
披褐守長夜　　褐《かつ》を披《き》て長夜《ちょうや》を守《まも》るに
晨鶏不肯鳴　　晨鶏《しんけい》　肯《あ》えて鳴《な》かず
孟公不在玆　　孟公《もうこう》　玆《ここ》に在《あ》らず
終以翳吾情　　終《つい》に以《もっ》て吾《わ》が情《じょう》を翳《かげ》らす

*

日月擲人去　　日月《じつげつ》　人《ひと》を擲《す》てて去《さ》り
有志不獲騁　　志《こころざし》有《あ》るも騁《は》するを獲《え》ず
念此懐悲悽　　此《これ》を念《おも》いて悲悽《ひせい》を懐《いだ》き
終暁不能静　　終暁《しゅうぎょう》　静《しず》かなること能《あた》わず

——「雑詩《ざっし》　其の二」

前者は、先に引いた二首「飲酒　其の五」「其の七」と同じ連作のうちの一篇だが、ここにうたわれている詩境のなんと異なることか。ここにいるのは俗塵にまみれた政治の世界、虚偽の支配する官界を潔く辞し、解脱して心のどかに隠逸の境地を楽しんでいる淵明ではない。うたわれているのは、儒家思想を学んで若き日に経国済民《けいこくさいみん》の志を抱き、

憶我少壮時　憶《おも》う　我少壮《われしょうそう》の時《とき》
無楽自欣予　楽《たの》しみ無《な》きも自《おの》ずから欣予《きんよ》せり
猛志逸四海　猛志《もうし》　四海《しかい》に逸《いっ》し
騫翮思遠翥　翮《つばさ》を騫《あ》げて遠《とお》く翥《と》ばんことを思《おも》えり

――「雑詩　其の五」

と、官途における出世栄達を夢見た己の後日の落魄の姿である。われわれがここで目にするのは、「世冑《せちゅう》は高位《こうい》を躡《ふ》み、英俊《えいしゅん》は下僚《かりょう》に沈《しず》む」（左思《さし》「詠史《えいし》」八首「其の二」）という貴族の藩閥政治の壁に阻まれて、ついに官途においてなすところなく終わったことを歎く失意の人物像にほかならない。己を高く持し、「固窮《こきゅう》の節《せつ》」を守って生きる自分を理解してくれる知音なきを歎じた、「孟公《もうこう》　茲《ここ》に在《あ》らず、終《つい》に以《もっ》て吾《わ》が情《じょう》を翳《かげ》らす」という最後の二句から、詩人の深い溜息が聞こえてくるような作である。うたわれているとおり、淵明の心は暗い翳りをおびている。淵明は、晋の功臣であった長沙郡公陶侃《とうかん》の末裔であるという意識が強く、生来「性《せい》　本《もと》

邱山《きゅうざん》を愛《あい》す」（「園田の居に帰る 其の一」）という資質の持ち主でありながら、同時に「大《おお》いに蒼生《そうせい》を済《すく》う」（「士《し》の不遇《ふぐう》に感《かん》ずる賦《ふ》」）という志をも抱いていた。その途における挫折は淵明の心に重くのしかかり、後者「雑詩 其の二」の一節を見ても、「志」すなわち「経国済民」の大望を未だ捨てきれずに、その志を果たせぬままに、いたずらに無力な隠逸の士としての歳月を送っていることへの激しい焦慮と悲嘆が、詩句からほとばしっているのが感じられる。その境地は、左思の詠じる「落落《らくらく》たり窮巷《きゅうこう》の士《し》、影《かげ》を抱《いだ》きて空廬《くうろ》を守《まも》る」（「詠史 其の八」）という人物の内的世界そのものとも見えるが、自身の体験から出ているだけに、淵明の詩がより激しさを秘めていることは確かだ。ここには隠逸生活に心満たされ、そのよろこびを静かにうたう隠士とは別の人間像が見られる。だがこれもまた詩人陶淵明のひとつの相貌なのである。

さらにはまた、官途を捨てたとは言っても、後半生において官人との接触を保ち続け、常に世の動き、政治の動向にも敏感に反応し関心を示していたことも忘れてはなるまい。晋室の滅亡に際しては、簒奪者劉裕《りゅうゆう》の暴を憎んで刑天《けいてん》や精衛《せいえい》の故事をうたった激しい作品を生んだし（「山海経《せんがいきょう》を読《よ》む 其の十」）、「酒《さけ》を述《の》ぶ」のように政治性の強い寓意詩の作者としての淵明の姿もある。

それだけではない。これも後に「死を見つめる詩人」の章でややくわしく述べるが、淵明は「死生一如《しせいいちじょ》」を説く老荘思想に拠って死への怖れを超克し、悟りと心の平安を得ていた達観の士でもなかった。中国の研究者の中には、陶淵明は唯物論者として死を自然現象と見なして死生の問題を克服し、従容と死に対処したかのように説く向きもあるが、陶詩全体を見渡せば、さような結論は偏頗なものとしか思われない。生と死の問題は、それをめぐって淵明が終生煩悶、懊悩した最大の問題であって、死の影におおわれて有限の生を生きねばならぬ悲哀と、死への怖れは陶詩の随所に吐露されている。ことにも隠逸生活後半の晩年に近い頃の詩において、それが顕著に認められるのである。淵明の一生は、死をめぐる想念に関して言えば、達観・悟りと死への怖れとの絶えざる繰り返しであったかの如く見える。人の一生を、

人生似幻化　人生《じんせい》は幻化《げんか》に似《に》て
終当帰空無　終《つい》に当《まさ》に空無《くうむ》に帰《き》すべし

――「園田の居に帰る　其の四」

と観じ、忍び寄る死の足音を意識して、

吾生行帰休　吾《わ》が生《せい》　行《ゆ》くゆく帰休《ききゅう》せんとす
念之動中懐　之《これ》を念《おも》えば中懐《ちゅうかい》を動《ゆる》がす

――「斜川《しゃせん》に遊《あそ》ぶ」

と、その冷厳な事実を前にした不安と怖れをうたい、生者必滅の理による己が命の永劫の消滅を思って、

従古皆有没　古《いにしえ》より皆没《みなぼっ》する有《あ》り
念之中心焦　之《これ》を念《おも》えば中心《ちゅうしん》焦《こ》がる

――「己酉《きゆう》の歳《とし》、九月九日《くがつここのか》」

と悲痛な声を放ったのも、この詩人であった。

言ってみれば、われわれはここに淵明の陽と陰の二つの側面、明暗二つの相貌を見るわけだが、この詩人にはまたもうひとつ別の相貌もある。淵明を高く評価し、その詩文を推奨してやまなかった梁《りょう》の昭明太子《しょうめいたいし》蕭統《しょうとう》をして、「白璧《はくへき》の微瑕《びか》」(「陶淵明集序」)と嘆かせた「閑情《かんじょう》の賦《ふ》」の作者としての相貌がそれである。愛する女性への思慕の念を、エロティシズムあふれるなまなましいことばで綴ったこの作品は、これがあの無欲恬淡にして俗念を去った陶靖節先生の作かと、驚きの念を呼び起こさずにはおかないものがある。しかし淵明がこの作品を書いたこと

はまぎれもない事実であって、これも多様で複雑な淵明の一側面、ひとつの相貌なのだ。思うに、文学作品とりわけ詩は、作者の実生活の忠実な鏡ではない。それは詩人が想像力とそのことばの力を駆使して、いかようにも創り出し得る世界であることを忘れるべきではなかろう。芭蕉翁に艶めいた恋の句があるからといって、また出家遁世した身の西行《さいぎょう》に数多くのすぐれた恋の歌があるからといって、それを作者の実人生と直結して考えるのは愚である。陶淵明の場合とて基本的には同じことであろう。文学、詩とは、あくまでことばによって築かれた世界であることを忘れてはなるまい。

実際、すぐれた詩に秘められた力は恐ろしい。今日でもなお、特別の関心をもって淵明の詩文全体に接しているわけではない大方の日本人にとっては、いやおそらくは中国人にとっても、陶淵明とは詩琴酒を友とし、東籬の下で「悠然として南山を見る」隠士にほかならない。つまりは、隠逸詩人としてのエッセンスが凝縮していると言える先の名詩一篇あるいは二篇で、淵明は悟徹した達観の士としての己のイメージを不動のものにしたのだ。そのインパクトたるや実に強烈なもので、その人間像は陶詩を読む者の脳裏に深く浸透し、誰にもこの詩が「かくあるわれ」をうたった作であることを疑わせないのである。そのイメージが鮮烈であるために、われわれは、淵明がその実多くの相貌を見せる存在であることを、ともすれば忘れてしまいがちである。それがすぐれた詩の力というものだろう。淵明の詩に秘められた力について言えば、肝腎なことは、この詩人が、長く後世の記憶に残る清介孤高の隠士たる人間像を、詩によって造型したことである。これこそが詩人淵明の卓抜した力量を示すものであり、陶詩の魅力なのではなかろうか。西行などの隠遁者の文学に憧れを抱き共感を覚える日本人が、そのような詩的世界を創造した淵明を欽慕するのも、またうなずけるところだ。

　われわれ日本人が淵明に惹かれ憧れを抱くのは、それに加えて、川合康三氏が説くように、その実「かくありたいわれ」を描いたものである虚構性の強い「五柳先生伝」を、当時の人々と同じく詩人の実録と信じて、超俗の無欲恬淡の高士としてのその生き方に共感を覚えるからでもあろう。われわれが愛し親しみを覚えてきたのは、実は淵明その人というよりは、理想化された「かくありたいわれ」である五柳先生なのかも知れないのだ。「先生《せんせい》は何許《いずこ》の人《ひと》なるかを知《し》らざるなり」という、とぼけた飄逸な句で始まるこの短い「自伝」は、陶淵明という往古の異国の詩人を、どれほどわれわれにとって慕わしいものにしてきたことだろう。「閑靖《かんせい》にして言少《げんすく》なく、栄利《えいり》を慕《した》わず。書《しょ》を読《よ》むことを好《この》めども、甚《はなは》だしくは解《かい》することを求《もと》めず。意《い》に会《かい》すること有《あ》る毎《ごと》に、便《すなわ》ち欣然《きんぜん》として食《しょく》を忘《わす》る」「常《つね》に文章《ぶんしょう》を著《あらわ》して自《みずか》ら娯《たの》しみ、頗《すこぶ》る己《おの》が志《こころざし》を示《しめ》す。懐《おもい》を得失《とくしつ》に忘《わす》れ、此《ここ》を以《もっ》て自《みずか》ら終《お》わる」。こういう人間像が、先に見た「悠然として南山を見る」詩や、「秋菊に佳色有り」の詩と相俟って、われわれの抱く「人間陶淵明」像を固定化し、不動のものとしてきたのだと思うのだ。

かく言う拙老自身もまた、そのような淵明像に心惹かれ、この詩人の作品を、それも主として酒にまつわる詩を偏愛してきた者の一人である。拙老にとっても、陶淵明とは長らく隠逸の詩酒徒であったし、またことさらにそういう存在としての淵明とその詩を愛してもきた。しかし淵明の詩の世界全体をもう少し深くまた広く探ってみると、このような淵明理解は実際には偏頗なものでしかないことがわかる。陶詩の世界はなかなかに多様かつ複雑であって、その全体像を把握することなぞは、拙老如きには到底できそうもない。これまでに積み上げられてきた膨大な研究の一端を覗いただけでも、複雑で多くの矛盾をはらんだ陶詩を理解することのむずかしさを痛感させられる。それを承知で、淵明の詩の世界をしばし逍遥し、思うところを述べてみたい。

さて陶詩の世界を探り、それを理解、把握しようとする者にとって、厄介な問題がひとつある。それはほかでもない、この詩人にあっては、作者と作品、さらには「かくありたいわれ」である五柳先生像とが固く結びつき、一体化しているかに見えることだ。陶淵明という詩人の魅力は、作品もさることながら、まずは詩人その人にあると言っても過言ではなかろう。この詩人に関心を抱く人たちは、彼の詩文ばかりではなく、おそらくはそれ以上に、詩文のうちに造形された高潔なる超俗の隠士五柳先生のイメージに惹かれているのだと思う。実際、詩人陶淵明を語って、その高邁な人徳への敬慕や鑽仰を表明せぬものは稀である。これは、この詩人にあっては、その作品と作者の実人生の歩みとが、強く密着していて分かちがたいからである。淵明はマラルメやヴァレリーの如きとはまったく異質の詩人であるばかりか、先行する陸《りく》機《き》とすら似てはいない。この詩人の場合は、「人間陶淵明」を考えずしてその作品を読むことは困難である、と言うよりは、さようなことはできない。しかもそこに詩人の創り出した五柳先生という人物像が、実像以上の重みをもって覆いかぶさっているから、事はいっそう複雑である。これまでなされてきた陶淵明研究のかなりの部分が、陶詩をあたかも「実録」そのものであるかのようにあつかい、年譜を重んじ、作品の詳細な検討を通じて、陶淵明という、東晋の時代に生きた一人の人間像を描くことに傾いてきたのも、故なしとしない（それは、本来は歴史学ないしは精神史に属する仕事だと思うのだが）。繰り返しになるが、陶淵明は詩人であるから、当然のことながら、その作品は事実、現実を、ただ精密かつ忠実に反映再現したものではないはずである。詩である以上、そこには創作意識が強くはたらいていないはずはなく、そこには詩的誇張もあれば韜晦もあり、現実の「異化」、デフォルマシオンという要素があっても当然である。そのことは、虚構性の強い「五柳先生伝」をひとつとってもわかる。しかし陶詩の場合には、朱熹《しゅき》以来の「陶詩《とうし》は皆《みな》自然《しぜん》より出《い》ず」「自然《しぜん》に流露《りゅうろ》す、それを以《もっ》て高《たか》しと為《な》す」（『朱子語類《しゅしごるい》』）ということばかりが強調され、いわば無作為の詩作態度が、この詩人の本領のように言われる傾きがあって、それが本来文学的営為である詩作という行為を、ともすれば忘れさせ、陶詩をあたかも「実録」であるかのように見なすという態度を生んできたのではなかろうか。

これは中国の研究者に多く見られる傾向かと思われるのだが、陶詩にうたわれているあれこれの事柄を、歴史的事実、政治上の事件などに関連付け、これこれの詩はかくかくの出来事をうたったもので、その裏に潜む政治的意味は云々などと「実証」している研究も、いくつか私の視野に入ってきた。たとえば李辰冬なる研究者は、「作品を年代と関連づけることが作家研究の基礎である」と断言し、ある作品は、作者が何歳の時に、何年に、いかなる環境の下で書かれたかを知って、初めてその作品の真の意味が理解できると主張している（『陶淵明評論』）。陶詩を実録のように見る、こういう観点に立った研究は少なくないが、問題は、淵明の詩には、制作年代を確定し得ないものがこれまた少なからずあることだ。かと思えば、陶淵明研究とは、何をおいてもまず作者の人間研究であると考え、「人品高尚なる著名な隠士」たる靖節先生欽慕鑚仰の立場から、作品を通じてその高潔な人物像を明らかにすることを意図した「陶靖節頌」とも言うべき研究も見られる。『詩品《しひん》』の著者鍾嶸《しょうこう》が、「陶詩《とうし》を観《み》る毎《ごと》にその人徳《じんとく》を想《おも》う」と言っているように、陶詩自体の中に、そういうアプローチの仕方を誘うものがあることは否めない。さらにはまた淵明の「哲理詩」を重く見て、思想詩人としての淵明あるいは淵明の哲学的思想を明らかにすることを意図した思想史的研究も存在する。そのほか、淵明に先行する詩人たちの作品と陶詩との関係を精査し、陶詩における典故などを徹底的に洗い出した実証的な研究もあり、淵明という詩人が、さまざまな関心を呼んでいることがわかる。したがって淵明へのアプローチの仕方もまた多様である。詩人を研究する方法はいろいろあり得るから、そのいずれが正しく、いずれが誤っているなどと言うつもりはない。しかし淵明の文学、その詩的世界を考える上で、川合康三氏の次のような指摘は千金の重みをもつものに思われる。この指摘は、淵明の文学を考える上で決定的に重要なものだと言える。

しかし文学としての問題は、陶淵明という人物が実際にはどうであったか、ではなく、陶淵明がどんな文学世界を創りだしたか、なのだ。陶淵明の「実像」なるものを描き出して、それを文学研究であると錯覚している例もないではないが、文学とは人間の可能性の追求であるべきであり、可能性を繰り広げ、それを人々に呼びかけ、共感を呼び起こすものではないだろうか。陶淵明の文学が長い生命を持ち続けてきたのは、彼の実際の人間がどうであったかとは関わりなく、彼の創り出した文学が人々の強い共感を呼び起こし、引きつけてきたからにほかならない。

（『中国の自伝文学』）

まことにそのとおりだと肯首せざるを得ないが、詩人陶淵明を語る場合には、彼の創りだした文学世界、詩的世界を人間陶淵明と切り離して論じることが、ことさらにむずかしいこともまた事実ではないかと思う。それは虚構をその本質とするヨーロッパの詩とは異なり、この詩人の作品が（他の多くの中国の詩人においてもそうだが）、基本的には作者の実人生を基盤とし、その中から生まれてきたものだということによる。これまでになされてきた研究の大方が、陶詩の世界を、作者の実人生とのかかわりにおいて論じているのも、そのような理由によるものだろう。斯波六郎博士が淵明の詩について、

淵明の詩は、貴族的生活のゆとりから生まれた遊戯的文学ではなくて、己れの生活そのものを詩として観照した生活文学である、といふところに、その作品の大きな特色があり、さういふ作品を一生涯産み続けたといふ点に、その詩人としての大きな特色が見られるのである。

（『陶淵明詩訳注』）

と言っておられるように、淵明の文学における現実あるいは詩人の実人生との密着度がきわめて高いことは否めない。しかしながら卓越した陶淵明研究者である一海知義氏が、快著『陶淵明―虚構の詩人』で、淵明の文学の特質をその虚構性に求め、彼を「虚構の詩人」としてとらえていることもまた事実であって、その透徹した淵明の詩文理解・把握は、容易に反駁を許さ

ないものがある。一素人としての印象を言えば、淵明の文学には、詩人の実人生に密着し、詩的デフォルマシオンはあるにしても、隠逸の士としての生活そのものから生まれた作品群と、「桃花源記」や「山海経《せんがいきょう》を読《よ》む」のように虚構性が際立っている作品との両様の側面があるように思われる。結局陶淵明の文学とは、この詩人がその生涯を通じて経験したさまざまな思想、死をめぐる明暗両様の想念、生のよろこびと苦悩、憧れ、空想といったものを、ある種の混乱と矛盾をかかえたまま、詩文として結晶せしめたものなのではなかろうか。陶詩は解脱した高潔な隠士の生涯の実録でもなく、悟りきった聖人のことばでもない。詩作という営為を通じて造形された、陶淵明の人間像あるいは五柳先生の人間像が、淵明の文学に対するわれわれの共感を呼び、魅了する所以であると思うのだ。そこには魂の偉大さもあれば卑小さもある。

ここで虚構ということについて言えば、虚構性を本質とするヨーロッパの詩に対して、現実の中から生まれるのが中国古典詩の特質だとしばしば説かれるが、確かにそれは真実に違いない。驚くほど現実に密着したところから、と言うよりも現実そのものから生まれた杜甫《とほ》の詩ひとつをとってみても、それは納得できる。ただし、川合康三氏が繰り返し強調しているように、現実といってもそれは生の現実そのものではなく、文学上の約束事によって、ある角度から切り取られた現実であることを心得ておかねばならない。淵明の場合について言えば、陶詩が実録そのものではないことは繰り返し強調してきたとおりだが、淵明がどのような現実の中から、われわれが眼にするような詩的世界を築き上げたのか、それを知らずして陶詩を語ることはできない。

詩人でもあったプラトンが、『パイドン』でソクラテスの口を通じて語っている次のような詩の観念は、過去の中国の詩人にはおよそ受け入れがたいものであったろう。もっとも、一海知義氏が「虚構の詩人」と見なす淵明ならば、あるいはその主張に部分的には賛同するかもしれないが。

詩人というものは、いやしくもほんとうにつくるひと（ポイエーテース）であろうとするならば、けっして事実の語り（ロゴス）をでなく、むしろ虚構（ミュートス）をこそ、詩としてつくるべきなのだ。
（松永雄二訳）

事実ではなく虚構を語ること、それこそが詩の本質だとすれば、現実との密着度のきわめて高い杜甫の詩などはどうなってしまうのか。「純粋詩」を標榜し、詩作品の中から「私」なるものを排除し、極度に具体的な実人生の痕跡を消し去ることにつとめた、マラルメやヴァレリーの詩を解するのに、かれらをとりまく現実や実生活を知らずとも差し支えはない。いやウェルギリウスやダンテの詩にしても、かれらの実人生を知らずとも、理解し、鑑賞し得るものだ。

ホメロスに至っては詩人の姿は完全に作品の中から消え去っている。虚構を旨とするヨーロッパの詩人の作品ならば、抒情詩の場合であっても、作者の実人生やかれらを取り巻く現実を知悉せずとも、理解し得るものはものは少なくない。だが、たとえば杜甫の詩を解するのに、苦難に満ちたこの詩人の実生活と、彼を取り巻く現実とのかかわりを知らずに済ませることはできない。杜甫の場合、現実との密着度はきわめて高い。現実とのかかわりという点から見れば、異様なほど幻想性、虚構性の濃い李賀《りが》の詩や、観念性の目立つ陸機の詩などは、中国古典詩としては異色の、むしろ例外的なものだと言えるだろう。異色の存在であるとはいえ、言うまでもなく淵明もまた中国古典詩の伝統の中に生きた詩人であるから、詩人を取り巻く現実、実人生とのかかわりを重視しなければならないが、詩を即実録視することは避けねばならない。

さて、以下各章で、陶詩の世界を逍遥し、詩人陶淵明のいくつかの相貌を窺い見るわけだが、それに先立ってこれまで述べたところをまとめておこう。本章の始めのあたりで、拙老は淵明が不思議な魅力をもつ詩人であることを、まず述べた。そして往古の禹域の詩人に対してわわれわれが寄せる思慕や憧れ、あるいは親しみは、その実淵明の詩文全体から生まれたものではなく、「五柳先生伝」や「悠然として南山を見る」の詩のような、少数のインパクトの強い作品の上に築かれたものであることを指摘しておいた。しかし陶詩の世界全体を見渡し、その内部を仔細に探ってみると、この詩人は、達観解脱して楽天知命に生きる隠逸の士としては片付けられない、いくつかの相貌をもった人物であるということも、繰り返し述べたところだ。陶淵明という、激動期であった東晋から劉宋《りゅうそう》の時代を生き抜いた一個の知識人の生の軌跡、生の諸相と、そのさまざまな思念が、ある種の混乱や矛盾をかかえたまま作品として結実し、われわれの前に投げ出されているのである。それをどう読むかはわれわれ読者にかかっているのだが、いずれにしてもその詩の世界は複雑にして多様であって、容易には把握しがたいものがある。世上しばしば見受けられるように、この詩人のうちに、詩酒徴逐の日々を送り、悠然と南山を眺めている超俗の高士の姿のみを見るのは、淵明を半ばも理解していないことになるだろう。確かに反俗の人ではあったが、決して超俗の隠逸者ではなく、自然のみならず人間や社会の動きにも常に深い関心を寄せ、人間が有限の存在であることへの悲哀を胸中に秘め、沈痛なもの思いを抱いていた人物なのである。また淵明は酒をうたって名高い詩人であって、「中華《ちゅうか》飲酒《いんしゅ》詩人《しじん》之《の》宗《そう》」と呼ぶに足る存在だが、酒中に真を求め、「忘憂物」としての酒を酌むその酒境も実に奥深く、複雑な様相を呈している。淵明の酒詩の世界を把握・理解することもおよそ容易ではない。

もう一度繰り返すが、陶詩にしてもあくまでポイエーシスすなわち詩的営為の結果として生まれたものであって、実録そのものではない。これから本書で問題にする陶淵明という人物も、あくまで「詩の中にうたわれ、描かれた陶淵明」である。ドイツ語で「詩」を意味するDichtungいうことばがdichten「濃縮、精製する」という動詞に由来するように、詩とは現実の中から生まれたものであっても、詩人の脳裏で精製され言語化されたものを言うのであって、現実、事実そのものではない。淵明の場合は、「実録」の意識を捨て去り、その詩を純粋に詩として読むことは存外にむずかしいのである。そのことを念頭に置いて、以下いくつかのテーマに沿って、淵明の詩文の世界を窺ってみたい。

二　隠士の生んだ文学

言うまでもないことながら、「陶淵明の文学」という、中国詩史の上で独自の位置を占め、一回かぎりの、その後二度と繰り返されることのなかった文学的事象をはぐくんだものは、詩人陶淵明の隠逸生活である。仮に淵明が当初志していた官人としての栄達を遂げていたとしたら、今日われわれの知る「古今隠逸詩人之宗《ここんいんいつしじんのそう》」（鍾嶸『詩品』）としての淵明の文学は生まれなかったであろう。北人貴族の門閥政治が支配する江南の地に、不幸にも寒門の士として生まれ、官途において挫折したことが、名高き隠士陶淵明を生み、その文学を生んだのである。「窮耕《きゅうこう》の士として田園に生きる隠士の文学」、これが淵明という詩人の世界である。

顔延之《がんえんし》の「陶徴士《とうちょうし》の誄《るい》」に言う、「尋陽《じんよう》の陶淵明は、南岳《なんがく》の幽居者《ゆうきょしゃ》なり」と。ではそもそも、淵明がしばしばその代表者のように見られている、「隠士」とは何であるかというに、これはどうやら中国独自の存在であるらしい。わが国の中世にも多くの隠者がいて、『方丈記』に代表される「わび」「さび」を旨とする「隠者文学」を生んだが、中国の隠者（隠士、高士、逸民）は、それとは性質を異にするものだという。わが国の隠者、隠遁者と言えば、多くは出家を遂げた「世捨て人」であり、原郷を求め、世俗社会を離脱し、草庵を結んで辺境に住まう人々であって、まったく非政治的な存在を指す。しかるに、小尾郊一『中国の隠遁思想』、神楽岡昌俊『隠逸の思想』などの教えるところによれば、中国の隠者とはある意味ではきわめて政治的な存在であって、時の権力者、支配者の政治体制や統治のありかたと密接なかかわりをもち、それ如何で去就や生活方針を決める存在なのである。古来中国では知識人たるものはすべて官途を志し、官僚として政治や行政に携わるものとされていたから、知識人であり、その能力がありながら敢えて出仕しないのも、あるいは官に身を置きながらそれを捨てて山野に隠棲するのも、ひとつの政治的な態度の表明なのである。わが国の「世捨て人」の場合と異なり、隠逸、隠棲という行為自体が、すなわち体制批判であり、政治的な意味合いを帯びていたわけである。官僚予備軍ないしは現に官僚である知識人が、出仕を拒否して隠遁生活を送っていたり、官途にある者が、それを捨てて山野に遁れたりすると、その人物は「隠士」の名をもって呼ばれるのである。それは世俗を超越した存在ではなく、「身《み》は江海《こうかい》の上《ほとり》にあれども、心《こころ》は魏闕《ぎけつ》の下《もと》に居《お》る」(『荘子《そうじ》』譲王《じょうおう》)という、野にあっても常に朝廷を意識し、政治の動向に気を配っている人々にほかならない。その点が、「世捨て人」たるわが国の隠者とは、大いに異なっている。

漢末以来の国を挙げての戦乱、動乱と、権力者間の血なまぐさい政治的抗争は、それに背を向けた数多くの隠士を生み出すこととなった。それは、多くはわが身を政治的危険から守るための選択であり、乱世に身を処するひとつの賢明な生き方だったとも言える。東晋時代には、実質的に支配者であった北人貴族による門閥政治のもとでの官途に絶望して、隠遁の途を求める人士も多かった。それに加えて、魏晋の時代から、隠遁そのものが崇高なものと見なされ、それ自体が自己目的化して、憧れの対象と見られるようになるという現象が生じた。陰謀が渦巻く汚濁した政治の世界を忌避したり、官を放棄して山野に遁れ住んだり、場合によっては市中に身をくらます知識人が、「隠士」として公にその社会的地位を認められ、世人の尊敬を得ることとなったのである。隠士は世俗世界から完全に離脱し、それを無視して超然としている存在ではなく、社会の中に一種公的な地位を認められた人間であって、その名利にとらわれない、超俗の高潔な生き方によって、逆に名声が高まるという、パラドクシカルな存在だということを心得ておく必要がある。高潔な隠士としての名声が高まると、「野《や》に遺賢《いけん》有《あ》り」はよろしからずということで、朝廷に召しだされ、官人となるというケースも少なくなかった。出世をしたいがためにわざと隠者となる者もいたし、「充隠《じゅういん》」と世人から嘲られた、朝廷から指名されて、一時隠者を装うような手合いも現れたほどであった。「青史嫌他贋隠論　青史《せいし》　他《か》の贋隠論《にせいんりん》を嫌《きら》う」（「感懐」）と大沼枕山はうたっているが、贋隠者も結構いたらしい。本物の隠士の場合、召しだされても固辞してこれに就かなければ、敬意をもって「徴士《ちょうし》」と称され、隠士として箔がつく、といった具合なのである。現に淵明にしても、晩年に朝廷から著作郎という官を以て召されたが、辞してこれに就かなかったので、彼の誄《るい》（追悼文）を書いた顔延之によって、敬意を込めて「陶徴士」と呼ばれている。

淵明は「寒門」つまりは没落した南人下級貴族の家に生まれ、自らの語るところによれば、貧窮に迫られ、飢えに駆られて、やむなく二十九歳で江州祭酒として初めて出仕した。「飲酒其の十九」で、詩人はその動機を次のようにうたっている。

疇昔苦長飢
投耒去学仕

疇昔《むかし》　長飢《ちょうき》に苦《くる》しみ
耒《すき》を投《とう》じて去《さ》りて学仕《がくし》す

また同じく、「子《こ》の儼等《げんら》に与《あた》うる疏《そ》」でも、貧ゆえに出仕したことを述べて、

少而窮苦、毎以家弊、東西遊走
少《わか》くして窮苦《きゅうく》、毎《つね》に家《いえ》の弊《へい》せるを以《もっ》て、東西《とうざい》に遊走《ゆうそう》す

と言っている。淵明の出仕の動機は、必ずしも詩人自身が言うように貧窮にあったのではなく、儒教的教養に養われた知識人の常として、「済民《さいみん》」を志し、官人としての栄達を願うところも大きかったとは、ほとんどの研究者の一致して認めるところである。父の代から没落して寒門の士となっていたとはいえ、東晋の大立者で功臣だった長沙郡公陶侃を曾祖父にもつ淵明は、若くして蒼生の民を救わんとの志を抱き、

猛志逸四海　猛志《もうし》　四海《しかい》に逸《いっ》し
騫翮思遠翥　翮《つばさ》を騫《あ》げて遠《とお》く翥《と》ばんことを思《おも》えり

――「雑詩　其の五」

との意気込みをも以て官途に就いたのであろう。もっとも、とるに足らぬ小役人として出仕はしたものの、官の世界にあることに耐えられず、たちまちにして辞任し農耕生活に戻っている。その後も貧窮の一家を救うために、またひとつには、やはり官人としての栄達を遂げ、己が志を果たしたいとの願望も捨てきれぬままに、間歇的にではあるが、実に五回にもわたって出仕と帰田を繰り返しているのである。その間には、北人貴族の門閥支配の及ばぬ領域での出世栄達を考えてのことであろうが、劉牢之《りゅうろうし》や桓玄《かんげん》などの、敵対する異なった軍閥の陣営に幕僚として身を置いたこともあった。

弱齢寄事外　弱齢《じゃくれい》より事外《じがい》に寄《よ》せ
委懐在琴書　懐《かい》を委《ゆだ》ぬるは琴書《きんしょ》に在《あ》り
被褐欣自得　褐《かつ》を被《き》て欣《よろこ》んで自得《じとく》し
屢空常晏如　屢《しば》しば空《むな》しきも常《つね》に晏如《あんじょ》たり

時来苟冥会
宛轡憩通衢

時来《ときき》たりて苟《いや》しくも冥会《めいかい》せば
轡《たずな》を宛《ま》げて通衢《つうく》に憩《いこ》う
――「始《はじ》めて鎮軍参軍《ちんぐんさんぐん》と作《な》り、曲阿《きょくあ》を経《へ》しときに作《つく》る」

とうたっているように、淵明は若いときから俗世すなわち政治の世界よりも、琴書に親しんで過ごすことに心惹かれていた上、最初の仕官生活にも耐えられなかったにもかかわらず、時至れりと感じて、その後も敢えて幾度か出仕に踏み切ったのである。だが、陰謀と欺瞞、巧智に満ちた官の世界にも、血なまぐさい軍営にも詩人は耐えられず、ただちに故郷を思い、出仕したことを後悔するのが常であった。詩人にとって出仕とは、「誤《あやま》って塵網《じんもう》の中《うち》に落《お》ち」(「園田の居に帰る 其の一」)たことにほかならず、官途は「樊籠《はんろう》」つまりは鳥籠としか感じられなかった。官途や軍営に身を置きながらも、ひたすら帰田を願う心は、

望雲慚高鳥
臨水愧游魚
真想初在襟
誰謂形跡拘

雲《くも》を望《のぞ》んでは高鳥《こうちょう》に慚《は》じ
水《みず》に臨《のぞ》んでは游魚《ゆうぎょ》に愧《は》ず
真想《しんそう》は初《はじ》めより襟《むね》に在《あ》り
誰《たれ》か謂《い》う 形跡《けいせき》に拘《こう》せらると

聊且憑化遷
終反班生廬

聊《いささ》か且《しばら》くは化《か》に憑《よ》りて遷《うつ》り
終《つい》には班生《はんせい》の廬《ろ》に反《かえ》らん

——同前

とうたわれているところであり、また

田園日夢想
安得久離析

田園《でんえん》　日《ひ》びに夢想《むそう》す
安《いず》くんぞ久《ひさ》しく離析《りせき》するを得《え》んや

——「銭渓《せんけい》を経《へ》る」

投冠旋旧墟
不為好爵縈
養真衡茅下
庶以善自名

冠《かん》を投《とう》じて旧墟《きゅうきょ》に旋《かえ》り
好爵《こうしゃく》の為《ため》に縈《つな》がれざらん
真《しん》を衡茅《こうぼう》の下《もと》に養《やしな》い
庶《ねが》わくば善《ぜん》を以《もっ》て自《みずか》ら名《な》づけん

——「辛丑《しんちゅう》の歳《とし》、七月《しちがつ》、赴仮《ふか》して江陵《こうりょう》に還《かえ》らんとし、夜《よる》、塗口《とこう》を行《ゆ》く」

などの詩句のうちにも表明されているとおりである。
所詮官途は詩人の生きる場所ではなかったし、まして軍営は身を置くべき場ではなかった。いずれも長続きしなかった出仕に耐えられずして挫折し、四十一歳の折に、在職わずか八十日で彭沢《ほうたく》の県令の官を捨てたのを最後に、帰田、帰隠し、以後六十三歳で没するまで、二度と出仕することはなかった。以後淵明は二十余年にわたる後半生を、田園で窮耕作に従う隠士として生きたのである。官人、軍人として挫折した淵明は、以後清介孤高の隠士として生きる途を選択したのであった。最後の出仕となった彭沢の県令時代に、郡の督郵が視察にまわってきた折に、下僚から正装して出迎えるようにと言われ、それに立腹し、「われ能《よ》く五斗米《ごとまい》のために腰《こし》を折《お》らず、拳拳《けんけん》として郷里《きょうり》の小人《しょうじん》に事《つか》えんや」と啖呵をきって即座に印綬を解いて辞職したと伝える『晋書』の記述は、どこまで信用してよいのかわからない。その理由、動機はともかく、肝心なことは淵明が官を擲って、隠士となる途を選んだことである。その点に関して言えば、隠逸生活に憧れ、帰隠の決意を詩にうたいながら、官界での栄達の夢捨てがたく、未練がましくいつまでも官途にとどまっていた謝霊運《しゃれいうん》よりも、思い切りがよかったことは確かだ。『陶淵明伝論』という本の著者龔斌《きょうひん》氏は、淵明の帰隠を評して、
帰隠することで、淵明は智者でありまた勇者であることを証明した。彼は帰隠することに

よって自由な精神を堅持し、帰隠によって汚れきった現実に対抗したばかりか、晩年に至ると、ますますその志を堅持したからである。

などと言っているが、これは過褒というものだろう。詩人は、しかるべき居場所への仕官を求めて、五回にもわたってあちこち出仕を繰り返した己の過去をふりかえって、「流浪《るろう》して成《な》る無《な》く」（「従弟敬遠《じゅうていけいえん》を祭《まつ》る文《ぶん》」）と言っており、またそのような自分を群れを見失って徘徊する「失群《しつぐん》の鳥《とり》」（「飲酒　其の四」）に喩えているのである。帰隠は、「勇者」として意気揚々となされたのではなく、官途での挫折による深い失意の結果であったと見るべきである。『陶淵明―世俗と超俗』という著書を著して、従来超俗の高潔な隠逸詩人と見られてきた淵明像を、根底から覆した岡村繁氏は、淵明が帰隠した真の理由はその政治社会における無能無知にあると見て、次のような容赦ないことばを、詩人に浴びせている。

ここで再確認しておかなければならないことがある。それは淵明がもともと官界に「猛志」を燃やす大きな野心の持主であったにもかかわらず、性格的にも思想的にも極端な自己本位の理想主義者であったために、仕官生活という特に制約の厳しい社会の生活には、彼はよくよく不適格な、悲劇的あるいは喜劇的人物であった。

さらには岡村氏は、詩人が上司である「郷里の小人」に礼を尽くすことを拒否して即日官を捨てたのは、「成り上がり者」である「郷里の小人」に、上司としての礼を尽くすことに屈辱感を覚えたからだとも説いている。

淵明が彭沢県の知事にまでなりながら、かくも早々にこの職を去った直接的な動機は、決して従来いわれるような彼の高潔な精神や隠遁生活への強い憧憬などによるのではなくて、彼のこの忍び難い屈辱感（これは彼の強い政治的野心の裏返しでもある）にこそよるものであったと私は判断したい。

屈辱感の問題はともかく、淵明の帰隠の動機として、隠遁生活への強い憧憬がはたらいたことまでを否定する岡村説には賛同できない。それでは淵明の詩に繰り返し歌われ、強調されている郷里の田園への憧れ、隠逸生活への志向などが、全部嘘だということになるからだ。岡村説によれば、「帰去来の辞」にみなぎっている、田園生活へ戻ったよろこびも、これからとりあげる詩に見る隠逸生活がもたらした安堵と歓喜も、すべて政治的野心を遂げられなかった失意の敗者の虚勢だということになってしまうではないか。陶侃を曾祖父にもつ詩人が誇り高い人物だったことは確かだし、官途において挫折した詩人が、失意を抱いて帰田したことは容易に想像がつくが、その裏に郷里の田園と隠逸生活への強い憧れがなかったと、どうして言い切れようか。だが正直に言えば、詩人の帰隠の動機や理由について仔細に論じたり考証したりすることは、さほど重要でも、本質的な問題でもないと思う。なにより重要なこと、肝心なことは、淵明という官においては取るにたらなかった人物が、帰隠したという事実である。そしてほかならぬその帰田、帰隠という行為によって、「田園に生きる隠士の文学」というものが生まれたことこそが重要なのだ。淵明の場合、その帰隠は文字通りの帰田であり帰農だったところが、世の多くの隠士とは異なっていた。幽邃《ゆうすい》な山中に遁れ、俗世と完全に隔絶して生きることはせず、田園にあってみずから耕作しつつ、隠逸、自適の生活を送ることを決意したのである。以後、廬を結んで身は人境に在っても、「心遠地自偏　心遠《こころとお》ければ　地《ち》も自《おの》ずから偏《へん》なり」（「飲酒　其の五」）というのが、その隠逸生活の信念となる。「窮耕の士」にして隠士、そして隠れもなき貧士というのが、淵明の後半生の姿である。「性《せい》は剛《ごう》にして才《さい》は拙《せつ》、物《もの》と忤《さから》うこと多《おお》し」（「子の儼等に与うる疏」）という、不羈にして協調性を欠く性格、「性《せい》　本《もと》　邱山《きゅうざん》を愛《あい》す」（「園田の居に帰る　其の一」）自然の中での生活を好む本性、北人貴族の門閥支配下にある虚偽と欺瞞に満ちた官の世界での失望と幻滅、軍人としての挫折――そういったものが淵明を帰隠へと駆り立て、みずから労働して生きる「窮耕の士」としたのであった。

田園に生きる隠士として余生を送る決意をした淵明が、清貧に耐え、清介孤高の高士として生きることを標榜して掲げたのが、その詩の中で執拗なまでに繰り返されている「固窮の節」という信条であり信念にほかならない。先にもふれたが、詩人陶淵明の文学とは、彼が選択した田園での隠逸生活の産物以外のなにものでもないことを、ここでしかと確認しておきたい。田園に生きる隠士としての己の姿と、それを支える想念・信念とをうたうことが、彼の文学の内容をなしているのである。これすなわち「隠逸詩人」の誕生であって、広く人口に膾炙した「帰去来の辞」こそは、その誕生を高らかに告げる宣言だったのである。かくて、中国の詩史の上でも他に類を見ない独自の「隠士の文学」が生まれたのだが、それが文学としての真価を認められ、高い評価を得るに至ったのは、その実かなり時代が下ってからのことである。それ以前の淵明は、世に知られた隠者ではあっても、詩人とは認められてはいなかったのである。

陶淵明を「古今隠逸詩人之宗」と呼んだのは、『詩品』の著者として知られる梁の鍾嶸である。隠遁、隠逸、隠者などと言えば、誰しもがまず想起するのが、詩人陶淵明であろう。田園に隠逸の日々を送り、悠然と南山を眺めつつ、酒を蒙って東籬に菊を採る詩人の姿は、南画などによっても、われわれになじみ深いものとなっている。わが国ばかりではなく、淵明の国である中国においても、実に長きにわたって、この人物は「隠士」以外の何者でもなかった。隠者といえばその代表的存在として、まず陶淵明の名が挙がり、淵明と聞けば、田園に生きた隠逸の高士が思い浮かぶといった具合で、隠士すなわち陶淵明、陶淵明すなわち隠士といった感があったのである。今日でこそ淵明は詩人としての名は高く、李白、杜甫と並ぶ中国を代表する詩人として、その名は世界中に知られ、多くの読書人の欽慕、敬愛するところとなっているが、この詩人が詩人としての真価を認められ、その名を馳せるに至ったのは、蘇軾や黄山谷《こうさんこく》などがその偉大さを深く認識して絶賛した、宋代以後のことにすぎないのである。唐代の詩人李白や杜甫、白楽天《はくらくてん》でさえも、淵明のうちにもっぱら酒の詩人のみを認めており、蘇軾のように、この詩人を全面的に高く評価するということはなかった。

確かに淵明は在世中からある程度その名を知られ、ことにも晩年は、周続之《しゅうぞくし》、劉遺民《りゅういみん》とともに「潯陽《じんよう》の三隠」と呼ばれ、その名は都にまで知られていたが、それはあくまで清介孤高の隠者、高潔なる隠士として知られていたのであって、今日われわれが賛嘆するその詩はまったく知られておらず、詩人としてはほとんど無名の存在であった。淵明とほぼ同じ時代に生き、山水詩の創始者と目される謝霊運が、天下に隠れもなき大詩人として詩名を謳われ、その詩が争って読まれたのとは、雲泥の差である。歴史の流れは皮肉なもので、その後二人の詩人の運命は逆転し、淵明は時とともに詩名いよいよ揚がって、李白、杜甫をもしのぐほどの大詩人として絶大な人気を博するに至ったが、謝霊運のほうは、六朝詩の専門家を除いては、読む人も少なくなってしまった。隠士として多少は知られていた田舎親爺が自らの慰めとして作った、田舎臭く泥臭い詩が、華麗な修辞を駆使した六朝の代表的な詩人の作品を完全に圧倒することとなったのである。なぜこのような興味深い文学的現象が起こったのであろうか。その答えは、淵明という人物の詩才が卓絶していたからだといえばそれまでの話だが、彼が隠士であり同時に詩人であったことが、大きく作用していることは否めない。陶淵明は、それまでにも存在した中国独自の隠士という存在と、詩人とをその一身に統合した最初の「隠逸詩人」として、新たな詩の世界を創造したのであった。つまりは、田園生活を基盤とした隠逸生活の中から、それを素材として、この詩人でなければ生み出せない、独自の詩的世界を創りあげたのである。「田園に住む隠士の世界」を詩によって造形したことは、中国の詩史における未踏の領域の開拓であり、新たな詩的世界の創造であった。その功績は、それ以前には別個のものとして存在していた酒と詩を、作品の中で見事に統一融合させ、「詩酒合一」の世界を築いて、中国文学における「詩酒」の概念を誕生せしめた功に劣らないものがある。

詩人の後半生二十余年にわたる江南の農村での隠逸生活の中で、淵明が紡ぎ出した一三〇篇ほどの詩と三篇の賦、「桃花源記」など若干の散文作品は、その作品によって築かれた高潔にして清介孤高の隠士としての五柳先生のイメージと相俟って、その後次第に中国のみならずわが国の読者、いや漢字文化圏である東アジア全体の人々の心を深くとらえるに至った。わが国の中世文学は『方丈記』に代表される「隠者文学」なるものを生み出したが、中国ではあまたの隠士、逸民は輩出したものの、わが国の隠者文学というようなものは、ついに生まれることはなかった。隠士は隠士、詩人は詩人であって、両者は別個の存在であったが、淵明の登場を待って初めて、両者の合一が成就し、「隠士の文学」「田園詩人」が誕生したのである。このことの意義は大きい。方祖燊《ほうそしん》氏は、その著『「田園詩人」陶淵明』の中で、淵明はその田園生活において、農夫として労働し、夜々飲酒を楽しみ、子姪らを伴って山野を散策し、近隣を招いての夜を徹しての飲酒をよろこび、閑適の折には弾琴と読書を楽しみ、詩を賦すといった活動を通じて、その小天地の中に理想的社会を創り出したと述べている。その上で、

かくて陶潜の詩才は、まさしく一人の千古不朽の田園詩人を生むこととなった。彼はたえず吟唱し、多くの優美な閑適詩を書き、胸中の思いを披瀝し、田園生活を描き、自然の生命を歌い讃えた。そこでは、彼は一人の農夫であり、隠士であり、何篇もの偉大な田園詩を生み出した。

と、「田園詩人」としての淵明の文学上の事跡について述べている。淵明の隠逸生活が生み出した詩文の明るい側面ばかりを強調し、その詩的世界全体に暗い影を落としている死の問題や、貧士としての苦患にふれていないのは大いに不満だが、田園詩人としての側面は言い当てていることは確かだ。

隠士陶淵明が生み出した詩文は、中国では他に類がないものであって、東晋から劉宋の時代へという、政治的にはまさに暗黒時代と言うほかない時代と、淵明の卓絶した詩才が相俟って生まれた、一回限りの、孤立した文学的事象であるとも言えよう。淵明の詩文の世界は、詩人がキャンバスの上に描いた「隠士の世界」である。言うまでもなく、それは外的世界のみならず、詩人の内的世界をも意味する。いささか冗談めかして、バルザック風に言えば、それは Les splendeurs et les misères de la vie retirée「隠遁生活の栄光と悲惨」と名づけてもよいものだ。「固窮の節」を標榜する詩人淵明は、田園に窮耕する隠士として、自然の美しさとその中に生きるよろこびをうたい、農民とともにある生活の苦楽を生気あふれる平淡なことばで描き、自然の中での隠棲生活にまつわる悦楽や貧士としての苦難、苦患をうたった。「篇篇酒《へんぺんさけ》有《あ》り」（蕭統「陶淵明集序」）と評されるほどにしばしば飲酒の楽しみを詠じ、また激動の世にあって隠逸の民として生きることからくる心中の葛藤を表白した。さらには隠逸生活の中にあって、生と死を見つめて絶えず思索をめぐらし、有限の存在である人間を待ち受ける死というものを真正面から凝視して、「死すべきもの」としての人間の悲哀を、詩に結晶せしめた。さらにはまた豊かな想像力を駆使して「桃花源記」のような虚構の理想的世界をしつらえ、ときに心を仙界に遊ばせて「山海経を読む」のような空想の世界をも現出せしめた。これらはすべて、隠士淵明の隠逸生活から生まれたものにほかならない。斯波六郎博士のことばを借りれば、淵明の文学とは、「己れの生活そのものを詩として観照した生活文学」（『陶淵明詩訳注』）なのである。

淵明の文学が、詩人がキャンバスの上にことばで描いた「隠士の世界」にほかならないことは、今述べたところだが、では詩人はいかなる筆づかい、いかなる色合いをもって、それを描いているのか、何首かの詩を通じて、その一端を窺ってみよう。顔延之は「陶徴士の誄」において、詩人の隠棲生活を、

陳書輟巻　書《しょ》を陳《つら》ね巻《かん》を輟《や》め
置酒絃琴　置酒《ちしゅ》して琴《きん》を絃《ひ》く

とうたっているが、詩人自身の口を通じて、それがいかなるものであったのかを、しばし眺めてみたいと思う。淵明の描きうたう隠士の世界は、さまざまな相貌や様相を呈しているので、以下それぞれに応じた章であつかうことにするが、ここでは、詩人帰田後の、「これぞ隠逸生活」という趣の作品を瞥見してみたい。

まずは最後の出仕となった彭沢の県令の職を、「道《みち》は物《もの》に偶《ぐう》せず、官《かん》を棄《す》てて好《この》むに従《したが》う」（顔延之「陶徴士の誄」）ということで、在職わずか八十日にして擲って、故郷の村に帰田した

ときの哀歓をうたった詩「園田の居に帰る」五首から、三首をとりあげ、隠士淵明の生活ぶりを垣間見よう。

帰園田居　　園田《えんでん》の居《きょ》に帰《かえ》る
其一　　其《そ》の一《いち》

少無適俗韻　　少《わか》きより俗《ぞく》に適《かな》える韻《いん》無《な》く
性本愛邱山　　性《せい》　本《もと》　邱山《きゅうざん》を愛《あい》す
誤落塵網中　　誤《あやま》って塵網《じんもう》の中《うち》に落《お》ち
一去三十年　　一去《いっきょ》　三十年《さんじゅうねん》
羈鳥恋旧林　　羈鳥《きちょう》　旧林《きゅうりん》を恋《こ》い
池魚思故淵　　池魚《ちぎょ》　故淵《こえん》を思《おも》う
開荒南野際　　荒《こう》を南野《なんや》の際《さい》に開《ひら》かんと
守拙帰園田　　拙《せつ》を守《まも》って園田《えんでん》に帰《かえ》る
方宅十余畝　　方宅《ほうたく》　十余《じゅうよ》畝《ほ》
草屋八九間　　草屋《そうおく》　八九間《はちくけん》

楡柳蔭後簷
桃李羅堂前
曖曖遠人村
依依墟里煙
狗吠深巷中
鶏鳴桑樹巓
戸庭無塵雑
虚室有余間
久在樊籠裏
復得返自然

楡柳《ゆりゅう》　後簷《こうえん》を蔭《おお》い
桃李《とうり》　堂前《どうぜん》に羅《つら》なる
曖曖《あいあい》たり　遠人《えんじん》の村《むら》
依依《いい》たり　墟里《きょり》の煙《けむり》
狗《いぬ》は吠《ほ》ゆ　深巷《しんこう》の中《うち》
鶏《とり》は鳴《な》く　桑樹《そうじゅ》の巓《いただき》
戸庭《こてい》　塵雑《じんざつ》無《な》く
虚室《きょしつ》　余間《よかん》有《あ》り
久《ひさ》しく樊籠《はんろう》の裏《うち》に在《あ》りしも
復《ま》た自然《しぜん》に返《かえ》るを得《え》たり

淵明の生涯は、二十九歳で初めて出仕するまでを第一期とし、出仕と帰田を繰り返していた時期を第二期、彭沢の県令を辞して完全な隠棲生活に入ってからを第三期とするのが普通であるが、この詩は、「帰去来の辞」とともに、まさに詩人が隠逸生活に入ったその出発点をなしている。しばしの間とはいえ、素志に反して官人となった淵明が、「已往《いおう》の諫《いさ》められざるを悟《さと》り、来者《らいしゃ》の追《お》う可《べ》きを知《し》」って、官を捨て、決然として田園に生きる隠士への途を踏み出すことを高らかに宣言したのが、かの「帰去来の辞」であった。その隠遁生活から発せられた最初の作であるこの詩は、「帰去来の辞」に呼応するものであり、またそれに続く作でもある。この詩を出発点として、以後「隠士の文学」の詩的世界が展開してゆくのである。この一首は、官途への途から隠士への途へと、大きく生き方を変えた詩人の転機を示す作として、重要な位置を占めていると言えよう。

見てのとおり、「全ての詩語が質朴であり華奢なところなく、毫も彫琢の跡を見ない」(温洪隆『新訳 陶淵明集』)と評されているように、平淡無奇なことばで綴られたこの詩は、ついに役人生活のくびきを遁れて、静かな田園に帰ることのできた作者のよろこびが、全詩行の間からほとばしっている。前半八句では、官を捨ててついに帰隠するに至った経緯が述べられ、後半十二句は、郷里の家とその周辺との平和な風景が、淡々と、しかしいかにも味わい深い筆致で描かれ、うたわれており、まさに佳篇と賞するに足る作となっている。歓喜のうたであり、「田園頌」でもあるのが、この一首なのだ。

この詩の、帰隠を決意した次第を述べた前半で、詩人は欺瞞や機巧の支配する官の世界、俗社会にあった己の姿を、「塵網」つまりは汚れた網に落ち、それにからめとられていたものとしてうたう。そして官につながれた自分にほかならぬ「羈鳥」すなわち旅する鳥も、「池魚」も以前の住まいを恋うるように、新たに荒地を開墾しようと、故郷の村に帰ったことを述べ

る。この前半の部分が、詩人のその後の隠遁生活の信条となった「固窮の節」を裏付ける強い信念と意志の表明である、

守拙帰園田　　拙《せつ》を守《まも》って園田《えんでん》に帰《かえ》る

という反俗的な詩句で終わっていることも注意する必要があろう。「自分は自分なりの〝拙〟つまりは世渡りのつたなさをあくまで固守して、田園に帰って窮耕作しつつ生きて行くぞ」という、不退転の決意が言われているのである。以後淵明は、己を高く持し、清介孤高の隠士として生きる自負の念を、執拗なまでに繰り返しうたうことになる。以下九句から十六句までにわたって描かれるのどかな田園風景は、作者の心象風景でもあろうが、田園の美の発見者としての、淵明の真骨頂を示すものだ。作者の視線は裏庭に蔭なす楡や柳、軒先の桃や李から一転して遠景に転じ、

曖曖遠人村　　曖曖《あいあい》たり　遠人《えんじん》の村《むら》
依依墟里煙　　依依《いい》たり　墟里《きょり》の煙《けむり》

との、水墨画のような風景へとうつろい、再び一転して、犬や鶏の鳴き声という、平和な農村を象徴する聴覚の世界へと没入している。その描写はまさに絶妙であって、平淡、質朴でありながら、作者の心象風景をも重ねて、かほどにもみごとに田園風景をうたいあげているのは、絶賛に値する。原風景、理想郷としての田園の中に没入し、そこにたゆたう詩人の心が、われわれ読者に静かにまたおだやかに伝わってくる。その質朴な詩風には、華麗な修辞を駆使した精緻巧妙な謝霊運の山水詩にはない、独自の静謐の美があると言えるだろう。豹軒鈴木虎雄先生は、謝霊運と淵明の詩風を比較して、

謝の詩は巧麗ではあるが甚だ幽奥なところがある、謝にも亦自然なところがあるが、それは人工の極をつくしてそこに至ったものである、淵明の自然はほんたうに脳の中から流出した自然である、不用意に出たかの如く見ゆるものである。（『陶淵明詩解』）

と評しておられるが、この詩を読むとまさにむべなるかなの感を深くせざるを得ない。ヨーロッパにも、自然の中に生きる牧人をうたった、ギリシア、ローマ以来の「牧歌」「田園詩」というジャンルがあり、テオクリトス、ウェルギリウス、サンナザーロといった詩人たちが、理想郷としての田園風景の美をうたったが、そのいずれをもってしても、淵明のこの詩には及

ぶまい。「田園詩の粋」――そういう面から見ても、この詩の意味は大きい。この注目すべき詩が、

久在樊籠裏　久《ひさ》しく樊籠《はんろう》の裏《うち》に在《あ》りしも
復得返自然　復《ま》た自然《しぜん》に返《かえ》るを得《え》たり

という、詩人淵明の決定的な転換点を物語る詩句で結ばれていることも、見逃してはなるまい。間歇的にであるとはいえ、政治的野心もあり、官人としての栄達を望む気持ちも捨てきれず、またしばしば口腹の役するところとなって出仕せざるを得なかった詩人は、窮屈な役人勤めのわが身を「籠の鳥」と感じ、それに苦しんでいたのだが、隠士として生きる途を選んだことで、ついに自由を得たのである。官界にあるわが身を、「樊籠」つまり「鳥籠」にありとする表現は、『荘子』に基づくと諸注にある（淵明に先立つ詩人左思にも、「習習《しゅうしゅう》たり籠中《ろうちゅう》の鳥《とり》」〔「詠史 其の八」〕という表現が見られる）。「長いこと鳥籠の中にいたが、ようやく復た自然に返ることができた」という意のこの詩句において、「樊籠」は歪められた状態を象徴し、いわば欺瞞と悪を意味している。それに対して、人間がその「真」を取り戻せる世界である「自然」が対置されているのである。その「自然」とは、鈴木豹軒先生が、「自然は人工を加へぬ本来

の姿、即ち、淵明が愛する絶対自由の境界」と説いておられるとおりである。五回にわたる出仕と帰田という紆余曲折を経て、詩人は今ようやく、官人の世界という欺瞞に満ちた不自然な世界から、本来の世界である「自然」へと返ることができたのである。そのよろこびと安堵感とを託して、この結びの二句として表白したのだ。それは官を捨て今や隠士となった詩人が、最初に放った歓喜の声であり、嘆声だと言ってよい。

次に第二首を窺い見る。

其二
野外罕人事
窮巷寡輪鞅
白日掩荊扉
虚室絶塵想
時復墟曲中
披草共来往
相見無雑言

其《そ》の二《に》
野外《やがい》　人事《じんじ》罕《まれ》に
窮巷《きゅうこう》　輪鞅《りんおう》寡《すくな》し
白日《はくじつ》　荊扉《けいひ》を掩《おお》い
虚室《きょしつ》　塵想《じんそう》を絶《た》つ
時《とき》に復《ま》た墟曲《きょきょく》の中《うち》
草《くさ》を披《ひら》きて共《とも》に来往《らいおう》す
相見《あいみ》て雑言《ざつげん》無《な》く

但道桑麻長　但《た》だ道《い》う　桑麻《そうま》長《の》びたりと
桑麻日已長　桑麻《そうま》　日《ひ》びに已《すで》に長《ちょう》じ
我土日已広　我《わ》が土《つち》　日《ひ》びに已《すで》に広《ひろ》し
常恐霜霰至　常《つね》に恐《おそ》る　霜《しも》と霰《あられ》の至《いた》り
零落同草莽　零落《れいらく》して草莽《そうもう》に同《おな》じきを

この第二首は、帰田後「窮耕の士」となった詩人の生活を描いている。歓喜にあふれた先の第一首が、作者の弾む心をリズムに宿していたのに比べると、より落ち着いた、まさに平淡そのものの詩風を見せていると評してよかろう。冒頭の四句は、世俗との縁を絶って、田園に落ち着いた状況がうたわれる。この詩の冒頭からして、汚濁にまみれた世俗社会と縁を切り、田園に生きることの喜びを嚙みしめている、詩人の姿が彷彿と浮かんでくる。官の世界とは異なり、田野ではわずらわしいつきあいもほとんどなく、官吏が車を駆って訪れるようなこともない。茨だらけの扉を昼なお閉ざし、静かな環境で自得し、俗念をきれいさっぱりと捨て去った詩人の姿がそこにある。一海知義氏が指摘しておられるように、「虚室《きょしつ》　塵想《じんそう》を絶《た》つ」の「虚室」は、がらんとした部屋を言うと同時に、俗念、雑念を清く去った作者の心中の比喩でもあろう（『世界古典文学全集　陶淵明・文心雕龍』）。そこから詩は一転して外界へと移り、一農人として、近隣の農民と畑で行き来することが言われている。温洪隆氏が評しているように、「相《あい》見《み》て雑言無《ざつげんな》く」との詩句における「相見て」の二語は、田舎の有様を実にリアルに写し出し得ていて妙である。巧まずして巧みな表現と言うべきか。

相見無雑言　相《あい》見《み》て雑言無《ざつげんな》く
但道桑麻長　但《た》だ道《い》う　桑麻《そうま》の長びたりと

この二句は実によい。ここには田園詩のエッセンスが凝縮して表現されていると言っても、決して過言ではなかろう。村人と顔を見合わせ、余計な事は何ひとつ口にせず、交わす短い会話は、俗事、俗念を遠く離れた作物の生育状況のみだというのである。素朴な農民と交わすことばであるから、官途を離れた今は、暗転しつつある政治的な動向といったきな臭いことは一切話題にしないというのが、その裏の意味であろう。定家ではないが、「紅旗征戎《こうきせいじゅう》吾が事《こと》に非《あら》ず」というほどの意か。鈴木豹軒先生の飄逸な訳をお借りすれば、

「イヤ、権兵衛殿、あなたの畠の桑は何尺のびたか」又た「麻は幾寸のびたか」といふやうなことばかりである。（前掲書）

というのだが、これほど平易、平淡なことばをもって、田園に生きる者の姿をあざやかに掬い取る技量は、まさに端倪すべからざるものだ。「桑麻《そうま》長《の》びたりと」という句からは、みずから耕作する身となった詩人の心中のよろこびが立ち上っているようだ。この詩は、順調に生育の進んでいる作物への期待と、その将来をおびやかす不安とをうたった四句で終わっている。作物の収穫を台無しにする霜や霰を、「それは淵明の希望をさまたげるものの寓意であろう」と一海氏は説いておられる。それはそうであろうが、拙老などには、最後の二句からは、みずから農夫となって耕作に従う者の、切なる祈りが強く聞こえてくるように思われるのである。

今度は第三首を一瞥しよう。やはり「窮耕の士」、農夫としての淵明の生活の中から生まれた詩で、「田家《でんか》の語《ご》」で綴られている作である。

其三　　其《そ》の三《さん》

種豆南山下　　豆《まめ》を種《う》う　南山《なんざん》の下《もと》
草盛豆苗稀　　草盛《くささか》んにして豆苗《とうびょう》稀《まれ》なり
晨興理荒穢　　晨《あした》に興《お》きて荒穢《こうわい》を理《おさ》め
帯月荷鋤帰　　月《つき》を帯《お》びて鋤《すき》を荷《にな》いて帰《かえ》る

道狭草木長
夕露霑我衣
衣霑不足惜
但使願無違

道狭《みちせま》くして草木《そうもく》長《の》び
夕露《せきろ》　我《わ》が衣《ころも》を霑《うるお》す
衣《ころも》の霑《うるお》うは惜《お》しむに足《た》らず
但《た》だ願《ねが》いをして違《たが》うこと無《な》からしめよ

この詩は、その背後に寓意さえ読み取らなければ、表面的にはほとんど注釈のたぐいを要しない平明な農事詩だと言ってよい。帰田後一農人となりきって、みずから鋤鍬を取って耕作に励んだ淵明にして、初めて作り得た詩である。このように「田家の語」をもって、泥臭い農民の日常生活や労働をうたうこと自体が、当時としては甚だ異色、異例のことであって、中国の詩に新たな領域を切り開いたものだ。だが華麗な修辞主義が支配していた六朝詩の詩壇では、田舎の隠居親爺が作ったかような詩はまったく顧みられることはなかった。今日の目からすれば、修辞過多でいたずらに詩技の巧みを競った六朝詩の時代にあって、淵明の独自性こそがやはり一際強い光を放っていることは衆目の一致するところだ。

見てのとおり、この一首は、もはや農に拠って生きる覚悟を固めた詩人の、作物が無事収穫できることを切に祈る気持ちを詠じたもので、これと同じ願いは、別の詩「庚戌《こうじゅつ》の歳《とし》、九月《くがつ》中《ちゅう》、西田《せいでん》に於《お》いて早稲《わせ》を穫《とりいれ》す」でも、

四体誠乃疲　四体《したい》　誠《まこと》に乃《すなわ》ち疲《つか》るるも
庶無異患干　庶《ねが》わくは異患《いかん》の干《おか》す無《な》からんことを

とうたわれている。

道狭草木長　道狭《みちせま》くして草木《そうもく》長《の》び
夕露霑我衣　夕露《せきろ》　我《わ》が衣《ころも》を霑《うるお》す

という二句は、蔡日新氏がまさしくこれぞ農家の生活の真実を写し出したものとして感心しているが（『陶淵明』）、異を唱える余地はまったくない。リアリティーに満ちた佳句だと思う。

また、

帯月荷鋤帰　月《つき》を帯《お》びて鋤《すき》を荷《にな》いて帰《かえ》る

との詩句は、わずか一句にして「窮耕の士」となった淵明のみごとな自画像となっている点で興味深く、また称賛に値するものだ。「帯月」という表現にふれて、鈴木先生は、「帯の字おも

しろき味あり」と言っておられる。まったく同感である。先にその二句を引いた早稲の収穫をうたった詩には、これとよく似た

日入負耒還　　日入《ひい》れば耒《すき》を負《お》いて還《かえ》る

なる詩句が見られるが、「帯月」の詩句のほうが、やはり格段にまさっていることは否めない。一句の出来栄えが作品全体に大きく作用する、詩というもののおもしろさである。ちなみにこの詩は、前漢の楊惲《よううん》なる人物の風刺の歌に基づく作だということが指摘されているが、それによると、この詩は単なる農事詩ではなく、作者淵明がそこに何か政治的な憤懣を盛り込んだものだということになる。しかしここでは、そう読まず、帰田後の農夫としての淵明の生活を詠じた詩として、これを鑑賞することとしたい。

さてもう一首鑑賞を試みよう。次にとりあげるのは、「我《われ》は実《まこと》に幽居《ゆうきょ》の士《し》」（「龐参軍《ほうさんぐん》に答《こた》う」〈五言〉）と隠逸の高士たることを誇示し、

衡門之下　　衡門《こうもん》の下《した》
有琴有書　　琴《きん》有《あ》り書《しょ》有《あ》り

載弾載詠
爰得我娯
豈無他好
楽是幽居
朝為灌園
夕偃蓬廬

載《すなわ》ち弾《だん》じ載《すなわ》ち詠《えい》ず
爰《ここ》に我《わ》が娯《たの》しみを得《え》たり
豈《あ》に他《ほか》の好《す》きもの無《な》からんや
楽《たの》しみは是《こ》れ幽居《ゆうきょ》
朝《あした》には園《えん》に灌《そそ》ぐを為《な》し
夕《ゆうべ》には蓬廬《ほうろ》に偃《ふ》す

――「龐参軍に答う」〈四言〉

と、幽居しての詩琴酒に耽る楽しみをうたい、あるいはまた別の詩でも

孟夏草木長
繞屋樹扶疏
衆鳥欣有託
吾亦愛吾廬
既耕亦已種
時還読我書

孟夏《もうか》　草木《そうもく》長《の》び
屋《おく》を繞《めぐ》りて　樹《き》　扶疏《ふそ》たり
衆鳥《しゅうちょう》　託《たく》する有《あ》るを欣《よろこ》び
吾《われ》も亦《ま》た吾《わ》が廬《いおり》を愛《あい》す
既《すで》に耕《たがや》し亦《ま》た已《すで》に種《う》え
時《とき》に還《ま》た我《わ》が書《しょ》を読《よ》む

窮巷隔深轍　窮巷《きゅうこう》　深轍《しんてつ》を隔《へだ》つるも
頗迴故人車　頗《すこぶ》る故人《こじん》の車《くるま》を迴《めぐ》らさしむ
歓言酌春酒　歓言《かんげん》して春酒《しゅんしゅ》を酌《く》み
摘我園中蔬　我《わ》が園中《えんちゅう》の蔬《そ》を摘《つ》む

――「山海経を読む　其の一」

と隠逸生活の悦楽を詠じている淵明が、隠逸生活を心から楽しみ、それを謳歌している作である。前章でも見た「郭主簿《かくしゅぼ》に和《わ》す」と題された連作詩二首の「其の一」がそれである。この詩を帰隠以前の作と見る研究者もいるが、作中に見る自得している様子からして、やはり帰隠し、田園での窮耕の生活に入ってからの作と考えたい。

和郭主簿　郭主簿《かくしゅぼ》に和《わ》す
其一　其《そ》の一《いち》
藹藹堂前林　藹藹《あいあい》たり　堂前《どうぜん》の林《はやし》
中夏貯清陰　中夏《ちゅうか》　清陰《せいいん》を貯《たくわ》う

凱風因時来
回飈開我襟
息交遊閒業
臥起弄書琴
園蔬有余滋
旧穀猶儲今
営己良有極
過足非所欽
舂秫作美酒
酒熟吾自斟
弱子戯我側
学語未成音
此事真復楽
聊用忘華簪
遥遥望白雲
懐古一何深

凱風《がいふう》　時《とき》に因《よ》って来《き》たり
回飈《かいひょう》　我《わ》が襟《むね》を開《ひら》く
交《まじ》わりを息《や》めて閒業《かんぎょう》に遊《あそ》び
臥起《がき》に書琴《しょきん》を弄《もてあそ》ぶ
園蔬《えんそ》は余滋《よじ》有《あ》り
旧穀《きゅうこく》は猶《な》お今《いま》に儲《たくわ》う
己《おのれ》を営《いとな》むは良《まこと》に極《さだめ》有《あ》り
足《た》るに過《す》ぐるは欽《ねが》う所《ところ》に非《あら》ず
秫《じゅつ》を舂《つ》きて美酒《びしゅ》を作《つく》り
酒《さけ》熟《じゅく》すれば吾《わ》れ自《みずか》ら斟《く》む
弱子《じゃくし》は我《わ》が側《かたわ》らに戯《たわむ》れ
語《ご》を学《まな》びて未《いま》だ音《おん》を成《な》さず
此《こ》の事《こと》　真《しん》に復《ま》た楽《たの》し
聊《いささ》か用《もっ》て華簪《かしん》を忘《わす》る
遥遥《ようよう》として白雲《はくうん》を望《のぞ》み
古《いにしえ》を懐《おも》うこと一《いっ》に何《なん》ぞ深《ふか》き

これは、詩人が郭主簿という交際のあった人物に唱和して作った詩二篇の、第一首目の作で、窮耕による田園での生活に満ち足りた詩人の幸福な日々が、淡々とのびやかにうたわれている。その詩の格調は「恬淡閑適《てんたんかんてき》」と評されているが、いかにもそうに違いない。うたわれている季節は夏である。三、四句は、「帰去来の辞」中の名句、

舟遥遥以軽颺　　舟《ふね》は遥遥《ようよう》として以《もっ》て軽《かろ》く颺《あが》り
風飄飄而吹衣　　風《かぜ》は飄飄《ひょうひょう》として衣《ころも》を吹《ふ》く

を想起させる名句と言い得よう。座敷の前にこんもりと繁った林が清らかな蔭をなし、南風が心地よく吹き渡ってくる中で、俗世間との交際を絶ち、老荘の書などをのんびりと読み耽り、終日書物に親しみ、また琴をかなでる。野菜も穀物も貯えはたっぷりあって、生活をしてゆくには分というものがあるから、事足りている以上のものは求めない。もち米を臼で搗いてみずから酒を醸し、それが出来たら手ずから酌む。その傍らではことばを学び始めて未だ発音もままならぬ幼いわが子が無心に戯れている。という具合に、これぞまさに知足安分のきわみとも言うべき、隠逸生活の醍醐味がまず描かれる。豊かな自然の恵みを受けて、それを心ゆくまで楽しんでいる詩人の境涯をうたったこの部分は、まさに一幅の絵であって、「隠士閑適之図」

とでも題したいところだ。冒頭の四句は locus amoenus（心地よい場所）としての田園風景であり、同時にそれと溶け合った詩人の心象風景ともなっている。平淡の美の一典型と評し得る表現である。南画のような、きわめて東洋的な美の世界だと言えよう。このような美しい田園の中での満ち足りた生活の情景を描いたところで、詩人はそれを指して「此《こ》の事《こと》 真《しん》に復《ま》た楽《たの》し、聊《いささ》か用《もっ》て華簪《かしん》を忘《わす》る」と、その心中を吐露している。この楽しさがあるからには、「聊か」つまりはまあなんとか官途での栄達も忘れられようというものだ、というのがその感慨である。ここで「聊か」ということばが用いられているところから見て、詩人がその境遇に完全に自足しきっているわけではないことが匂わされている。果たして淵明は、大沼枕山のように、「福《ふく》は清閑《せいかん》に在《あ》って官《かん》に在《あ》らず」（「新歳雑題《しんさいざつだい》」）と、心底悟っていたのであろうか。結びの二句は、理想的な時代であった上古の時代への思いを馳せたものであろう。「隠士閑適之図」と呼び得るこの詩は、まさに田園での隠逸生活そのものから生まれたものであって、「田園詩人」陶淵明独自の詩的世界を形成している。詩人がここに老子の「小国寡民《しょうこくかみん》」の理想を託し、俗塵を離れた世界を追求する気持ちをあらわした云々の論議は、採らない。いずれにしてもこの一首は、隠士淵明の生んだ田園詩の傑作として、記憶にとどめるに値するものだ。

さて本章では、淵明の文学を生んだ「隠士」とはいかなるものか、また詩人はいかにして田園に生きる隠士となったか、その経緯を概観した。その上で田園における隠逸生活とはいかなるものか、作品を通じて窺い見た。それは全体として見れば明るい色調に彩られたものではあるが、詩人の田園生活は、明暗濃淡さまざまな色合いを呈している。以後のいくつかの章で、そのあたりを眺めることとしよう。

三　田園詩人

前章で述べたとおり、「田園に生きる隠士の文学」という前人未踏の新たな分野を、中国文学に切り拓いた淵明は、中国における「田園詩の開祖」、創始者と見なされている。ギリシア以来常に人間を描くことが文学の中心的なテーマであったヨーロッパ文学においては、自然美の発見は遅れ、自然というものが人々の関心を強く引くようになったのは、十八世紀のルソー以後のことである。ロマン派の時代を迎えると、ワーズワースやヘンリー・ソローのような、自然の美をうたって名高い詩人などが出てくるが、かの地では中国の「山水詩」に相当するものは、長い間生まれなかった。古代ギリシアでは、サッフォーやイビュコスの詩などに断片的に自然の美しさにふれたものがあるし、ヘレニズム時代には、テオクリトスに代表される、牧人を主人公とした「牧歌」(「田園詩」と訳されることもある)という新しい詩のジャンルが生まれるに至った。その影響でウェルギリウスの『牧歌』が書かれ、牧歌の伝統はダンテやペトラルカ、サンナザーロ、ミルトンなどに受け継がれるのだが、これらの詩人の牧歌は、これから見る淵明の田園というよりも農村を舞台とした詩とは、大いに趣を異にするものである。そこでは確かに牧人の生活がうたわれ、自然の美もうたわれてはいるが、それは都会人である詩人が、あくまで傍観者として牧人の生活を描いたり、牧人の姿を借りて自己の観念を投影したものにすぎない。テオクリトスの牧歌の中には、緑なす木陰、澄んだ泉、心地よく吹き渡るそよ風といったものが織り成す locus amoenus(心地よい場所)に牧人を登場させ、果樹栽培がもたらしたみごとな果物、豊かな穀物といったものをうたった作もあるが、それらはただ添え物として登場するのみであって、淵明の手になる田園詩とは、大きく相違している。言うなれば、牧歌にうたわれている自然とは、所詮は都会に生きる詩人が夢想した自然であり景観であって、リアリティーを欠いている。本物の牧人が、筆をとって詩歌を作るということは、ギリシアにもローマにも、その後のヨーロッパにもなかった。ギリシアには、本物の農民であった前七世紀の叙事詩人ヘシオドスの如き詩人がいて、その教訓詩『仕事と日々』で、農村での労働にふれてはいるが、この詩人は田園風景、自然の美といったものには無関心であったらしく、その作は田園詩といった面影は宿していない。これはひとつには、ギリシア人の関心が自然よりも人間に集中していたためであり、またヘリコン山の麓で、半農半牧の民として、痩せた土地を耕して苦しい労働の日々を送っていたヘシオドスには、自然の景観の美を見出したり、讃えたりする余裕がなかったためでもあろう。

「世界文壇史上第一位の自然派の詩人」（王国瓔《おうこくえい》『古今隠逸詩人之宗—陶淵明論析』）であり、中国における田園詩の鼻祖である淵明の生んだ田園詩は、これらヨーロッパの詩とは異質のものであるばかりか、自然の美、風景・景観の美しさを、修辞を凝らした華麗な詩句で錦繍の如く綴った謝霊運の山水詩などとも違う、独自の詩的世界を構成しているのである。龔斌氏がその著『陶淵明伝論』で述べているように、淵明が発見したのは、ごくありふれた田園の風物に宿る美であって、謝霊運の山水詩に詠じられているような、「千岩競秀《せんがんきょうしゅう》、万壑争流《ばんがくそうりゅう》」といった壮麗な山水の美ではない。農村に生きる一隠士、一農夫としての淵明がうたったのは、ありふれた田園の景物であり、農事に従う者の心であった。淵明の文学が、「田園における隠士の文学」以外の何物でもないことは、前章で述べたところだが、その田園詩もまたまさにそのようなものとして、窮耕によって生きる詩人の生活の中から生まれ出たものであった。彼の田園詩は、農人としての詩人がその生活の中から、傍観者としてではなく、田園に生きる一人の人間として見た自然をうたい、田園の中で営まれる農人としての生活を描いているところに、その特質がある。その詩は生活即田園詩であって、淵明が中国における田園詩の創始者と言われるのは、まさにそのためである。

代耕本非望　代耕《だいこう》は本《もと》より望《のぞ》みに非《あら》ず
所業在田桑　業《ぎょう》とする所《ところ》は田桑《でんそう》に在《あ》り

——「雑詩　其の八」

というのが淵明の後半生の生き方であって、その生活とそれを支える信念を詩として造形したのがこの詩人の詩的世界なのであるから、彼の詩が田園詩というそれ以前には存在しなかったものとして、中国の詩史の上に独自の光彩を放つこととなったのも、当然といえば当然かもしれない。

淵明と同時代人の謝霊運が山水詩という新たな領域を切り拓き、自然の美をうたう伝統は、顔延之から王維《おうい》、孟浩然《もうこうねん》などに受け継がれてゆくが、淵明のように、「田家の語」をもって田園生活をうたい、田園の風物の美を描いた詩人はいなかった。そもそも淵明以前には、田園生活を題材とした詩は存在せず、農事のよろこびや農村のたたずまいが詩に詠じられるということはほとんどなかったと言ってよい。古くは、本来民謡である『詩経』には、田園の風景や農村での労働などがうたいこまれたものがあるが、それらは田園詩と言うには足りないものだ。人生と自然とを詩作品の中で完全に融合させ、田園生活から生ずる愉悦と労苦・苦難を、質朴な「田家の語」でうたった田園詩は、淵明の登場を待って、初めて生まれたのである。それは田園の景物を詠じると同時に、そこに生きる農人としての己の心をうたってもいて、叙景と抒情とがみごとに融合した詩的世界を形成している。かような詩は、ひとり中国のみならず、世界文学の中でもあまり類を見ない、淵明独自の詩の世界であって、その後二度と現出することのなかった文学的事象、文学現象なのである。敢えて言えば、本来マントヴァの田舎の出であったウェルギリウス作の『農耕詩』に、いささか淵明の田園詩に通い合うものが見出せるかもしれないが、その詩風、詩境はやはり大きく異なっている。

厳密に言えば、淵明による田園の美の発見とその詠出は隠逸生活とともに始まったものではなく、すでに詩人の帰隠以前にその端緒が認められる。前章「隠士の生んだ文学」で述べたように、二十九歳で最初の出仕をして以来、以後十三年間、詩人は出仕と帰田を繰り返している。その間、郷里にあってはみずから鋤鍬を取って労働していたことは確かである。その後官途において挫折し、いわば政治的敗者として田園における帰隠生活を選んだ淵明であったが、虚偽と欺瞞に満ちた俗社会では得られなかった自由を、ついには田園生活に見出し、それを詠じて、「田園詩」という新たな領域を創造し完成せしめたのであった。淵明という詩人が、農耕生活こそ自然の道理にかなった人間本来の生き方であるという、いわば「農本主義」を奉じ、確信をもって彼が「真」と呼ぶものを養うことに後半生を費やしたかどうか、そのあたりは確信がもてない。だが、確かなことは、この詩人が、その生活の場であった田園での窮耕生活の中から、無比無類の田園詩を生み出したという事実である。後代、淵明の影響を深く蒙り、その詩風を慕う詩人たち、たとえば蘇軾や陸游《りくゆう》も、田園のたたずまいや農事のよろこびと労苦を詩にうたうことはあったが、それは彼らがある時点で、農民に接近した折に生まれたものので、一農夫となりきった淵明の田園詩とは、やはり性格を異にするものだと言うべきだろう。王維にも淵明の田園詩を模した作があるが、やはり都会人による頭脳の産物であって、淵明の真正の田園詩とは一籌を輸することは否みがたい。

田園における詩人の隠逸生活は、すでに前章でその一端を垣間見たが、ここでは淵明が、力耕の人として田園に生きる己の姿や農事に従う心を詠じた詩をとりあげ、吟味鑑賞を試みたい。まず最初に、「癸卯《きぼう》の歳《とし》、始春《ししゅん》、田舎《でんしゃ》に懐古《かいこ》す」の二首を掲げて、淵明ならではの田園詩の詩風を一瞥することとしよう。まずは第一首から始める。

癸卯歳始春
懐古田舎
其一

在昔聞南畝
当年竟未践
屢空既有人
春興豈自免
夙晨装吾駕
啓塗情已緬
鳥弄歓新節

癸卯《きぼう》の歳《とし》、始春《ししゅん》、
田舎《でんしゃ》に懐古《かいこ》す
其《そ》の一《いち》

在昔《むかし》　南畝《なんぽ》のことを聞《き》くも
当年《とうねん》　竟《つい》に未《いま》だ践《ふ》まず
屢《しば》しば空《むな》しきこと既《すで》に人《ひと》有《あ》り
春興《しゅんきょう》　豈《あ》に自《みずか》ら免《まぬが》れんや
夙晨《しゅくしん》　吾《わ》が駕《が》を装《よそお》い
塗《みち》を啓《ひら》けば情《じょう》已《すで》に緬《はる》かなり
鳥弄《ちょうろう》　新節《しんせつ》を歓《よろこ》び

冷風送余善
寒竹被荒蹊
地為罕人遠
是以植杖翁
悠然不復返
即理愧通識
所保詎乃浅

冷風《れいふう》　余善《よぜん》を送《おく》る
寒竹《かんちく》　荒蹊《こうけい》を被《おお》い
地《ち》　人罕《ひとまれ》なるが為《ため》に遠《とお》し
是《ここ》を以《もっ》て植　杖《しょくじょう》の翁《おう》
悠然《ゆうぜん》として復《ま》た返《かえ》らず
理《り》に即《そく》すれば通識《つうしき》に愧《は》ずるも
保《たも》つ所《ところ》詎《なん》ぞ乃《すなわ》ち浅《あさ》からんや

この詩は詩人三十九歳の折の作であるから、まだ最終的に帰隠を遂げる以前に書かれたもので、「役人生活のはざまにあっての田園生活への賛歌であった」（田部井文雄・上田武『陶淵明集全釈』、以下『全釈』と略記）。当時詩人は母の喪に服している最中で、その間農事に従っていたことがわかる。その真意に関してはさまざまな憶測がなされているが、淵明は一時、西府軍閥の領袖であった桓玄の下で幕僚を勤めていたことがあり、休暇中に母を亡くして、そのまま喪に服していたのである。田舎で家居していた折に農事に事寄せて上古の理想的人物たちのことを想った詩で、すがすがしい春の朝方、畑に出て労働するよろこびが伝わってくる明るい田園詩と評し得る。次章で一瞥する予定だが、詩人はこの同じ年の冬には、寒風に吹きさらされて

茅屋の中でじっと貧窮に耐える己の姿をうたった「葵卯《きぼう》の歳《とし》、十二月《じゅうにがつ》中《ちゅう》の作《さく》、従弟敬遠《じゅうていけいえん》に与《あた》う」を作っているが、その中の

蕭索空宇中　蕭索《しょうさく》たり　空宇《くうう》の中《うち》
了無一可悦　了《つい》に一《いつ》の悦《よろこ》ぶ可《べ》き無《な》し

との詩句に見られる、悲哀に満ちた暗い色調と、ここに引いた田園詩の明るさとは、驚くべきコントラストをなしており、同時期に書かれた作品とは信じ難いほどである。総じて淵明の詩の世界は陰と陽、暗と明と、悲哀と晴朗、諧謔味との落差が大きく、詩人の心中の振幅の大きさを感じさせるものが多い。右の詩はその陽、晴朗の側面が強く出ている一首である。

この詩は『詩経』豳風《ひんぷう》「七月《しちがつ》」の

三之日于耜　三之日《さんのひ》　于《ここ》に耜《し》し
四之日挙趾　四之日《しのひ》　趾《し》を挙《あ》ぐ
同我婦子　我《わ》が婦子《ふし》を同《あつ》め
饁彼南畝　彼《か》の南畝《なんぽ》に饁《かれいい》す

田畯至喜　　田畯至《でんしゅんいた》りて喜《き》す　（訓読は白川静氏による）

との詩句を踏まえた句で始まる。他にも小雅《しょうが》・甫田之什《ほでんのじゅう》「甫田《ほでん》」、同「大田《たいでん》」などにも「南畝」で耕作することがうたわれているから、それらの影響もあろう。「南畝」というのは、農事を指す代名詞として使われているだけである。この冒頭の句と、それに続く第二句に少々問題がある。冒頭の句「在昔聞南畝」の「聞」を「開」の誤りとするのが鈴木豹軒先生で、「按ずるに聞は開の誤字ならん」と主張され、「在昔《むかし》　南畝《なんぽ》を開《ひら》きしも」との読みを採っておられる。確かに、そう読むほうが理にかなっていると思われるのだが、ほとんど学者、研究者は「聞」を採っているのでそれに従う。それに従って解すると、この詩句は、「昔、南畝での耕作のことは聞き知ってはいたが、とうとう今に至るまでそれを実践できなかった」という意味になる。文字通りに解すれば、淵明は不惑近くまで農作業の経験がなかったということになるわけだが、これはやはり変ではなかろうか。これだと淵明は成人し、結婚して子供たちをもうけて以後も、間を置いて出仕している時以外は、郷里の家にあって農事に携わることなく、もっぱら六経《りくけい》に親しみ、詩書をひもといて日々を送っていたことになる。詩人みずからが出仕の動機を語っている、

疇昔苦長飢　疇昔《むかし》　長飢《ちょうき》に苦《くる》しみ
投耒去学仕　耒《すき》を投《とう》じて去《さ》りて学仕《がくし》す

――「飲酒　其の十九」

という詩句も文学的虚構だということになるわけである。詩人がその作中でうたう貧はあくまで文学的誇張であって、寒門ながら一応の地主貴族として、みずから農耕に従事する必要がなかったというのであろうか。どうもそうは解しにくい。ここは鈴木先生の「当年《とうねん》　竟《つい》に未《いま》だ践《ふ》まず」は、「官途に出たため未だ其土地を践まざりしをいふなり。足をいれたこともない、といふのではなく、耕作をながく実行しなかったことをいふ」という解釈が、最も妥当かと思われる。「官途にあったりしたため、長いこと農事に本格的に身を入れなかった。貧窮という点では自分に先立ってかの顔回《がんかい》の例もあるが、この私にしても、どうして春の耕作に出ずにいられようか」、ということで田畑に出た詩人は、そこに田園の美を発見し、よろこばしげにそれをうたう。淵明が春の到来とともに耕作に出たのは、年来の戦乱や天災などもあった上に、日増しに成長しつつある子供たちを養うに足らなくなった食料を確保するためであろう。貧窮の代名詞のような顔回への言及（「屢《しば》しば空《むな》しき」、『論語《ろんご》』先進《せんしん》篇をふまえる）が、それを思わせる。おそらくは出仕の間放っておいた畑を耕しに出かけたものと思われる。

朝まだきに車に耕具を積んで出で立つと、心は早くも俗情を離れ、かなたへと飛んでゆく。

夙晨装吾駕　夙晨《しゅくしん》　吾《わ》が駕《が》を装《よそお》い
啓塗情已緬　塗《みち》を啓《ひら》けば情《じょう》已《す》でに緬《はる》かなり

との二句には、ただ単にうららかな春の朝の野に出たよろこびばかりではなく、いよいよ権力欲を剥き出しにして、帝位を窺う気配を見せつつあった桓玄の幕下を離れて、田園生活に自由を見出した詩人の、弾む心がうたわれてはいないだろうか。あらたな春の季節の到来をよろこぶ小鳥のさえずり、豊かな恵みを吹き送ってくるそよ風、人がかよわなかったために荒れた小道をおおう細竹、人が踏むことのないままに遠く思われる畑地、といった田園の風物が、淡々とうたわれている。

鳥弄歓新節　鳥弄《ちょうろう》　新節《しんせつ》を歓《よろこ》び
冷風送余善　冷風《れいふう》　余善《よぜん》を送《おく》る

の二句は佳句として讃えられている詩句である。その田園風景の描写は、謝霊運の山水詩などとは異なり、土に生き、肌で実感した者の目をもって、実に生き生きとなされている。いかにも平淡で一見平凡のように見えながら、その実奥行きの深い表現だと言うべきだろう。
この詩の最後の四句は、農事にいそしむ理由付けであり、また自負の表白でもある。畑で労働することのすばらしさを知っていたがために、孔子をも軽くあしらったというかの古の隠者植杖翁《しょくじょうおう》も、悠然として俗社会には帰らなかったのだし、自分もまた同じである、いうのが第十一、十二句の意味するところであろう。詩題に「懐古」とあるが、先の顔回に続いてここでは上古の人物植杖翁が懐古されているわけである。

即理愧通識　理《り》に即《そく》すれば通識《つうしき》に愧《は》ずるも
所保詎乃浅　保《たも》つ所《ところ》詎《なん》ぞ乃《すなわ》ち浅《あさ》からんや

という結びの二句で、詩人が何を言おうとしているのかは、必ずしも明らかではない。ここで言われている「通識」とは具体的には植杖翁を指し、「かの翁のように達識の人に比べるのは恥ずかしいが、自分が保持している志とて、どうして浅薄なものであろうか」という意と解される。淵明のその志とは、具体的には何を指しているのであろうか。鈴木先生は「保つ所」を、「我が主義といふほどのこと、真想とか養真の真は即ち其の保つ所のものなり」と断定しておられるが、詩人はこの後二度にわたって出仕していることを考えると、帰隠に至らぬこの時点で、「真《しん》を衡茅《こうぼう》の下《もと》に養《やしな》う」（「辛丑の歳、七月、赴仮して江陵に還らんとし、夜、塗口を行く」）決意を固めていたとは、断定できないのではないか。官途において完全に挫折する以前の作であるから、あるいは若きより抱いていた済民の志を、まだ捨ててはいないことを言ったものか。そこが拙老にはよくわからぬ。ちなみに、江戸の漢詩人服部南郭《はっとりなんかく》に、田園生活を送る淵明を詠じた次のような詩がある。

陶徴君潜
田居
良辰載南畝
相勧秉春耕
時風扇微和
草木欣舒栄
日夕還吾廬
林鳥相送鳴

陶徴君潜《とうちょうくんせん》
田居《でんきょ》
良辰《りょうしん》　南畝《なんぽ》に載《さい》とし
相勧《あいすす》めて春耕《しゅんこう》を秉《と》る
時風《じふう》　微和《びわ》を扇《あお》ぎ
草木欣《そうもくきん》として栄《えい》を舒《の》ぶ
日夕《にっせき》　吾《わ》が廬《いおり》に還《かえ》れば
林鳥相送《りんちょうあいおく》って鳴《な》く

故人載酒至
開樽聊共傾
勧君杯中物
誰羨世間名
白雲澹帰岫
青松挺立庭
此情難言久
聊且終吾生

故人《こじん》　酒《さけ》を載《の》せて至《いた》り
樽《たる》を開《ひら》いて聊《いささ》か共《とも》に傾《かたむ》く
君《きみ》に勧《すす》む杯中《はいちゅう》の物《もの》
誰《たれ》か世間《せけん》の名《な》を羨《うらや》まん
白雲《はくうん》　澹《たん》として岫《みね》に帰《き》し
青松《せいしょう》　挺《てい》として庭《にわ》に立《た》つ
此《こ》の情《じょう》　言《い》い難《がた》きこと久《ひさ》し
聊且《いささか》吾《わ》が生《せい》を終《お》えん

（訓読は山本和義氏による）

南郭が淵明の詩をよく読んでいたことを物語る一篇だが、あちこちから淵明の詩句を拾って、寄せ集めて作った「ケントー」（佳句のパッチワークによる詩）の如き趣がある詩で、独自性は乏しく、出来はよくない。しかしこれも江戸の漢詩人の抱いていた淵明のイメージを示すものとして、それなりにおもしろい。

次いで、「葵卯の歳、始春、田舎に懐古す」の二首目に目を移そう。田園の美をうたった極め付きの名句として、蘇軾に絶賛された名高い二句

平疇交遠風　平疇《へいちゅう》に遠風《えんぷう》交《ま》じわり
良苗亦懐新　良苗《りょうびょう》も亦《ま》た新《しん》を懐《いだ》く

を含むことで知られる作である。蘇軾はこの詩句を、

古《いにしえ》の窮耕植杖者《きゅうこうしょくじょうしゃ》に非《あら》ざれば、此《こ》の語《ご》を道《い》う能《あた》わず。……世《よ》の老農《ろうのう》に非《あら》ざれば此《こ》の語《ご》の妙《みょう》を識《し》る能《あた》わず

――「陶淵明の詩に題す」

と讃えたが、田園にあって窮耕の士として労働した淵明にして初めて生み得た名句と言い得よう。この詩で懐古されているのは、あらわな形でその名は挙げられることはないが、『論語』微子《びし》篇に見える長沮《ちょうそ》・桀溺《けつでき》という上古の二人の隠者である。

其二　　其《そ》の二《に》

先師有遺訓　先師《せんし》　遺訓《いくん》有《あ》り

憂道不憂貧
瞻望邈難逮
転欲志長勤
秉耒歓時務
解顔勧農人
平疇交遠風
良苗亦懐新
雖未量歳功
即事多所欣
耕種有時息
行者無問津
日入相与帰
壺漿労近隣
長吟掩柴門
聊為隴畝民

道《みち》を憂《うれ》えて貧《ひん》を憂《うれ》えずと
瞻望《せんぼう》するも邈《びょう》として逮《およ》び難《がた》く
転《うた》た長勤《ちょうきん》に志《こころざ》さんと欲《ほっ》す
耒《すき》を秉《と》りて時務《じむ》を歓《よろこ》び
顔《かお》を解《ほころ》ばせて農人《のうじん》に勧《すす》む
平疇《へいちゅう》に遠風《えんぷう》交《まじ》わり
良苗《りょうびょう》も亦《ま》た新《しん》を懐《いだ》く
未《いま》だ歳功《さいこう》を量《はか》らずと雖《いえど》も
即事《そくじ》　欣《よろこ》ぶ所《ところ》多《おお》し
耕種《こうしゅ》　時《とき》有《あ》りて息《いこ》うも
行《ゆ》く者《もの》　津《しん》を問《と》う無《な》し
日《ひ》入《い》りて相与《あいとも》に帰《かえ》り
壺漿《こしょう》もて近隣《きんりん》を労《ねぎら》う
長吟《ちょうぎん》して柴門《さいもん》を掩《と》ざし
聊《いささ》か隴畝《ろうほ》の民《たみ》と為《な》らん

この詩も詩題は懐古であるが、その内容からして、やはり田園の中にあって、みずから鋤鍬を取って労働する中から生まれた田園詩と言うのがふさわしかろう。この一首は、まず少年時代から六経に親しんだという淵明の儒教的教養を物語る孔子の言（「道《みち》を憂《うれ》えて貧《ひん》を憂《うれ》えず」、『論語』衛霊公《えいれいこう》篇）を引くことに始まる。程度はともかくとして、詩人も今自分が貧窮のうちにあるとの意識を強く抱いていたはずである。だが貧の境遇にあって、孔子を仰ぎ見ようとも、はるかに遠い存在で、自分如きには到底及びもつかぬ。そこで「転《うた》た長勤《ちょうきん》に志《こころざ》さんと欲《ほっ》す」つまり、いっそう常に農事に励もうというのである。こううたわれた冒頭の四句は、いわばプロローグをなしていると言ってよい。以下十句にわたって農事のよろこび、先に引いた名高い名句に集約された田園の美しさ、農作業の順調な成果がうたわれ、俗事に煩わされることなく労働をする安堵感と、日暮れての憩いの情景がうたわれている。最後の二句では、田野に生きる百姓親爺となったことへの感慨が述べられ、この一首は結ばれている。

さてこの詩のテーマは何かと言えば、それは農事に従うことのよろこびであろう。淵明はそれ以前にも農事にたずさわったことはあったと見られるが、本格的に農作業に励んだのは、この頃になってのことらしい。詩人は窮耕によって生きた上古の隠者長沮・桀溺への憧れを抱き、農人として生きる覚悟を固めつつあった。詩全体に、農人として働くことのよろこびがあふれているのが、はっきりと感得されるのである。もっとも、

解顔勧農人　顔《かお》を解《ほころ》ばせて農人《のうじん》に勧《すす》む

という詩句からは、まだ旦那意識が残っていて、完全に農民にはなりきれていない詩人が顔を覗かせていることも確かだ。それはこの一首が、「聊《いささ》か」という一種の留保をつけた

聊為隴畝民　聊《いささ》か隴畝《ろうほ》の民《たみ》と為《な》らん

つまりは「まあまあ、まずまず、わしも百姓親爺となろう」という詩句で結ばれていることからも推し測れる。詩人はその境遇に完全に満足しきっているわけではないのである。田野に一農民として生きることによろこびを覚えながらも、儒教的教養に養われた知識人たる淵明には、その心底にまだ官途を思う未練がくすぶっていたと見るべきだろう。そこから考えると、

行者無問津　行《ゆ》く者《もの》　津《しん》を問《と》う無《な》し

という一句の解釈も、なかなかに微妙である。この句は、「(かつて孔子が子路《しろ》を介して隠者の長沮と桀溺に、渡し場のありかを問うたように) 通りすがりの人で、渡し場のありかを問う人はい

ない」という意味だが、それが否定的な意を込めて言われているのか、肯定的なニュアンスで言われているのか、一考を要する。大方の論者は、これを肯定的な意味で言われているものと解し、「(孔子のように政治的野心を抱いてうろつき)渡し場のありかを尋ねる者はいない」、つまりは、そんなこうるさいことがないので、それによって心をかき乱されることはない、という安堵感を表明していると見るのである。郭建平氏は、「行く者」とは、官に関わる人物、俗世の人物を指すと注している(『陶淵明集』)。

これに対してこれを逆の意味にとり、これを「津を問う者がないのは遺憾である。」とのニュアンスで受け取り、ここに、詩人の心中に世を憂うる情がまったく消えているわけではないことを、読み取ろうとする研究者もいる(鄭騫《ていけん》・林玫儀《りんばいぎ》『南山佳気—陶淵明詩文選』)。そこから、「彼が後にまた彭沢の県令として出仕したのも不思議ではない」との結論が出てくる所以である。拙老は大方の論者と同じく、これを肯定的な意で言われたものと解するのだが、一海知義氏は、この句を「半ばわずらわしさのないことを、半ば求道の士のいないことを、裏に含むのであろう」と注しておられ、その読みの深さを思わざるを得ない。淵明の詩は、かような複雑な含みを包摂している場合が少なからずあって、明快に割り切れないこともあるということだ。

この詩にしても、先に見た「其の一」の詩にしてもそうだが、淵明はその田園詩においてもただ田園の美や風物を描くばかりではなく、そこに農人としての己の心をもうたい込んでいる。叙景と抒情の融合であるが、それに加えて、詩中に己の信条や決意を吐露、表白することもしばしばである。ここでとりあげた二首では、

即理愧通識　理《り》に即《そく》すれば通識《つうしき》に愧《は》ずるも
所保詎乃浅　保《たも》つ所《ところ》 詎《なん》ぞ乃《すなわ》ち浅《あさ》からんや

――「其の一」

長吟掩柴門　長吟《ちょうぎん》して柴門《さいもん》を掩《と》ざし
聊為隴畝民　聊《いささ》か隴畝《ろうほ》の民《たみ》と為《な》らん

――「其の二」

といった詩句がそれである。これは「固窮の節」を掲げる貧の詩において、特に顕著な特徴だが、それが田園生活をうたった詩にも及んでいるわけである（もっとも、両者は重なり合っている場合が多く、これは貧の詩、これは田園詩と截然と分けられるわけではないが）。「五柳先生伝」に、「常《つね》に文章《ぶんしょう》を著《あらわ》して自《みずか》ら娯《たの》しみ、頗《すこぶ》る己《おの》が志《こころざし》を示《しめ》す」とあるように、総じて淵明の詩文

は己自身のために書かれたものであって、意思表明や信条の表白、その確認のための具としての性格を帯びており、同時にみずからに言い聞かせ、己を鼓舞するための具としての役割も担っていることが多い。それゆえ、田園生活をうたった詩が、このような特徴を見せるのも、また当然と言えるかもしれない。淵明を高く評価し、また深くこの詩人に傾倒していた蘇軾にも、黄州に貶謫されていた折に作った農事詩があるが、そのうちの一篇「東坡《とうば》」八首「其の四」を、今ここで垣間見た淵明の田園詩と読み比べてみると、両者がその詩に託したものの違いがよくわかる。蘇軾の詩はかようなものである。

東坡　其四
種稲清明前
楽事我能数
毛空暗春沢
鍼水聞好語
分秧及初夏
漸喜風葉挙

東坡《とうば》　其《そ》の四《し》
稲《いね》を種《う》う　清明《せいめい》の前《まえ》
楽事《らくじ》　我《われ》　能《よ》く数《かぞ》えん
空《くう》に毛《もう》して　春沢《しゅんたく》　暗《くら》く
水《みず》に鍼《かん》して　好語《こうご》を聞《き》く
秧《おう》を分《わ》かちて　初夏《しょか》に及《およ》び
漸《ようや》く風葉《ふうよう》の挙《あが》るを喜《よろこ》ぶ

月明看露上
一一珠垂縷
秋来霜穂重
顛倒相撐拄
但聞畦隴間
蚱蜢如風雨
新春便入甑
玉粒照筐筥
我久食官倉
紅腐等泥土
行当知此味
口腹吾已許

月明《つきあき》らかにして　露《つゆ》の上《のぼ》るを看《み》る
一一《いちいち》　珠《たま》　縷《る》を垂《た》る
秋来《しゅうらい》　霜穂《そうすい》重《おも》く
顛倒《てんとう》して相撐拄《あいとうしゅ》す
但《ただ》聞《き》く　畦隴《けいろう》の間《かん》
蚱蜢《さくもう》　風雨《ふうう》の如《ごと》きを
新春《しんしょう》　便《すなわ》ち甑《そう》に入《い》る
玉粒《ぎょくりゅう》　筐筥《きょうきょ》を照《て》らす
我《われ》　久《ひさ》しく官倉《かんそう》を食《は》む
紅腐《こうふ》して泥土《でいど》に等《ひと》し
行《ゆ》くゆく当《まさ》に此《こ》の味《あじ》を知《し》るべし
口腹《こうふく》　吾《われ》　已《すで》に許《ゆる》せり

（訓読は小川環樹・山本和義氏による）

一読してそれとわかるように、稲の播種を詠じたこの詩において、蘇軾は、稲の種を播いてそれが芽を出し、やがて秋が来て立派に実りおいしい飯米となる日を待ち望む心を、淵明と同じく「田家の語」を用いて、淡々とうたっている。稲の生育を描くその詩風は、淵明のそれにおとらず平淡であり清清しい。流謫の地にあって食うにこと欠くほど困窮し、みずから荒れ果てた土地を耕して田作りをしなければならない状況にあっての作がこれである。そんな悲惨な状況で書かれたこの一首のうちにさえも、まずい官米に代わって、みずから収穫したうまい米を食べられる口腹の幸せが、ひたすら平静に淡々とうたわれていて、貶謫の逆境にありながら、なお明朗闊達の気を失うことがなかった、この大詩人の片鱗が窺われる。そこには、悲嘆もなければ気負いも慷慨もない。これは田園での平和な窮耕生活をうたった淵明の詩が、しばしば慷慨の気を帯びていたり、気負いを見せているのと大きな相違であると思うのだが、どうであろうか。

もう一首、帰隠後の作品で、窮耕の士としての淵明の田園での生活を詠じた詩を眺めよう。「庚戌の歳、九月中、西田に於いて早稲を穫す」と題された、四十代前半の作である。詩題から詩人四十六歳、官人としての生活を完全に捨てて帰田し、「隴畝の民」となってから五年目の秋のことがうたわれている。農人として田野に生きる生活もようやく定着したところで、詩人が範とする上古の隠者長沮・桀溺への共感と思慕をうたって、窮耕生活を貫く覚悟を固めたことを、確認した作である。この年は詩人のかつての同僚で、今では帝位を窺うまでにのし上がった劉裕が、南燕に攻め入ってこれを滅亡させたが、その隙を狙って叛徒の盧循《ろじゅん》が北上し、東晋の潯陽を一時占領するという出来事があった。この動乱は、平和な農耕生活に励んでいた淵明のこの詩にも影を落としているようである。

庚戌歳九月中　　庚戌《こうじゅつ》の歳《とし》、九月中《くがっちゅう》、
於西田穫早稲　　西田《せいでん》に於《お》いて早稲《わせ》を穫《とりいれ》す

人生帰有道　　人生《じんせい》　有道《ゆうどう》に帰《き》するも
衣食固其端　　衣食《いしょく》　固《もと》より其《そ》の端《たん》なり
孰是都不営　　孰《たれ》か是《こ》れ都《すべ》て営《いとな》まずして
而以求自安　　而《しか》も以《もっ》て自《みずか》ら安《やす》んずるを求《もと》めんや
開春理常業　　開春《かいしゅん》　常業《じょうぎょう》を理《おさ》め
歳功聊可観　　歳功《さいこう》　聊《いささ》か観《み》る可《べ》し
晨出肆微勤　　晨《あした》に出《い》でて微勤《びきん》を肆《つ》くし
日入負耒還　　日《ひ》入《い》れば耒《すき》を負《お》いて還《かえ》る
山中饒霜露　　山中《さんちゅう》　霜露《そうろ》饒《しげ》く
風気亦先寒　　風気《ふうき》も亦《ま》た先《さき》んじて寒《さむ》し
田家豈不苦　　田家《でんか》　豈《あ》に苦《くる》しからざらんや

弗獲辞此難
四体誠乃疲
庶無異患干
盥濯息簷下
斗酒散襟顔
遥遥沮溺心
千載乃相関
但願常如此
窮耕非所歎

此《こ》の難《なん》　辞《じ》するを獲《え》ず
四体《したい》　誠《まこと》に乃《すなわ》ち疲《つか》るるも
庶《ねが》わくは異患《いかん》の干《おか》す無《な》からんことを
盥濯《かんたく》して簷下《えんか》に息《いこ》い
斗酒《としゅ》もて襟顔《きんがん》を散《さん》ず
遥遥《ようよう》たり沮溺《そでき》の心《こころ》
千載《せんざい》　乃《すなわ》ち相関《あいかか》わる
但《ただ》顧《おも》う　常《つね》に此《か》くの如《ごと》くならんことを
窮耕《きゅうこう》は歎《なげ》く所《ところ》に非《あら》ず

この詩はまず冒頭の二句で、農業・耕作というものが、人間が生きてゆく上での、根幹をなす基本的な営みであることを言い、窮耕の士としての己のレゾン・デートルを示していると見てよかろう。初句と第二句

人生帰有道
衣食固其端

人生《じんせい》　有道《ゆうどう》に帰《き》するも
衣食《いしょく》　固《もと》より其《そ》の端《たん》なり

を逆接と見て、「人生の目的とするところは、確かに有道者たらんとするところにあるが、当然ながら、それも衣食を求めるところに始まる」というふうに、大方の論者は解釈している。これに対して鈴木豹軒先生は、この二句の関係を順接と見て、「人生《じんせい》 有道《ゆうどう》に帰《き》するには」と初句を読み、「人生に於て、人々が道徳の境涯におちつけるためには、衣食にことかかぬといふことが、その出発点である」と解しておられる。両様に読み得るところが漢詩のむずかしいところだが、ここはやはり逆接ととっておきたい。「人が生きてゆくためには、確かに道徳も大事だが、まず何よりも衣食足っての話だ、だからわしはこうして窮耕しているのだ」というのが、淵明の言いたいことだと思われる。ここに詩人の孔子批判があるとまでは言い切れないが、詩の終わりの部分で、窮耕せぬ孔子を軽んじた長沮・桀溺の二隠者への共感がうたわれているところから推しても、「(孔子の説くように) 道を求めることも大事だが、まず基本は衣食を満たすことだ」と主張しているのではないか。

冒頭の四句に続いて、以下四句にわたって、春に始まる田畑での作業が描かれているが、それをしめくくる

晨出肆微勤　晨《あした》に出《い》でて微勤《びきん》を肆《つ》くし
日入負耒還　日入《ひい》れば耒《すき》を負《お》いて還《かえ》る

との二句は、古来農人の生活とされる「日出《ひい》でて作《な》し、日入《ひい》りて息《いこ》う」(『荘子』「譲王」)を、淵明流に詠じたものだ。未だ不慣れで非力ながらも、懸命に農人として生きようとしている詩人の姿が、力みかえったところなく、実感をこめて淡々とうたわれている。ここで一転して、九句と十句では、収穫がおこなわれる山中の田畑の厳しい情景がうたわれる。おそらくは田畑が不足して、山中に開墾した土地なのだろう、平地と違って霜も露も多く、寒風もいっそう早くから吹きすさぶのである。この二句は実に実感のこもった詩句であって、実際にみずから田畑に降り立った者でなければ生み得なかった表現だと言える。ここに田園詩人としての淵明の真面目が窺われると言っても過言ではない。次いで詩はまた一転して、農家の生活の苦しさとその必然を述べた後、

四体誠乃疲　　四体《したい》　誠《まこと》に乃《すなわ》ち疲《つか》るるも
庶無異患干　　庶《ねが》わくは異患《いかん》の干《おか》す無《な》からんことを

との、窮耕のもたらす肉体的苦しさをのべ、それは甘受するが、ただひたすら願うのは、「異患《いかん》」に遭ったりせぬことのみであるという、農人としての切なる願いがうたわれる。この「四体《したい》　誠《まこと》に乃《すなわ》ち疲《つか》るるも」との一句のうちには、身をもって窮耕の労苦を知った淵明の、真摯な

感慨が洩らされていると言え、それがわれわれ読者の胸を衝かずにはおかない。これは淵明一人の願いではなく、いまや詩人がその労苦を知る農民の声でもあった。ここでちょっと問題なのは、「異患」ということばで、一海氏はこれを「災異憂患。農務以外のわずらわしい出来事をも含めて」と注しておられ、豹軒先生は「異患は労農より外のわづらひ、人間公私諸種の災患」とされるが、ここに「戦乱、戦禍」を読み取る研究者もいる。この詩が書かれるに先立って、叛徒盧循による潯陽の一時占領というような動乱があったことを考え、また淵明自身かつて一幕僚として叛徒孫恩《そんおん》の討伐に従ったことをも考えあわせると、この句に戦乱が影を落としているようにも見えるのである。「自分はもはや一農民となりきったのである。だからもう耕作に関わる災い以外のこと、戦乱だのその鎮圧・討伐といった余計なことに煩わされたくはない」という気持ちが裏にあると見るは僻目か。

さて詩はここでまた一転して、

盥濯息簷下　　盥濯《かんたく》して簷下《えんか》に息《いこ》い
斗酒散襟顔　　斗酒《としゅ》もて襟顔《きんがん》を散《さん》ず

との、激しい労働の後、いささかの酒を酌んで、独りやすらぐ詩人の心がうたわれる。そんなささやかな楽しみに無上のよろこびを覚えている淵明の姿は、もはや田園に生きる隠士以外の何者でもない。ここにも田園詩人としての淵明の相貌がよく窺われるのである。この一首は最後に、自ら耕作に従い、子路とその師孔子に「窮耕」を説いた上古の隠者長沮・桀溺に寄せる詩人の共感が述べられ、

窮耕非所歎　窮耕《きゅうこう》は歎《なげ》く所《ところ》に非《あら》ず

という、いわば宣言の如き詩句で結ばれている。これが詩人の最も言いたかったことであろう。このくだりを、

この時の淵明の心は、もはやここにはない。はるか昔の長沮・桀溺の心と通い合い、重なり合っている。もちろんそれは、自ら額に汗して働こうとする態度においてであるが、彼らが世を避けて隠者としての生き方を貫いているように、陶淵明も度重なる戦乱、それを引き起こす世界から身を遠ざけて、自己の生き方を守り抜こうとする点で、根底において通い合っているのである。

（『鑑賞中国の古典　陶淵明』）

と釜谷武志氏の説かれるところに、ただ推服するのみである。拙老には、到底これ以上のことは言えない。いずれにしても、田野での労働をうたったこの一首が、田園詩人としての淵明を物語る好例であることは、間違いないところだ。

さて最後にもう一首、詩人が五十代に入ってからの、田園での労働をうたった詩を窺い見よう。「丙辰《へいしん》の歳《とし》、八月中《はちがっちゅう》、下潠《かそん》の田舎《でんしゃ》に於《お》いて穫《とりいれ》す」と題された詩である。帰隠以来十二年にわたって、一貫して窮耕の意思を守りぬいてきたことが、誇りをもって述べられている。その間打ち続いた天災、災害のせいもあって貧窮の度合いもつのり、体力も衰えて病がちになったためか、これまで見てきた田園詩に比べると、暗い翳が射し始めているのがわかる。先に見た一首と同じく、詩の結びの部分で、やはり上古の隠者荷蓧翁《かじょうおう》への思慕の念がうたわれているのは、いかにも淵明らしいと言えよう。

丙辰歳八月中　　丙辰《へいしん》の歳《とし》、八月中《はちがっちゅう》、
於下潠田舎穫　　下潠《かそん》の田舎《でんしゃ》に於《お》いて穫《とりいれ》す

貧居依稼穡　　貧居《ひんきょ》は稼穡《かしょく》に依《よ》り
戮力東林隈　　力《ちから》を戮《あ》わす　東林《とうりん》の隈《くま》

不言春作苦
常恐負所懐
司田眷有秋
寄声与我諧
飢者歓初飽
束帯候鳴鶏
揚檝越平湖
汎随清壑廻
鬱鬱荒山裏
猿声閑且哀
悲風愛静夜
林鳥喜晨開
曰余作此来
三四星火頽
姿年逝已老
其事未云乖

言《い》わず　春作《しゅんさく》の苦《くる》しきを
常《つね》に恐《おそ》る　懐《おも》う所《ところ》に負《そむ》くを
司田《しでん》　有秋《ゆうしゅう》を眷《かえり》み
声《こえ》を寄《よ》せて我《われ》と諧《かな》う
飢《う》えし者《もの》は初《はじ》めて飽《あ》くを歓《よろこ》び
束帯《そくたい》して鳴鶏《めいけい》を候《ま》つ
檝《かじ》を揚《あ》げて平湖《へいこ》を越《こ》え
汎《あさね》く清壑《せいがく》に随《したが》いて廻《めぐ》る
鬱鬱《うつうつ》たり　荒山《こうざん》の裏《うち》
猿声《えんせい》　閑《かん》にして且《か》つ哀《かな》し
悲風《ひふう》に静夜《せいや》を愛《あい》し
林鳥《りんちょう》に晨《あした》の開《あ》くを喜《よろこ》ぶ
曰《ここ》に余《われ》　此《これ》を作《な》してより来《このかた》
三四《さんし》　星火《せいか》頽《くず》る
姿年《しねん》　逝《ゆ》くゆく已《すで》に老《お》いしも
其《そ》の事《こと》　未《いま》だ云《ここ》に乖《そむ》かず

遥謝荷蓧翁　遥《はる》かに謝《しゃ》す　荷蓧《かじょう》の翁《おう》に
聊得従君棲　聊《いささ》か君《きみ》に従《したが》いて棲《す》むを得《え》たり

この詩は「下潠田《かそんでん》」(「地が低くて水が湧き出たり水の溜りがちな田のことであろう」とは、大矢根文次郎説)で、稲を収穫した折の作だが、「力《ちから》を戮《あ》わす　東林《とうりん》の隈《くま》」とあるところから推して、廬山《ろざん》の麓の東林寺の山水の湾曲したあたりに、新たに開墾して田を作ったものらしい(郭建平説)。まずは一家が協力して開墾に従事し、新たな田作りをした窮耕の労苦のことが言われ、実りの秋での収穫を、不作にならぬかとの不安を抱きつつ、待ち望んだ事が述べられる。それまで幾度か水害に遭うなどして、収穫を得られない苦い経験をしていたからであろう。今年は幸い、田畑の見回り役人からも声をかけられ、冗談を言われるほどの豊作である。ここまで詩は明るい気分に満ちており、それが一気に高まって次の二句へと収斂されていると言える。

飢者歓初飽　飢《う》えし者《もの》は初《はじ》めて飽《あ》くを歓《よろこ》び
束帯候鳴鶏　束帯《そくたい》して鳴鶏《めいけい》を候《ま》つ

との二句は、飢えて春夏を過ごした一家の者が、新米を腹一杯食べられることを期待してのよろこびから、収穫の日、鶏もまだ鳴かぬ朝まだきに帯を締めて、出発をいまや遅しと待つ様子をうたったものだが、ここからは、作者を含む家人一同のはじけるような歓喜の声が、読む者の心に直接伝わってくるような感がある。なんの修辞も凝らさない、ごく普通の表現であるかに見えながら、実に力のこもった詩句となっている。この詩句においては、「歓」の一字が中心的な役割を果たしていることを見逃してはならないだろう。わずか一字でも、しかるべき所に据えると、大きな表現力を発揮する一例だと思う。

ここから詩は以下に続く六句にわたって、まだ暗いうちに山中の田へと赴く途上の叙景へと移っている。樹木が生い繁り、猿の鳴き声が哀しげに響き渡る中を、夜明けを待たずして湖水や谷川を漕ぎ回る様子が、抒情性ゆたかで深みのある詩句でうたわれていて、その陰翳に富んだ描写が、田園詩としての美を高めていることは確かである。これは詩人の心象風景でもあろう。この叙景のくだりが、

悲風愛静夜　　悲風《ひふう》に静夜《せいや》を愛《あい》し
林鳥喜晨開　　林鳥《りんちょう》に晨《あした》の開《あ》くを喜《よろこ》ぶ

という、印象深いみごとな対句で締めくくられているのは、称賛に値する。本来哀しいもので

ある「悲風」すなわち蕭瑟たる秋風の吹く静かな夜をいとおしみ、林の中で小鳥が鳴きだしたのを聞いて、夜の明けたのを喜ぶ、という意であろうが、そこには表面的な意味以上のものが込められてはいないだろうか。詩人は秋風の吹くさなか、静まり返った夜中に小船に揺られて湖面を渡っている。秋の愁いもあり、ひたすら夜明けを待つ心もあって、眠れぬままに時を過ごしていたのであろう。と、そこで林の中で小鳥たちが一斉にさえずり始める、夜が明けたのだ。待ち焦がれていた収穫の日の朝である。それまで「悲風」と「静夜」が支配していた暗く静かな世界に、喧騒と光が一気に流れ込んできた。その瞬間、詩人の心にも光が射し込んできたことは言うまでもない。その折の詩人の歓喜が凝集して表現されたのが、

林鳥喜晨開　林鳥《りんちょう》に晨《あした》の開《あ》くを喜《よろこ》ぶ

という平易ながら、実にヴィヴィッドな詩句だと思うのである。と同時に、詩人の心は歓喜から内省へと向かう。そうだ、こうして年毎に収穫を迎える日を、もう十二年も続けてきたのだ、との感慨に襲われたのである。そして窮耕生活のうちに老いの至ったことを嘆じつつも、その間信念を曲げず、そうした生活をつらぬいてきたことを言うのが、結びの

遥謝荷蓧翁　遥《はる》かに謝《しゃ》す　荷蓧《かじょう》の翁《おう》に
聊得従君棲　聊《いささ》か君《きみ》に従《したが》いて棲《す》むを得《え》たり

との二句である。己の窮耕生活を肯定するその口調には、昂然たるもの、あるいは毅然としたところがなく、以前の作に比して、どこか弱弱しく感じられることは否めまい。淵明が範とする荷蓧翁への欽慕をうたった結びの句が、「聊か」という、限定を意味することばをともなっていることは、それを示すものではなかろうか。「『まあまあ、とにかくも』あなたを見習って生きてゆけるのです」というのであるから、そう受け取らざるを得ない。五十代に入り、詩人の隠棲生活に次第に暗い翳が見え始めたのである。ともあれここで最後にとりあげた田園詩は、光と影、歓喜と静かな悲哀が交錯している陰翳に富んだ佳篇であって、淵明の生んだ田園詩とはいかなるものかを窺うには、十分な作であることは確かだ。

四　貧士の誇りと苦患

『古今隠逸詩人之宗―陶淵明論析』の著者王国瓔氏は、

陶淵明は、絶えず貧士の形象を自分の作品の中に出現せしめているという点では、中国文学史上第一の詩人である。

と言っているが、確かに貧もまた詩人陶淵明のうたった一大テーマである。淵明はその詩の中で、執拗なまでに実にしばしば己が貧窮の暮らしぶりをうたい、また往昔の貧士をうたっている。淵明が己の貧の苦患をうたった理由について、斯波六郎博士は、その名著『中国文学における孤独感』で、次のように説いておられる。

しかるに、事実、しばしば「固窮の節」を守る自己を歌わざるを得なかったことは、そういう信念をもって、飢えと凍えとに打ち克ってゆかねばならぬ、自己の姿をかえりみて、そこに言い知れぬ寂しさを感じたがためである。

確かにそのとおりだと思うのだが、後にふれるように、淵明の貧の詩には、それに加えて、あくまで己を高く持して独立不羈をつらぬき、「固窮の節」を守り抜こうとの意思の再確認という性格もあり、自らを鼓舞するための具でもあったということを言っておきたい。貧をテーマにした詩が多いことに関して言えば、『陶淵明像の生成』の著者上田武氏は、淵明の詩の四分の一が貧窮の問題に触れていることを指摘している。さらには長谷川滋成氏の『陶淵明の精神生活』によれば、「淵明の詩文には貧の字を一八回、窮の字を二六回用いており、このうち淵明自身の貧窮を言うのは貧が一〇回、窮が一四回である」という。これは、貧窮の問題がこの詩人の念頭を離れたことはなく、己が貧をうたい、その所以を語りたい理由があったことを物語っている。「酒の詩人」「死をうたう詩人」である淵明はまた、貧をうたう詩人でもあった。しかもことさらに貧を詠じたその詩の世界は淵明独自のもので、そこには血のにおいのたちこめる暗黒政治が支配していた東晋から劉宋という時代に、寒門の出であるがゆえに敢えて隠士として生きることを選ばざるを得なかったこの詩人の、苦患、苦悩と、そして気概とがはっきり刻印されているのである。それは淵明独自の貧の詩の世界であり、一知識人の信条告白という一面を備えてもいることを、まず言っておかねばならない。

淵明の貧窮生活に関しては、石川忠久氏などが主張しているように、これを陰士として生きる途を選んだ詩人のポーズと見なす見解がある。

……貧は元来相対的なもので、当時の高門勢族に比すれば淵明は確かに貧であり、本人も貧の意識を抱いていたであろうが、その詩文に詠う、食にもこと欠く洗うが如き赤貧では、決してない。当時の社会通念から見る淵明の地位、詩文の一方に垣間見られる生活ぶりから推せば、ある程度の荘園を有する地主貴族の一人として、考えるべきである。後述するように、後年、淵明が隠逸者として世に処して行く中で、建前としての〝清貧〟が誇張され、淵明の真実を蔽っていったものである。

（『陶淵明とその時代』）

隠士は世俗の富貴栄達より超然たる存在である故、その生活は飽くまでも〝清貧〟が建前である。従って貧窮を誇張することになる。

（同前）

と石川氏は説いている。また岡村繁氏も、淵明の貧窮の度合いが「飢《う》えと凍《こご》えは切《せつ》なりと雖《いえど》も」（「帰去来の辞・序」）というほどのものであることに疑問を呈し、「帰去来の辞」の一節を証拠に挙げて、

このことは、彼が小規模ながらも一応の地主階層であり、また、その隠棲後も、前官僚の身分上の特典として、なお自分の家の経済生活を助ける「門生」などを持っていたらしい事実と共に、彼の家が必ずしも序文にいうほどにひどい貧窮状態ではなかったことを物語って

いる。（『陶淵明――世俗と超俗』）

と述べている。史実としてはそのとおりなのかもしれない。とはいうものの、詩人の遺書のごとき手紙である「子の儼等に与うる疏」に、己が困窮生活ゆえに「汝等《なんじら》をして幼《よう》にして飢《う》え寒《こご》えしむ」とあるのも、純然たる文学的誇張とするのには抵抗がある。外に向かってではなく、諄々と自分の子等を諭すのに、無用の文学的誇張を用いているとは思えないからである。火事に遇って家屋敷を全焼するなどの不運もあり、詩人の住む江南地方が飢饉に襲われてもいるから、文学的誇張ではなく、晩年はかなり困窮していた可能性が高いのではなかろうか。それともやはり石川氏や岡村氏が説かれるように、小地主でもあった淵明は、「食《しょく》を乞《こ》う」の詩にうたわれているような赤貧洗うが如き身ではなく、折々有力な官人などの援助も受け、著名な隠士として、それ相応の生活を送っていたのであろうか。それが淵明の「実像」であり、その生活の実態かもしれないが、われわれの関心は今そこにはない。問題は詩人が貧窮生活とそこから生まれた想念を、どのようにうたっているかというところにある。詩は実録ではないのだから、仮に淵明の描く貧窮生活が誇張に彩られ、作者の実生活をそのまま忠実に反映したものでないにしても、一向に差し支えないわけである。肝腎なことは、淵明という詩人が、隠逸生活から生じた貧の諸相を、われわれ読者には真摯そのものと受け取れる態度で描き出したことである。貧に耐え、隠士として掲げた高遠な理想・信条を貫き通して生きるべく苦闘しつつも、ときに己の生き方に疑念を抱き、悲嘆にくれ、自嘲めいたことさえ洩らす、勁くまた弱い人間像を創造し得たということだ。その詩的世界にうたわれているのが実在の人物としての淵明その人ではなく、五柳先生であってもかまわない。これから瞥見するように、貧をうたった淵明の詩は矛盾をはらんだものだが、他に類を見ない個性に彩られており、この詩人独自の世界を形成している。詩人がうたう「貧士陶淵明」像を窺い、貧窮の詩の世界とはいかなるものか、何篇かをとりあげて垣間見ることとしよう。

それに先立って、淵明の貧を詠じた詩の特質を考える上でも、まずは「詩人と貧」という問題に、ちょっと触れておきたい。「貧《ひん》は士《し》の常《つね》」（『列子《れっし》』天瑞《てんずい》篇）と言われ、士の貧は誇りともされる上、亀田鵬斎《かめだほうさい》がいみじくも、

銭神雖可貴　　銭神《せんしん》　貴《とうと》ぶ可《べ》しと雖《いえど》も
不好読書人　　読書《どくしょ》の人《ひと》を好《この》まず

——「銭神《せんしん》を嘲《あざけ》る」

とうたっているように、古来学者や詩人は貧窮のうちにその生涯を送るものと相場が決まって

いるが、知識人が官僚を志し、詩人が官人であるケースが圧倒的に多かった中国では、これは必ずしも当てはまらない。詩人の中には曹操《そうそう》父子の如く王位、帝位にあった者もいれば（これはむしろ王侯、帝王の身で詩人を兼ねたと言うべきだろうが）、官人として栄達し、宰相の座に就いた王安石《おうあんせき》や元稹《げんじん》、さらには白楽天のように刑部尚書（法務大臣に相当）にまで累進した者もおり、韓愈《かんゆ》や柳宗元《りゅうそうげん》も高官に昇っている。また官人として栄達こそしなかったが、謝霊運のごとき大富豪もいた。その一方で、豊かな詩才文才を有しながら、官人としての途を阻まれ、挫折し、志を得ぬままに一生を不遇と貧窮のうちに送った詩人も、また少なからずいる。漂泊の生涯を送り、わが子を餓死させるほどの苦患をなめた杜甫は言うに及ばず、鬼才李賀、李商隠、孟郊《もうこう》といった詩人たちは、その二、三の例にすぎない。その生涯において五回にわたって出仕と帰隠を繰り返し、当時の東晋の貴族による門閥政治と暴政下に身を置いた結果、官人としての挫折を味わい、隠逸に生きる「窮耕の士」として後半生を送った淵明もまた典型的な貧士であり、貧はこの詩人の生き方と不可分の関係にある。というよりも、貧はこの詩人の生き方そのものだと言ってもよかろう。貧窮とそれにまつわるさまざまな思いは、淵明が貧を描いた詩文の中でしばしば「固窮の節」という信条を高く掲げそれを宣揚していることによって、この詩人の貧の詩に独自の彩りを添えていることは疑いを容れない。

　そもそも「貧」というようなものは、すぐれた詩のテーマにはなりにくいと思うのだが、貧は詩人の常であるためか、古今の詩には、己が身の貧をうたった作も少なからずあって、それなりに印象深い。まずは西の方を訪ねれば、淵明に先立つこと実に九〇〇年、遠い昔のギリシアにはヒッポナクスなる辛辣な諷刺詩で知られる乞食詩人がいて、あからさまに身の貧窮をうたっているのが見られる。曰く、

福の神の奴ときたらどめくらなもんで、
わしの家へやってきて、「そらヒッポナクスよ、
銀三〇ムナやるぞよ」など言っちゃくれんわい。

かように嘯くかと思えば、この鉄面皮な乞食詩人はヘルメス神に向かって、厚顔にも

（ヘルメスさま）このヒッポナクスめに、毛織の外套と、
上履と、毛糸の鞋と、それにどこぞからかっぱらってきた
金六十文ばかりをお恵みくださりませい。

などと訴えかけている始末である。無論その詩境は浅薄なもので、詩的完成度もまた低く、到

底貧士淵明の詠懐に比すべくもない。かと思えば、その伝統を受け継いだわけでもあるまいが、その後約一八〇〇年を経てパリに生きた詩人リュトブフは（これは言ってみればフランスの東方朔《とうぼうさく》の如き詩人だが）、王に向かって、

誰も私に手を差し伸べてはくれませぬ。誰も物をくれませせぬ。
寒さのゆえに咳き込み、すきっ腹で、あくびばかり。
そのため私めは死んだも同然、あわれな奴でござります。
下着もなければ、寝床とてありませぬ。

――「リュトブフの嘆き」

などと臆面もなく物をねだる哀訴のことばをつらねており、ここにも己が貧苦をかこつ詩人の姿がうたわれているのである。泥棒詩人フランソワ・ヴィヨンもまた、貧に縁の深い詩人であった。ヒッポナクスにせよ、その遠い後裔であるリュトブフにせよ、飢えにせめられている己が身をシニカルに、また無遠慮にさらけだしているだけで詩想は貧しく、そこには貧をめぐる思索も苦悩も、淵明の掲げる「固窮の節」の如き信念や現実との葛藤もない。貧の詩としての落差はまことに大きいのである。

ここで目を東方に転ずれば、傑出した詩才に恵まれながら、官人としての昇進を遂げられず、節度使の属官程度の下級の役職に甘んじて、生涯不遇に終わった晩唐の詩人李商隠の、身の貧窮を嘆じた詩のこんな一節が目にとまる。下級官人として落魄の生涯を送り、実人生における敗者としての意識を抱いていた詩人が苦い思いを嚙みしめながら、わが子「驕児《きょうじ》」を諭した作である。

耶昔好読書　耶《ちち》は昔《むかし》　読書《どくしょ》を好《この》み
懇苦自著述　懇苦《こんく》して自《みずか》ら著述《ちょじゅつ》す
憔悴欲四十　憔悴《しょうすい》して四十《しじゅう》ならんとするも
無肉畏蚤虱　肉《にく》無《な》くして蚤虱《のみしらみ》を畏《おそ》る
児慎勿学耶　児《こ》よ慎《つつし》みて　耶《ちち》を学《まな》び
読書求甲乙　読書《どくしょ》して甲乙《こうおつ》を求《もと》むる勿《な》かれ

——「驕児《きょうじ》の詩《し》」（訓読は川合康三氏による）

ついでに本朝の詩を顧みれば、幕末から明治にかけて生きた詩人大沼枕山は、中年にして陥った窮迫の生活を、

昨為狂牧之　昨《きのう》は狂牧之《きょうぼくし》たり
今乃窮東野　今《いま》は乃《すなわ》ち窮東野《きゅうとうや》

——「忽忽《こつこつ》」（訓読は日野龍夫氏による）

との自嘲を交えた詩句に託して、その感慨を洩らした。筆者の知るかぎり、貧を詠じた詩のほとんどは、当然のことながら暗く、哀しみに満ちている。「安貧楽道」を実践し、貧を愉しんだ詩人は決して多くはない。であるから、寛政異学の禁によって門弟を失い、収入の途を絶たれながらも、なお傲然と一世を睥睨し、

我家雖無銭　我《わ》が家《や》　銭《ぜに》無《な》しと雖《いえど》も
有酒可以顚　酒《さけ》の以《もっ》て顚《てん》すべき有《あ》り
神仙在志適　神仙《しんせん》は　志《こころざし》の適《かな》うに在《あ》り
志適貧也仙　志《こころざし》適《かな》えば　貧《ひん》も也《ま》た仙《せん》なり

——「飲酒」（訓読は徳田武氏による）

と豪快に喝破した、江戸の鴻儒にして酒人としても名を馳せた亀田鵬斎の右の一首などは、貧

の詩としては異色の、むしろ例外的なものだろう。

さてそんなことを念頭に置いて貧窮にまつわる陶淵明の詩を読むと、それがいかにも独自のものに思われてくる。官を捨て帰隠、帰農し、田園の人となった淵明が、以後生きてゆく上で選んだのは「安貧楽道」の途であり、隠逸生活を全うする上での信条として掲げたのが、「固窮の節を守る」ことであった。「安貧楽道」、それは言うは易く行なうは難しで、その生き方がこの詩人の後半生にどれほどの苦難を、また時として懐疑をもたらしたかは、これからその一端を窺う一連の詩が、如実に示しているところだ。淵明は繰り返し繰り返し、幾度にもわたって己の貧窮の生活をうたい、その都度「固窮の節」を掲げている。以下貧窮を詠じた陶詩の世界を一瞥し、貧士淵明の生活と、貧にまつわる詩人の想念を窺ってみよう。念のためもう一度ことわっておかねばならないが、以下の「陶淵明」とは、あくまで詩の中にうたわれた淵明である。

詩人は幼にして父を失い、その貧窮生活は、すでに弱年にして始まっていたようだ。

弱年逢家乏　弱年《じゃくねん》にして家《いえ》の乏《とぼ》しきに逢《あ》い
老至更長飢　老《お》い至《いた》って更《さら》に長《なが》く飢《う》う

——「会《さと》ること有《あ》りて作《つく》る」

少而窮苦、毎以家弊、東西遊走
少《わか》くして窮苦《きゅうく》、毎《つね》に家《いえ》の弊《へい》せるを以《もっ》て、東西《とうざい》に遊走《ゆうそう》す。

――「子の儼等に与うる疏」

と淵明自らが語っているように、陶家は晋室の元勲長沙郡公陶侃を曾祖父にもつとはいえ、その名さえ明らかではない淵明の父の時代には零落し、その父も早く世を去ってからは貧窮に責められる日が待っていたと見られる。とはいえ、生家は地主階級であったから極貧というほどのことはなく、青年時代まで六経すなわち儒学に専心でき、「懐《おもい》を琴書《きんしょ》に委《ゆだ》ねる」ことができるだけの経済的余裕はあったのだろう。しかし打ち続く戦乱の中で、その生活は次第に窮迫していったものと思われる。淵明自身が「飲酒 其の十九」で語るところによれば、

疇昔苦長飢
疇昔《むかし》 長飢《ちょうき》に苦《くる》しみ
投耒去学仕
耒《すき》を投《とう》じて去《さ》りて学仕《がくし》す

とあるように、二十九歳にして初めて江州祭酒として出仕したのであった。無論、彼の出仕は単に貧窮を逃れるためばかりではなく、その背景には、慷慨して「猛志《もうし》 四海《しかい》に逸《いっ》し」(「雑詩

其の五」）、官人として政治の世界に貢献し、出世を遂げたいとの、中国の士大夫の誰もが抱く野心があったことは、多くの研究者の一致して指摘しているところだ。淵明を出仕へと駆り立てたのは、貧よりもむしろ済民の意思であり、官人としての栄達を願う心だったかもしれない。岡村繁氏などは、その先に引いた著書で、淵明が最初の出仕先である江州祭酒を辞しての後、江州政庁から主簿に召されたが、就任を断ったことを重く見て、

家庭の貧窮を救うためには官職を選り好みできないような切羽つまった状況に彼が置かれていたわけではなかったことを、この事実は明白に物語っているからである。

と断言している。つまりは、淵明が飢えに駆られてやむなく出仕したというのは、あくまでフィクションであり、その本音は官人として栄達をしたいとの野心にあったと見なす立場である。しかし詩の中の淵明は、終始一貫して貧士である。動機はともあれ、詩人は意を決して出仕へと踏み切った。しかし現実は甘くなく、北人貴族による門閥政治が支配し、堕落腐敗しきった当時の官人の世界は、被支配者も同然で、寒門の出の南人たる淵明がその志を遂げられるような世界ではなかった。また一時は軍閥の首領劉牢之や桓玄の幕僚となって、門閥よりも実力の世界である軍営に身を置いたこともあったが、これまた詩人の居場所ではなかった。

「性《せい》本《もと》邱山《きゅうざん》を愛《あい》す」る淵明が、官界や軍営に身を置いたことを、「誤《あやま》って塵網《じんもう》の中《うち》に落《お》ち」たと感じ、その後も貧窮からの脱却を図って幾度となく出仕と帰隠を繰り返しながら、最後は「窮耕の士」となる途を選び、自ら耕作に従う「老農」となって後半生を送ったことは、先に「隠士の生んだ文学」の章で述べた。

淵明の貧窮生活は、耕作生活のみでは貧しさを脱することはできぬと悟って、やむなく彭沢の県令として最後の出仕をした四十一歳以前の作にも、うたわれてはいる。その一首を掲げよう。淵明が深く愛し、心を通わせていた従弟敬遠《けいえん》に寄せた詩である。

癸卯歳十二月　　癸卯《きぼう》の歳《とし》、十二月《じゅうにがつ》
中作与従弟敬　　中《ちゅう》の作《さく》、従弟敬遠《じゅうていけいえん》
遠　　に与《あた》う

寝跡衡門下　　跡《あと》を寝《いこ》わす　衡門《こうもん》の下《もと》
邈与世相絶　　邈《ばく》として世《よ》と相絶《あいた》つ
顧眄莫誰知　　顧眄《こへん》するに誰《たれ》をも知《し》る莫《な》く
荊扉昼長閉　　荊扉《けいひ》　昼《ひる》　長《つね》に閉《と》ず

凄凄歳暮風
翳翳経日雪
傾耳無希声
在目皓已潔
勁気侵襟袖
簞瓢謝屢設
蕭索空宇中
了無一可悦
歴覧千載書
時時見遺烈
高操非所攀
謬得固窮節
平津苟不由
栖遲詎為拙
寄意一言外
茲契誰能別

凄凄《せいせい》たり　歳暮《さいぼ》の風《かぜ》
翳翳《えいえい》たり　日《ひ》を経《へ》し雪《ゆき》
耳《みみ》を傾《かたむ》くるも希声《きせい》無《な》く
目《め》に在《あ》りては皓《こう》として已《すで》に潔《きよ》し
勁気《けいき》　襟袖《きんしゅう》を侵《おか》し
簞瓢《たんぴょう》　屢《しば》しば設《もう》くるを謝《しゃ》す
蕭索《しょうさく》たり　空宇《くうう》の中《うち》
了《つい》に一《いっ》の悦《よろこ》ぶ可《べ》き無《な》し
千載《せんざい》の書《しょ》を歴覧《れきらん》し
時時《じじ》　遺烈《いれつ》を見《み》る
高操《こうそう》は攀《よ》ずる所《ところ》に非《あら》ず
謬《あやま》って固窮《こきゅう》の節《せつ》を得《え》たり
平津《へいしん》　苟《いや》しくも由《よ》らず
栖遲《せいち》　詎《なん》ぞ拙《せつ》と為《な》さん
意《い》を寄《よ》す　一言《いちごん》の外《ほか》
茲《こ》の契《けい》　誰《たれ》か能《よ》く別《わか》たん

この詩が書かれたのは、淵明三十九歳、時の覇者桓玄が都にあって晋の安帝から帝位を簒奪した年の暮れのことで、詩人はまだ亡母の喪に服していた。淵明はこの詩で、役人生活を辞し、世人との交わりを絶って、飢えに責められながら、寒風の吹き抜ける茅屋にひっそりと暮らす己の姿をうたっている。理想に殉じてじっと貧に耐える様を描いたこの詩の色調は甚だ暗い。ことさらに貧を強調したとも見えるこの詩には、詩的誇張があるかもしれない。仮にそうだとしても、この一首は「かくあるわれ」としての貧士の像を、ヴィヴィッドに浮びあがらせることに成功している。これは間違いなく貧を詠じた詩だが、この詩の眼目は、「千載《せんざい》の書《しょ》を歴覧《れきらん》し」以降の後半にある。詩人がこの作でうたおうとしたのは、貧窮生活の悲惨さそのものではなく、古人の高い節操に倣って、「固窮の節」を守り抜いて清貧のうちに生きる決意を伝えることこそが、その詩作の意図するところであった。先に、淵明の貧の詩には詩人の信条告白といった一面があると言ったのは、このことを指す。淵明はその悲壮な決意を、自分の信念を理解してくれる従弟の敬遠に訴えかけているのだ。貧を士の常、士の誇りとして受け入れ、往古の高士に倣ってそれに晏如たろうとする気概は、他の詩でも「餒《う》えや　已《や》んぬるかな、在昔《むかし》　余《われ》に師《しお》多し」(「会《さと》ること有《あ》りて作《つく》る」)などともうたわれているが、自らを説得、鼓舞するために書かれたかの観のあるかような詩は、淵明ならではの貧の詩だと言ってよい。ここでもやはり詩人は清貧を守って生きようとの「固窮の節」を言う。「固窮《こきゅう》の節《せつ》に頼《よ》らずんば、百《ひゃく》世当《せいまさ》に誰《たれ》をか伝《つた》うべき」（「飲酒 其の二」）と固い決意を示したあの「固窮の節」である。ただし全篇暗く沈んだ調子でうたわれているこの詩では、かすかな自嘲をまじえたその口調は弱弱しい。

ちなみに、この詩の第十六句「謬得固窮節」には「深得固窮節」なる異文があり、それを採るテクストもある。また「謬得」をどう読むか、諸家によって解釈が異なる。細かいことにこだわるようだが、淵明が隠棲生活を通じてずっと掲げていた信条に関わる問題なので、少々検討したい。

これを「謬《あやま》って得《え》たり」（斯波六郎、一海知義、石川忠久『陶淵明詩選』ほか）と読み「自分はがらにもなく困窮にいても変へぬ節操をもってをる」（斯波）、「まちがってした　貧を貫く覚悟」（一海）、「それでもなんとか貧乏を貫くだけの覚悟はある」（石川）、「固窮に安んずる覚悟はばかりながらついたように思う」（松枝茂夫・和田武司『陶淵明全集』）と解する研究者たちがいる。一方これを、「謬《あやま》りて得《え》たり」（田部井文雄・上田武）と読み、これを謙遜の辞と解して、「（私は、私なりに）どうやら、困窮生活に耐えて節操を貫く精神力を持つことができた」（田部井・上田）と解する研究者と、「謬《みだ》りに得《え》たり」（鈴木虎雄、星川清孝『中国名詩鑑賞　陶淵明』）と読み、「自分はみだりに孔夫子のいはれた固窮の節を得て窮しても濫せずにをるのである」（鈴木）、「君子が、窮することを固より覚悟の上で、取り得べき道義を、分不相応にも私も会得することができた」（星川）と解する研究者とがいて、それぞれ微妙に受け取り方が違うようである。温洪隆氏、および郭維森・包景誠氏の訳注本には、「謬」は「謙辞」だとの注が付されている。一海氏のように、はっきりと「まちがってした　貧を貫く覚悟」と言い切ってしまったり、あるいは岡村繁氏のようにこれを「謬《はしな》くも得《え》たり」と読み、そこに淵明の自嘲的な口吻を読み取って、「ついうかうかと『固窮の節』だけを守る羽目になってしまった」（岡村）という否定的な意味合いに解する研究者もおり、事は厄介である。問題は、詩人がその隠逸生活の信条としていた「固窮の節」を得たことを、「がらにもなく」「それでもなんとか」「はばかりながら」「どうやら」という謙遜の意をこめて言ったのか、それとも本意にたがう形で「まちがって」「ついうかうかと」と、自嘲をこめた否定的なニュアンスで言っているのかという点にある。岡村氏も引いているところだが、淵明は「飲酒　其の十六」でも

竟抱固窮節　　竟《つい》に固窮《こきゅう》の節《せつ》を抱《いだ》きて
飢寒飽所更　　飢寒《きかん》　更《へ》し所《ところ》に飽《あ》く

「竟に」つまりは「結局のところは（とどのつまりは）（あげくのはてには）」、「固窮の節」を抱いて、飢えと寒さをいやというほどなめた、と言っているところから推しても、ここは謙遜で

はなく、やはり自嘲のこもった句と見たい。十七句の「平津《へいしん》」の解釈をめぐっても、諸家の見解は異なるが、それについてはここでは触れないでおく。

もう一首、今度は帰隠後の貧を詠じた作を引こう。四十代後半の作と見られるこの詩は、第一章でも引いたが、今度は貧の詩として眺めることにする。

飲酒　其十六

少年罕人事
游好在六経
行行向不惑
淹留遂無成
竟抱固窮節
飢寒飽所更
弊廬交悲風
荒草没前庭
披褐守長夜

飲酒《いんしゅ》　其《そ》の十六《じゅうろく》

少年《しょうねん》　人事《じんじ》罕《まれ》にして
游好《ゆうこう》は六経《りくけい》に在《あ》り
行《ゆ》き行《ゆ》きて不惑《ふわく》に向《なんなん》とするに
淹留《えんりゅう》するも遂《つい》に成《な》る無《な》し
竟《つい》に固窮《こきゅう》の節《せつ》を抱《いだ》きて
飢寒《きかん》　更《へ》し所《ところ》に飽《あ》く
弊廬《へいろ》　悲風《ひふう》交《まじ》わり
荒草《こうそう》　前庭《ぜんてい》を没《ぼっ》す
褐《かつ》を披《き》て長夜《ちょうや》を守《まも》るに

晨鶏不肯鳴　　晨鶏《しんけい》　肯《あ》えて鳴《な》かず
孟公不在茲　　孟公《もうこう》　茲《ここ》に在《あ》らず
終以翳吾情　　終《つい》に以《もっ》て吾《わ》が情《じょう》を翳《かげ》らす

詩中に「飢寒《きかん》　更《へ》し所《ところ》に飽《あ》く」とあるとおり、冷たい風が吹き抜ける草ぼうぼうのあばら屋の中で、襤褸《ぼろ》を着て飢えと寒さに震えながら、ひたすら夜明けを待つ悲惨な状況がうたわれている。確かにこの詩には悲惨な困窮生活が描かれてはいるが、先の一首と同じく、この詩の眼目もやはり「貧」そのものをうたうことにはない。ここでは、隠逸生活に入りながらも、未だ経国済民の志を捨てきれぬまま、ぐずぐずとうだつがあがらぬわが身の不甲斐なさを嘆じる焦慮の念がうたわれ、己を高く持し、「固窮の節」を掲げて生きる自分を理解してくれる知音なきを嘆く詩人の声が、むしろ強く前面に出ているのがわかる。詩人の孤立感は深い。これは後に「高士の孤独」の章で述べるが、孤独感は、淵明の文学全体を覆っている感情でもある。右の詩に見られる、淵明の後半生の隠逸生活の信条となった「竟《つい》に固窮《こきゅう》の節《せつ》を抱《いだ》きて」という一句には、言い知れぬ悲壮感が漂っている。高く理想を掲げる己を知る者なく、暗い心に閉ざされた淵明の孤独感が、ひしひしと伝わって来る作である。かつて

被褐欣自得　褐《かつ》を被《き》て欣《よろこ》んで自得《じとく》し
屢空常晏如　屢《しば》しば空《むな》しきも常《つね》に晏如《あんじょ》たり

——「始めて鎮軍参軍と作り、曲阿を経しときの作」

とうたった、「安貧楽道」に徹した楽天的な隠士五柳先生の面影は、ここにはない。「褐《かつ》を披《き》て長夜《ちょうや》を守《まも》るに、晨鶏《しんけい》　肯《あ》えて鳴《な》かず」という二句は、前途に光明を見出せぬ詩人の暗然たる心境をよく写し出してはいないか。『古今隠逸詩人之宗—陶淵明論析』の著者王国瓔氏が指摘するように、「成る無きを悲しむ」というテーマは、陶詩に一貫して見られるものだが、ここもその一例である。いずれにせよ、こんなふうに己の貧をうたった詩はあまり類を見ない。敢えて挙げれば、先にその詩句を引いた大沼枕山に、貧ゆえに己が志すところを成し遂げられなかったことを悔いる、

一貧累人無所成　一貧《いっぴん》　人《ひと》を累《わずら》わして　成《な》る所《ところ》無《な》し
蹉跎三十七年光　蹉跎《さた》たり　三十七年《さんじゅうしちねん》の光《ひかり》

——「除夕《じょせき》」（訓読は日野龍夫氏による）

という詩句があるのが想起されるくらいのものだ。拙老の知るかぎり、ヨーロッパにはかような詩はないようだ。いや中国でも他に類を見ないものではなかろうか。左思にも志を得ぬ貧士を詠じた詩はあるが、それは第三者の目から見た貧士の姿であって、淵明のようにそれを己自身のこととしてうたい、切実な思いを吐露した作ではない。やはりこれは貧にまつわる淵明独自の詩的世界だと言ってよかろう。

今度は楽府題《がふだい》風の詩、一海知義氏によれば、自伝的な詩である一首を窺ってみよう。この詩は淵明五十代半ばの作とされている。

怨詩楚調示龐
主簿鄧治中

天道幽且遠
鬼神茫昧然
結髪念善事
僶俛六九年
弱冠逢世阻

怨詩《えんし》、楚調《そちょう》もて、龐《ほう》
主簿《しゅぼ》・鄧《とう》治中《ちちゅう》に示《しめ》す

天道《てんどう》　幽《ゆう》にして且《か》つ遠《とお》く
鬼神《きしん》　茫昧然《ぼうまいぜん》たり
結髪《けっぱつ》より善事《ぜんじ》を念《おも》い
僶俛《びんべん》たり　六九年《ろっくねん》
弱冠《じゃっかん》にして世《よ》の阻《けわ》しきに逢《あ》い

始室喪其偏
炎火屢焚如
螟蜮恣中田
風雨縦横至
収斂不盈廛
夏日長抱飢
寒夜無被眠
造夕思鶏鳴
及晨願烏遷
在己何怨天
離憂悽目前
吁嗟身後名
于我若浮煙
慷慨独悲歌
鍾期信為賢

始室《ししつ》にして其《そ》の偏《へん》を喪《うしな》う
炎火《えんか》 屢《しば》しば焚如《ふんじょ》たり
螟蜮《めいよく》 中田《ちゅうでん》に恣《ほしいまま》にす
風雨《ふうう》 縦横《じゅうおう》に至《いた》りて
収斂《しゅうれん》 廛《てん》にも盈《み》たず
夏日《かじつ》 長《なが》く飢《うえ》を抱《いだ》き
寒夜《かんや》 被《ひ》無《な》くして眠《ねむ》る
夕《ゆうべ》に造《つく》れば 鶏鳴《けいめい》を思《おも》い
晨《あした》に及《およ》べば 烏遷《うせん》を願《ねが》う
己《おのれ》に在《あ》り 何《なん》ぞ天《てん》を怨《うら》まん
離憂《りゆう》 目前《もくぜん》に悽《せい》たり
吁嗟《くさ》 身後《しんご》の名《な》
我《われ》に于《お》いては浮煙《ふえん》の若《ごと》し
慷慨《こうがい》して独《ひと》り悲歌《ひか》し
鍾期《しょうき》は信《まこと》に賢《けん》なりと為《な》す

この詩が作られた頃の時代の動きと淵明の実生活を年譜によって見ると、かつて詩人の同僚であった劉裕は、後秦《こうしん》を滅ぼして宋公九錫《そうこうきゅうしゃく》の命を受け、帝位簒奪の野望を遂げるために安帝を縊殺するという行為に出ている。しかも天下こぞってその劉裕になびく風であったから、淵明の心は、暗然たる思いに閉ざされていたはずである。それに加えて、詩中にあるように、天変地異が続いて凶作と飢饉が襲い、しかも齢知命の頃に詩人は病を得て、ずっと病床に臥す身であった。全篇を覆っている暗い色調から察せられるように、この詩はまさに絶望的な状況で書かれたものと言える。淵明は楚の国の哀歌、恨み節の調子をもって、弱年以来の貧窮生活をつぶさに描き、現在のすさまじいまでの窮乏生活の苦しみを、龐主簿、鄧治中という二人の官人に訴えているのである。鈴木虎雄博士がこの詩を、

これは龐鄧を己の知己とみなし、それとなく貧を訴え生活の援助を請ふこころとみえる。

と解しておられるように、詩人の意図は、伯牙《はくが》にとっての鍾子期《しょうしき》になぞらえられているこの二人に経済的援助を請うことにあったと見られる。最後の一句「鍾期《しょうき》は信《まこと》に賢《けん》なりと為《な》す」は、明らかにそれを意味している。石川氏は前記の書で、「有力者が隠士に贈物をするのは普通のことであった」と述べているが、この場合もやはりそれを期待してのことだろう。『新訳 陶淵

明集』の著者である温洪隆氏は、この詩の「解題」で

詩人はこの詩で自分が一生の間に遭遇した悲惨な境遇を数え上げ、それによって天道鬼神の存在を否定している。泣くが如く、訴えるが如く、凄愴にして読む者の心を動かす。怨みと憤りが言外に溢れ出ている。

と説いている。確かにそのとおりで、「清貧」どころか「凄貧」としか言いようがない貧士の姿とその心境がうたわれているが、詩人はここでもやはり、貧にまつわる己の信条、想念を示そうしていることを重く見るべきだろう。

在己何怨天　　己《おのれ》に在《あ》り　何《なん》ぞ天《てん》を怨《うら》まん
離憂悽目前　　離憂《りゆう》　目前《もくぜん》に悽《せい》たり
吁嗟身後名　　吁嗟《くさ》　身後《しんご》の名《な》
于我若浮煙　　我《われ》に于《お》いては浮煙《ふえん》の若《ごと》し

という四句がそれであるが、淵明は現在の貧苦は自分自身から出たことで、天を怨む理由はな

いとしながらも、眼前の貧窮はやはりいたましく辛い、古の聖人の尊んだ死後の名声なぞ、今の自分にとっては煙のようにとるにたらぬはかないものだ、とうたう。これをどう見るかむずかしいところだ。死後の名声などを軽んずる態度は、他の詩でも

去去百年外　去《さ》り去《さ》りて百年《ひゃくねん》の外《ほか》
身命同翳如　身命《しんめい》　同《とも》に翳如《えいじょ》たらん

——「劉柴桑《りゅうさいそう》に和《わ》す」

とうたわれているが、「吁嗟《くさ》　身後《しんご》の名《な》、我《われ》に于《お》いては浮煙《ふえん》の如《ごと》し」との二句で、詩人の言いたかったものは何か。その実、先に触れた王国瓔氏が、「陶淵明は自分の死後の名声を非常に重視した」と述べているように、淵明は、古代の賢人志士の徳行に倣って、死後に己の名をとどめることにこだわった人物でもあったのだ。名を後世に残そうと努める点では、淵明は決して無欲恬淡な人物ではなかったと思う。田部井・上田両氏の『全釈』には、

死後の名声などとるに足らずとする、俗世に超然たる歌いぶりは、堂々としていて、へつらうところは感じとりにくい。果たして作者の意図は那辺にあったのであろうか。

とあるが、素直には受け入れがたい。そう解しては「鍾期《しょうき》は信に《まこと》賢《けん》なりと為《な》す」という最後の詩句と齟齬が生じよう。この一首はおよそ「俗世に超然たる歌いぶり」ではなく、「堂々として」いるわけでもない。淵明は貧士として生きてゆく限界にまで追い込まれ、誇りを捨てて有力者に助力を請わねばならぬ事態に立ち至ってもなお、隠士としての一応の気概を示そうとしたのではないかと思われる。その昂然たる態度は、意地悪くみれば、虚勢だと言えなくもない。岡村繁氏は、この一首の結びの部分である最後の四句を重く見て、

最後に、「今の私には死後の名声などどうでもよいのだ。昔鍾期が親友伯牙の琴の音を聞き分けたように、賢明な貴下よ、今すぐにもお助け」と、「慷き慨しんで」ヒステリックに哀願したのがこの詩の主旨である。

と容赦ない裁断をくだし、さらには、

そしてこの結びの四句が主張するものは、高潔な隠者としての「身後の名」の放棄であると共に、友人というコネクションを利用した高級官僚へのねだりである。

とまで言い切った。つまりは、ここでは淵明はもはや清介な隠士としての矜持も何もかなぐり捨てて、有力者である知人に、卑屈にもねだりごとをし、援助を請うているものと解するわけである。その昔ギリシアの詩人テオグニスは、

どんなにすぐれた人物であろうと、貧窮の虜となれば、弁舌も行動も思うにまかせぬことになり、舌までもが縛られてしまうものだ。

とうたったが、岡村流に解釈すると、淵明もまたその運命を免れ得なかったということか。しかし拙老の見るところ、ここで吟味した淵明の貧の詩は、さようなことを物語るものではない。「固窮の節」を隠逸生活の信条として掲げる淵明は、厚顔な乞食詩人ヒッポナクスでも、惨めたらしく泣き言を並べて王に助力を乞うリュトブフでもない。己が貧窮をつぶさに描いた詩で有力者に助力を乞うにしても、「貧は士の誇り」であるから、淵明は「己れ《おのれ》に在《あ》り　何《なん》ぞ天《てん》を怨《うら》まん」と貧を甘受する姿勢・気概のほどを示し、貧に対処する己の信条を述べずにはおかないのである。それをやせ我慢、虚勢と見るか、「俗世に超然たる歌いぶり」ととるかは、読者の判断による。いずれにしてもこれまた高士淵明ならではの貧の詩と言えよう。

貧の詩はまだまだある。詩人の最晩年六十代に入っての作「会《さと》ること有《あ》りて作《つく》る」という一

首は、今引いた貧の詩に劣らぬすさまじい貧窮生活をうたっているが、その眼目は、やはりその信念・信条である「固窮の節」を掲げ、宣揚するところにあったと思われるのだ。と同時に、詩人はそれを詩にうたうことによって、自らの貧に処する意思を確認し、自身を鼓舞しているのではないかと思われる。この詩にはそれが作られるに至った背景を述べた「序」が付されているが、紙幅の都合でこれは省く。淵明は、自分が今味わっている飢えの苦しみを述べておかないと、後世の人々がこういう状況を知らないままになってしまうだろうとの思いから、この詩を賦したことを述べている。

有会而作　　会《さと》ること有《あ》りて作《つく》る

弱年逢家乏　　弱年《じゃくねん》にして家《いえ》の乏《とぼ》しきに逢《あ》い
老至更長飢　　老《お》い至《いた》って更《さら》に長《なが》く飢《う》う
菽麦実所羨　　菽麦《しゅくばく》は実《まこと》に羨《うらや》む所《ところ》にして
孰敢慕甘肥　　孰《たれ》か敢《あ》えて甘肥《かんひ》を慕《した》わんや
惄如亜九飯　　惄如《てきじょ》たること　九飯《きゅうはん》に亜《つ》ぎ
当暑厭寒衣　　暑《しょ》に当《あ》たりては寒衣《かんい》を厭《いと》う

歳月将欲暮
如何辛苦悲
常善粥者心
深念蒙袂非
嗟来何足吝
徒没空自遺
斯濫豈攸志
固窮夙所帰
餒也已矣夫
在昔余多師

歳月《さいげつ》　将《まさ》に暮《く》れんとするに
如何《いかん》せん　辛苦《しんく》の悲《かな》しみを
常《つね》に粥者《しゅくしゃ》の心《こころ》を善《よ》しとし
深《ふか》く念《おも》う　袂《たもと》を蒙《こうむ》りしものの非《ひ》を
嗟来《さらい》　何《なん》ぞ吝《お》しむに足《た》らん
徒《いたず》らに没《ぼっ》して空《むな》しく自《みずか》ら遺《のこ》すのみ
斯濫《しらん》　豈《あ》に志《こころざ》す攸《ところ》ならんや
固窮《こきゅう》　夙《つと》に帰《き》する所《ところ》なり
餒《う》えや　已《や》んぬるかな
在昔《むかし》　余《われ》に師《し》多《おお》し

この詩をどう解釈するかは、なかなかに厄介な問題である。詩題に「会《さと》ること有《あ》りて作《つく》る」とあるように、詩人が何かを悟ったことを述べていることは間違いない。淵明は一体何を悟ったというのか。この詩の眼目もやはり後半にあることは明らかだが、そこから考えると、これは、餓死の懼れがあるほどの極度の貧に陥った場合、いかにそれに処するべきかを悟ったという内容の詩だと思われる。この詩の後半は、『礼記』にある一挿話、つまりは飢えた男がそれを恥じて袂で顔をおおってふらふらとやってきたが、「嗟来《さらい》（おいこら）、食え」と言われて粥を施され、その無礼を怒って、遂に餓死してしまったという故事を踏まえている。淵明は、そんな死に方を無駄死にだとして、男の愚を言うのだが、それに続く詩句は例の信条吐露で、これには二様の解釈がなされている。

この詩に見られる貧士陶淵明の態度に、最も痛烈な批判を浴びせたのが、『陶淵明―世俗と超俗』の著者岡村繁氏である。この小さな本は、「超俗高潔の隠士」という従来の陶淵明像を、根底から覆してしまったと言えるものだが、この詩に見られる淵明の信条に関する岡村氏の解釈も、実に手厳しいものがある。氏は詩人が、この「嗟来」の挿話を引いたことのうちに、「飢えをしのぐためならば、屈辱など気にすることもあるまいに」との態度を読み取り、「飢餓に追いつめられた淵明の、この卑屈な態度はどうであろうか」と批判している。要するに、ぎりぎりのところまで飢えに迫られた淵明が悟ったのは、節義、信条に目をつぶってでも、貧窮の中で生き延びてゆくべきだという、「貧の哲学」だということになる。さらには岡村氏はこれに関して、

私は、「飢え」をめぐる淵明のこうした考え方の自己撞着の中に、彼のいやらしいまでの生命への執着を見たような気がする。

とまで言い切っている。しかし大方の研究者はこれとは違った解釈をしており、「固窮」はかねてから自分の帰着するところだ、飢えてしまうのもまたやむを得ない、というふうに解している。つまりは淵明は、「固窮の節」を掲げて生きてきた以上、かかる悲惨な事態もありえようが、古の賢人たちにならってそれを感受するのが、己の運命だと悟ったということになる。そこから、

それゆえ徒に窮乏を託《かこ》ったり、怨じたりしない。まことに徹した心境が一詩の中に貫き流れていると思う。（大矢根文次郎『陶淵明研究』）

という、岡村氏と正反対の見方が生まれるのである。鈴木虎雄先生も同様な解釈であり、林玫儀氏、温洪隆氏その他ほとんどの研究者は、この方向での解釈である。そして「固窮の節」を守りぬこうとする詩人の「高尚な情操」が讃えられることになる。

さて、この貧の詩をどう解するべきか。正直に言って拙老にはよくわからない。ただ言えることは、淵明の場合、貧を詠じた詩のほとんどは、貧そのものをうたうことを意図したものではなく、極度の貧窮の中にあってもなお「固窮の節」を掲げ、それに殉じて生きようとする決意を述べたものだということである。それは、なによりもまず己の抱懐する信念を、詩という

形に定着させることを通じて自分自身に納得させるための、意思確認であったと思われる。貧に対する淵明の態度は、確かに矛盾をはらんでおり、自家撞着も見られはする。ではあるが、「固窮の節」を掲げて生きる己を理解してくれる知音なきことに絶望しつつもなお、その姿勢を貫こうというのが、その基本的姿勢であることに変わりはない。「悟ることがあった」というこの詩も、やはり同じ信念を貫く決意をうたったものと解するべきだろう。岡村氏の解釈は、ここでは採れない。

淵明にはまた、飢えに駆られて見知らぬ人物のもとに食を乞うたことを詠じた、「食を乞う」と題する貧の詩があるが、ここではとりあげないことにする。それ以上にこの詩人らしい貧の詩は、「貧士《ひんし》を詠《えい》ず」と題する七首の連作である。そのうちの第二首から第七首までは、己の信念を曲げずに貧を貫いて生きた古の貧士をうたい、それらの人々への共感と、その高風への欽慕をうたう。この連作詩は、次のような悲痛な思いを託した詩で始まる。淵明の詩の中でも、最も孤独感、孤絶の意識の強い作である。詩中の「孤雲《こうん》」「遅遅《ちち》として林《はやし》を出《い》でし翮《つばさ》」が、作者の姿をたとえたものであることは、言うまでもない。

詠貧士　其一　　貧士《ひんし》を詠《えい》ず　其《そ》の一《いち》

万族各有託
孤雲独無依
曖曖空中滅
何時見余暉
朝霞開宿霧
衆鳥相与飛
遅遅出林翮
未夕復来帰
量力守故轍
豈不寒与飢
知音苟不存
已矣何所悲

万族《ばんぞく》 各《おの》おの託《たく》する有《あ》り
孤雲《こうん》 独《ひと》り依《よ》る無《な》し
曖曖《あいあい》として空中《くうちゅう》に滅《めっ》し
何《いず》れの時《とき》にか余暉《よき》を見《み》ん
朝霞《ちょうか》 宿霧《しゅくむ》 開《ひら》き
衆鳥《しゅうちゅう》 相与《あいとも》に飛《と》ぶ
遅遅《ちち》として林《はやし》を出《い》でし翮《つばさ》
未《いま》だ夕《ゆうべ》ならざるに復《ま》た来《き》たり帰《かえ》る
力《ちから》を量《はか》って故轍《こてつ》を守《まも》るに
豈《あ》に寒《さむ》さと飢《う》えとあらざらんや
知音《ちいん》 苟《いやしく》も存《そん》せずんば
已《や》んぬるかな 何《なん》の悲《かな》しむ所《ところ》ぞ

詩人はまず冒頭の二句、自分を空中に漂う一片の遊雲になぞらえ、「超凡脱俗」つまりは俗塵を脱して生きる清介孤高の士としての孤独をうたう。田部井・上田両氏の『全釈』には、この詩について、一首は、その「孤雲」の如きわが寄る辺なき孤独を、「貧士」の嘆きとして詠ずるとともに、時流に同調せぬ強い意志をも示すものである。

と述べられているが、まさにそのとおりだと思う。詩人はこの詩で、節を曲げず飢寒に耐えて生きている自分を理解してくれる存在がいないことを、何よりも強い悲しみとしているのである。

量力守故轍　力《ちから》を量《はか》って故轍《こてつ》を守《まも》るに
豈不寒与飢　豈《あ》に寒《さむ》さと飢《う》えとあらざらんや

と、窮耕による隠士としての生活が、飢渇に脅かされるほどの貧窮生活であることを言いながらも、貧そのものは嘆きではなく、誠実に貧士としての節を固く守って生きる己を知る知音なきことが、嘆きなのである。まったくの俗人である拙老が、知音を渇望するかような陶詩を読んでいささか不思議に思うのは、隠士となった淵明が、しきりに知音を求めていることである。「幽居の士」としてあくまで隠逸の生活に徹しようとするならば、誰に知られることもなく、「安貧楽道」を実践しさえすればよいので、知音なぞは本来は不要のはずである。しかるに淵明がしばしばその詩の中で、「固窮の節」を守って生きる己が志を解する知音なきを訴え、嘆いているということは、官途においてこそ挫折はしたが、清介孤高の隠士、世に聞こえた高士としての名を、同時代人の間に知られたいとの願いを表明したものと見てよかろう。しかし現在の世に知音なき以上は、上古にこれを求めるほかはないということで、以下六首にわたって、孔子・子路に始まる古の高潔な貧士たちの行き方をうたい、それに対する共感と思慕をうたうのである。これまた「固窮の節」を守って清貧に生きる隠士としての己の姿勢の誇示であると同時に、これをうたうという行為によってその信念を補強し、己を鼓舞するための詩的営為にほかならない。それが詩人の実人生と関わっているかどうかということは、この際もさしたる問題ではない。連作「貧士を詠ず」はいずれも同じパターンの詩なので、その中の一首「其の四」のみを引いておこう。

其四　　其《そ》の四《し》

安貧守賤者　　貧《ひん》に安《やす》んじ賤《せん》を守《まも》る者《もの》に

自古有黔婁　　古《いにしえ》より黔婁《けんろう》有《あ》り

好爵吾不栄　　好爵《こうしゃく》　吾《われ》　栄《えい》とせず

厚饋吾不酬
一旦寿命尽
弊服仍不周
豈不知其極
非道故無憂
従来将千載
未復見斯儔
朝与仁義生
夕死復何求

厚饋《こうき》　吾《われ》　報《むく》いず
一旦《いったん》　寿命《じゅみょう》尽《つ》きて
弊服《へいふく》　仍《な》お周《あまね》からず
豈《あ》に其《そ》の極《きょく》を知《し》らざらんや
道《みち》に非《あら》ず　故《ゆえ》に憂《うれ》い無《な》し
従来《じゅうらい》　将《まさ》に千載《せんざい》ならんとす
未《いま》だ復《ま》た斯《こ》の儔《ともがら》を見《み》ず
朝《あした》に仁義《じんぎ》と与《とも》に生《い》くれば
夕《ゆうべ》に死《し》すとも復《ま》た何《なに》をか求《もと》めん

先学たちが説いているように、上古の貧士たちの貧に徹した生き方をうたったこれらの詩は、一見「詠史詩《えいしし》」のようにも見え、またその系譜につらなる作品であるにしても、詩意はそこにはない。既に淵明に先立って左思が「詠史」八首を作り、時命に遇うまで不遇な時代を過ごした古の賢士を挙げ、貴族による門閥支配への憤りをうたい、また己が志を述べたが、淵明のこの作は、それとはやや趣きを異にしている。淵明がこの連作「貧士を詠ず」を書いた折に、左思の「詠史詩」を意識していたことは十分にあり得ると思うが、淵明の場合は、あくまで己の鑑としてそのかみの貧士たちの人物像を描いており、その人間像を通じて己の信念、信条を吐露するところに、その詩作の意図があった。ここにうたわれている清貧に耐えて生きた往昔の貧士たちの姿には、淵明自身の姿が投影されていることは疑いない。それゆえこれら一連の作品は、「詠史詩」というよりもむしろ「詠懐詩《えいかいし》」としての性格を帯びていると言えよう。右の一首はそのひとつで、宰相の地位を約束されながらそれを拒絶し、「安貧楽道」に徹して、貧窮のうちに清廉な生涯を終えた隠士黔婁《けんろう》を詠じている。『論語』を踏まえた最後の二句は、詩人自身の心であって、その信条の表白、決意表明にほかならない。他の貧士を詠じた詩も、ほぼ同様の内容のものであって、いずれも鑑としての上古の貧士たちの清廉高潔な生き方がうたわれている。こういうたぐいの貧の詩は、中国のみならず他の国、他の地域にも存在しないはずである。東晋から劉宋の世へという、政治上の無道・非道が支配し、政治的腐敗と血なまぐさい戦乱が打ち続いた時代を、一隠士として窮耕に生き、「固窮の節」という己の信念に殉じて生きた詩人淵明の姿勢が、他に類を見ないかような貧の詩を生んだのである。それが詩人の実人生の忠実な反映であったかどうかなどという問題を詮索するよりも、右の事実をまず重く見るべきではなかろうか。

思うに、陶淵明という詩人においては、詩は単なる芸術作品ではなく、業余の楽しみでもなく、自分が隠士であることの、また清介孤高の高士として生きてゆこうとする意思の、表現そのものであった。それは、あくまで隠逸者たらんとする姿勢と直接つながっている。そこが重要である。淵明は隠逸生活によって、自らの生活を「芸術化した」とは、さる中国の研究者の評言だが、いかにも正鵠を射たものと思われる。これまで眺めてきた貧の詩は、そのことの証左にほかならない。

五　高士の孤独

この章では、淵明の文学を特色づけている大きな要素である「孤独」というものをとりあげ、陶詩におけるそのあらわれ方を窺い見て、淵明の孤独とはいかなるものか少々考えてみたい。言うまでもなく、孤独は愛や死と並ぶ詩歌の一大テーマである。古来詩人というものは大方孤独な魂を抱いているものであって、その魂が純粋であり詩才がすぐれていればいるほど、実利や欲得が先行し、欺瞞に満ちた俗世間との不調和に苦しむものである。それが詩人の孤独感を生む。そもそも詩人ならずとも人間は本来孤独な存在であって、いかなる楽天的な人といえども、その生が有限の一回かぎりのものであって、行く手には死の深淵が待ちかまえていることを思えば、粛然として生の憂愁を感じざるを得ないはずである。肉親も、いかなる親しい者も、人を死の手から救うことはできない。それを思えば、人間とは所詮この世で独りで生きてゆくしかない孤独な存在であることを、誰しも痛感するに違いない。われわれは漠然とその孤独を感じ、不安を抱いて生きているのだが、それを芸術的なことばで造形することはないのが普通である。だが詩人は孤独というものにきわめて敏感であるから、しばしばその孤独感を、深く脳裏に刻まれ、一読忘れがたい詩作品として結晶せしめる。詩人の詩人たる所以である。一、二の例を挙げれば、わが国の式子内親王《しきしないしんのう》の一首

日に千《ち》たび心は谷に投げはてて有《ある》にもあらず過《す》ぐるわが身は

との壮絶なまでの孤絶の意識の表白である歌や、近代では広く人口に膾炙した若山牧水《わかやまぼくすい》の名歌

白鳥《しらとり》は悲しからずや空の青海の青にも染まずただよふ

あるいはまた、胸を病んで夭折した薄倖の歌人山川登美子《やまかわとみこ》が遺した

わが柩《ひつぎ》まもる人なく行く野べのさびしさ見えつ霞《かすみ》たなびく

ながらへばさびしいたまし千斤のくさりにからみ海に沈まむ

といった悲痛な歌は、詩人（歌人）による深い孤独感の表出として、われわれの心を強く揺さぶらずにはおかない。これほどにパセティックな表現こそとっていなくとも、芭蕉の

うきわれを寂しがらせよかんこどり

此秋《このあき》は何で年よる雲に鳥

の如き名句や西行の

さびしさに堪へたる人の又もあれないほりならべん冬の山里

山里は秋の末にぞ思ひ知る悲しかりけりこがらしの風

といった歌は、人間の抱く孤独感を芸術作品として、不朽の傑作として結晶せしめたものとして、われわれに記憶されている。

詩人陶淵明もまた、終生孤独の念を抱き、孤独感に苦しみ、それをうたった詩人であった。「寂寞《せきばく》と孤独とは、淵明の精神世界の特色である」「寂寞と孤独とは、陶淵明の生命の奥深いところで、互いに固く結びついてる」とは、『陶淵明伝論』の著者李長之氏が「陶淵明的孤独感及其否定精神」という論文で述べているところである。わが国では、中国文学研究の碩学として知られた斯波六郎博士に、前章でその一節を引いた『中国文学における孤独感』という名著がある。『詩経』から李白に至るさまざまな人物（主として詩人たち）の文学的表現において、孤独感というものが、どのような展開を見せたかということを追って、その展開の軌跡をみごとに描き出したこの本は、その味わい深い文章と相俟って、われわれ読者の感嘆を誘わずにはおかない。これまた名著の名に恥じない『陶淵明詩訳注』の著者でもある斯波博士は、淵明の文学における孤独感というものをきわめて重く見て、上記の書で淵明に一章を割いて、この詩人における孤独感がいかなるものであったかを、四〇頁以上にわたって犀利に論じておられる。それを読むにつけ博士の陶詩理解の深さを思い、詩人の魂の内奥にまで分け入って、作品の真意や特質を把握しようとするその精緻で誠実な研究には、ただ頭を垂れるしかない。

また吉川幸次郎博士には、現在は文庫にも収められている「阮籍《げんせき》の『詠懐詩』について」という、その洞察力の深さと詩人理解の深さにおいて瞠目すべき論文があり、そこでは絶対的な孤独者として阮籍の姿が、精緻・緻密な作品分析を通じて明らかにされている。これは阮籍を論じたものだが、詩人淵明における孤独感を考える上でも、まことに示唆に富む論文である。碩学たちによるそのような精緻な論考を前にして、拙老如き一介の素人が淵明の孤独について駄弁を弄するのは笑止のきわみであるが、両博士の書に学び、先学諸家の説くところをも酌んで、詩人淵明における孤独とはいかなるものであったのか、作品に即した形で、少々窺い見ることとしよう。

だがその前に、淵明における孤独の意識・孤独感の問題に関して、さる台湾の学者によっても、看過できない重要な指摘がなされていることを言っておかねばなるまい。それは『陶淵明之人品与詩品』の著者である陳怡良氏によるもので、陳氏によれば「陶淵明の創作意識の根源にあるものは、『寂寞』であるという。それも「時代に対する失望」と、己が志を解してくれる人物がいない、「知音《ちいん》求《もと》めがたし」ということの両者に起因する「心中の寂寞」だというのである。詩人淵明の創作意識の根源にあるものが「寂寞」（これは孤独感と言い換えてもよいと思う）だとする陳氏の見解は、まさに肯綮に当たるものと言える。陳怡良氏にせよ、斯波博士にせよ、寂寞・孤独感というものが淵明の文学の根底に横たわり、それに暗い翳りを与えていることを認めているわけである。

陳氏は、淵明の文学において、「寂寞」というものが根源的な位置を占めていることの例証として、その作品において「独」の字が二十六箇所、「孤」の字が七箇所、「独」と同じ意味で用いられている「幽」の字が九箇所あることを挙げている。そして、これらの字は淵明の内心の寂寞を表示するものだと言っているが、これにも異を唱える余地はない。実際、陳氏も挙げているところだが、陶詩には、作者の孤独感を描いている詩句が、至るところに見出される。ほんの二例だけを挙げると、

嗟余寡陋　　嗟《ああ》　余《われ》　寡陋《かろう》にして
瞻望弗及　　瞻望《せんぼう》すれども及《およ》ばず
顧慚華鬢　　顧《かえり》みて華鬢《かびん》に慚《は》じ

負影隻立　影《かげ》を負《お》いて隻立《せきりつ》す

――「子《こ》に命《めい》ず」

貧居乏人工　貧居《ひんきょ》　人工《じんこう》　乏《とぼ》しく
灌木荒余宅　灌木《かんぼく》　余《わ》が宅《いえ》を荒《おお》う
班班有翔鳥　班班《はんはん》として翔《か》ける鳥《とり》有《あ》り
寂寂無行迹　寂寂《せきせき》として行迹《こうせき》無《な》し

――「飲酒　其の十五」

といった、孤独の影を背負い、独り孤立して生きてゆく己の姿を凝視して、その心中深くわだかまる寂寥感をうたった詩句が随所に見られるのである。寂寞、孤独感は陶詩、いや淵明の文学全体を覆っている感情だと言っても、過言ではなかろう。そもそも淵明が最終的に選んだ隠逸生活というもの自体が、欺瞞や機巧に満ちた俗な世界に背を向け、それと決別してこそ成り立つものであったから、そこに孤独感が生ずるのは自然の理である。その上、淵明の場合には「固窮の節」を掲げた孤高の意識が加わって、その孤独感、孤立の自覚をいっそう深めているということもある。寂寞の念、孤独感がその文学の基調をなしていたとしても、何の不思議もない。もっとも、淵明はユーモアを解し、洒脱を好み、「挽歌《ばんか》の詩《し》」などの作品に見られるように、諧謔を愛する心も欠いてはいなかった。その作品の中には陽気で、洒脱、明るい笑いを誘うものもあることは、これまでにも何首かの詩の例で見てきたところだ。とはいえ、淵明の文学を全体として眺めると、楽天的で陽気、洒脱な作品よりも、生の苦患や寂寞・孤独をうたった作品のほうが明らかに多いことは否みがたい。

思うに、陶淵明という詩人は、幾重にも孤独であった。まず詩人は、容易に節を曲げない「性《せい》は剛《ごう》にして才《さい》は拙《せつ》、物《もの》と忤《さから》うこと多《おお》し」（「子の儼等に与うる疏」）という、安易な妥協を嫌う、協調性に乏しい生来の性格ゆえに、世俗社会において孤独であった。詩人が「塵網《じんもう》」と呼ぶ、門閥貴族が支配する腐敗しきった官界での挫折は、この孤独と深くかかわっていよう。その結果として、官途を捨てての窮耕による隠逸生活、次第に募っていった窮乏といったものが詩人の心に暗い影を落とし、その孤独感、孤立の意識を深めていったものと思われるのである。郷里の田園にあって、世人との交際は一応はありながらも、真に己の志を知る者なしとの「知音なき孤独感」、これが第二の孤独感である。無論、両者は別々のものとしてあるのではなく、重なり合いからみ合ってはいる。考えてみれば、淵明が栄達を願う志を抱きながら、官途において挫折し帰田せざるをえなかったのも、世を挙げて濁れる中で己一人が澄んでいるとの矜持からくる孤独感が、大きく作用していたかもしれない。世が濁れば自分もまた濁ろうということを拒否する、俗世と調和できぬがゆえの孤独感である。淵明の抱いていた孤独感とはまさに、腐り果て濁りきった世にあって、独り己を高く持し、清介孤高の士たらんとする者の抱く「高士の孤独」にほかならない。それはしばしば、世に己が志を解する知音なしとの嗟嘆としてうたわれている、この詩人独自の孤独感でもあった。

それに加えて、本章の冒頭に述べたように、この世に有限の存在として生まれたことから来る孤独感、一種哲学的な孤独感、孤独の意識といったものがある。淵明は、これに関しても人一倍敏感であり、それゆえにまた終生懊悩したのであった。しかしこれは孤独感というよりも、むしろ「存在の憂愁」とでも呼ぶべきものと思われる。

一概に孤独感といっても、その内実は一様ではない。人間に普遍的な孤独感もあれば、ある状況、ある条件のもとで、個人が味わい嚙みしめる孤独感もある。中国の詩で、人間というもののいかんともしがたい絶対的な孤独をうたった詩としては、かの名高い四句から成る初唐の詩人陳子昂《ちんすごう》の傑作、「幽州台《ゆうしゅうだい》に登《のぼ》る」がまず挙げられよう。

登幽州台　　幽州台《ゆうしゅうだい》に登《のぼ》る

前不見古人　　前《まえ》に古人《こじん》を見《み》ず

後不見来者
念天地之悠悠
独愴然而涕下

後《あと》に来者《らいしゃ》を見《み》ず
天地《てんち》の悠悠《ゆうゆう》たるを念《おも》い
独《ひと》り愴然《そうぜん》として涕下《なみだくだ》る

しかしこの孤独は、隠逸生活を鬱々たるものにしたばかりか、終生淵明を苛み、苦しめた孤独感とはやはり異なる。それはまた、阮籍の詩に見られる、個人の感慨、感懐を越えた絶対の孤独につながるものだろう。淵明の孤独は、常に「孤高」の意識や「固窮の節」といった信念と結びついた形で表出されている点でこれらとは異質であって、やはり淵明独自のものであると言わざるを得ない。吉川博士は先に挙げた論文「阮籍の『詠懐詩』について」で、阮籍の

詠懐　其十二

独坐空堂上
誰可与歓者
出門臨永路
不見行車馬

詠懐《えいかい》　其《そ》の十二《じゅうに》

独《ひと》り空堂《くうどう》の上《うえ》に坐《ざ》す
誰《たれ》か与《とも》に歓《たの》しむべき者《もの》ぞ
門《もん》を出《い》でて永《なが》き路《みち》に臨《のぞ》めば
みち行《ゆ》く車馬《しゃば》を見《み》ず

登高望九州　高《たか》きに登《のぼ》りて九州《きゅうしゅう》を望《のぞ》めば
悠悠分曠野　悠悠《ゆうゆう》として曠《むな》しき野《の》の分《わ》かる
孤鳥西北飛　孤鳥《こちょう》は西北《せいほく》に飛《と》び
離獣東南下　離獣《りじゅう》は東南《とうなん》に下《くだ》る
日暮思親友　日《ひ》暮《く》れて親友《しんゆう》を思《おも》い
唔言用自写　唔言《ごげん》して用《も》って自《ひと》り写《すす》ぐ

（訓読は吉川幸次郎氏による）

という詩を引いて、

この詩の視野は、その表面においても、九州、すなわちあめのしたに、ひろまっているが、それだけに孤独感も強烈である。

と評しておられる。博士はまた阮籍の詩について、「すなわち阮籍の歌わんとするものは、もはや従来の五言詩のように個人的な哀歓ではない。ひろく人間全体にひろがる問題である」という点をも強調されている。つまりは、この詩人が「憂思独傷心　憂思《ゆうし》して独《ひと》り心《こころ》を傷《やぶ》る」（「詠懐　其の一」）とうたった時の孤独は、狭い視野における個人の悲哀ではなく、人間に普遍的な絶対の孤独だというのである。このような普遍性をもつ孤独感に比すれば、淵明の孤独、孤絶の意識は、やはりこれとは質を異にしたものだということになろう。それは官界、俗世を遁れて隠士として生きることを選んだこの人物の生活そのもの、隠逸生活での内的体験から生まれたものである。その悲哀は、われわれ読者の心をゆすぶり、限りない共感をそそるものではあるが、あくまで淵明個人の悲哀であって、阮籍のそれのように普遍性はもたない。要は淵明の孤独とは、あくまで己を高く持し、「固窮の節」を守って生きた「高士の孤独」なのである。淵明の孤独は、その意味ではある特別な条件下に生じたものであり、狭い視野における孤独だとも言えるが、それがただちに質的に劣った浅薄なものであることを意味するものではない。それどころか、自らを高しとする「孤高の自負」といったものと結びついた形であらわれている淵明の孤独感は、この詩人独自の高遠で奥深い心境をなしているのである。その孤独感は時に、

人皆尽獲宜　　人《ひと》は皆《みな》尽《ことごと》く宜《よろ》しきを獲《え》たるに
拙性失其方　　拙生《せっせい》　其《そ》の方《ほう》を失《うしな》う
理也可奈何　　理《り》や奈何《いかん》す可《べ》き
且為陶一觴　　且《しばら》く為《ため》に一觴《いっしょう》を陶《たの》しまん

というような、世俗と調和して生きてゆくことのできぬ己を、あきらめをまじえて自嘲するが如き形で吐露、表白されることもあれば、

——「雑詩　其の八」

平津苟不由　平津《へいしん》　苟《いや》しくも由《よ》らず
栖遅詎為拙　栖遅《せいち》　詎《なん》ぞ拙《せつ》と為《な》さん

——「癸卯の歳、十二月中の作、従弟敬遠に与う」

人事固以拙　人事《じんじ》　固《もと》より以《もっ》て拙《せつ》なるも
聊得長相従　聊《いささ》か長《なが》く相従《あいしたが》うを得《え》ん

——「貧士を詠ず　其の六」

という詩句に見られるように、昂然と高い調子でうたわれていることもある。その表出の仕方も単純一様なものではなく、齟齬し相矛盾しているようにも見えるのである。ではその孤独感が、具体的にはどのような形をとって表出されているか、何篇かの詩をとりあげてそのあたり

を少々窺い、吟味検討してみる。

淵明の孤独感は四言詩「栄木《えいぼく》」などにも窺われるが、まずは孤独感がより鮮明に読み取れる一首「歳暮《さいぼ》張常侍《ちょうじょうじ》に和《わ》す」をとりあげる。詩人五十代前半の作と見られている詩である。

歳暮和張常侍

市朝悽旧人
驟驥感悲泉
明旦非今日
歳暮余何言
素顔斂光潤
白髪一已繁
濶哉秦穆談
旅力豈未愆
向夕長風起
寒雲没西山

歳暮《さいぼ》張常侍《ちょうじょうじ》に和《わ》す

市朝《しちょう》　旧人《きゅうじん》を悽《いた》ましめ
驟驥《しゅうき》　悲泉《ひせん》に感《かん》ず
明旦《めいたん》　今日《こんにち》に非《あら》ず
歳暮《さいぼ》　余《われ》　何《なに》をか言《い》わん
素顔《そがん》　光潤《こうじゅん》を斂《おさ》め
白髪《はくはつ》　一《いっ》に已《すで》に繁《しげ》し
濶《かつ》なる哉《かな》　秦穆《しんぼく》の談《だん》
旅力《りょりょく》　豈《あ》に未《いま》だ愆《うしな》わざらんや
夕《ゆうべ》に向《む》かいて長風《ちょうふう》起《お》こり
寒雲《かんうん》　西山《せいざん》に没《ぼっ》す

冽冽気遂厳
紛紛飛鳥還
民生鮮長在
矧伊愁苦纏
屢闕清酤至
無以楽当年
窮通靡攸慮
顦顇由化遷
撫己有深懐
履運増慨然

冽冽《れつれつ》として気遂《きつい》に厳《きび》しく
紛紛《ふんぷん》として飛鳥《ひちょう》還《かえ》る
民生《みんせい》　長《なが》く在《あ》ること鮮《すくな》し
矧《いわ》んや伊《こ》れ愁苦《しゅうく》の纏《まつわ》るをや
屢《しば》しば清酤《せいこ》の至《いた》るを闕《か》き
以《もっ》て当年《とうねん》を楽《たの》しむ無《な》し
窮通《きゅうつう》　慮《おもんぱか》る攸靡《ところな》く
顦顇《しょうすい》　化《か》に由《よ》りて遷《かえ》る
己《おのれ》を撫《ぶ》して深《ふか》き懐《おも》い有《あ》り
運《うん》を履《ふ》みて慨然《がいぜん》を増《ま》す

これは淵明と姻戚関係にあり、「散騎常侍《さんきじょうじ》」の官名を贈られていた張野《ちょうや》という人物の死を悼んだものと言われているが、定かではないらしい。鈴木虎雄先生などは、

　この詩必ずしも哀挽の作とは云ひ難し。詩の本文を見て知るべし、余はただ歳暮の感を述べしものとなす。

と言っておられる。この人物が死んだ年は、劉裕が安帝を殺害し、飾り物の恭帝《きょうてい》を立てて、帝位簒奪を目前にしていた年であった。全篇が重苦しく、暗い色調に彩られているのは、そのような歴史的背景があることによるものとされているが、これまた確かではない。陶詩を実録とみなし、歴史的事件と直結して考えることには、慎重であらねばならない。この詩などは、史実と切り離して考えることは、むずかしい作品なのかもしれないが、その背景を詮索せずとも、これを解することはできる。とはいえ、その表現からしても難解な詩であり、詩意を正確にとらえることは容易ではない。

この一首は「市朝《しちょう》 旧人《きゅうじん》を悽《いた》ましめ、驟驥《しゅうき》 悲泉《ひせん》に感《かん》ず」という、諸家によって、その詩句の意が明快ならずとされている二句で始まる。その意味するところは、「変わりやすい町の市場と朝廷とが、昔を知る者つまりは作者自身を、そのうつろいやすさによって悲しませ、迅速な時の流れが、夕暮れにはその速さを、いっそう強く感じさせる」ということらしい。

人間誰しも、一年が終わろうとする年の暮れを迎えると、時のうつろう速さを実感するものだが、淵明は冒頭から変わりやすいものの喩えとされる「一世《いっせい》朝市《ちょうし》を異《こと》にす」（「園田の居に帰る 其の四」）の例を挙げて、時の流れの速さを実感として味わったことを言っているのであろう。移ろってゆく時間と、その中で生きている人間という意識が、この詩全体を貫いているが、この冒頭の二句と同じような思いは、「擬古《ぎこ》」九首「其の四」の冒頭の四句

迢迢百尺楼　迢《ちょう》迢《ちょう》たり　百《ひゃく》尺《しゃく》の楼《ろう》
分明望四荒　分明《ぶんめい》に四荒《しこう》を望《のぞ》む
暮作帰雲宅　暮《く》れには帰雲《きうん》の宅《たく》と作《な》り
朝為飛鳥堂　朝《あした》には飛鳥《ひちょう》の堂《どう》と為《な》る

にも見られる。もはや老いを痛感している時の作だけに、その無常迅速の思いは切実なものだったと思われる。四句目の「歳暮《さいぼ》　余《われ》　何《なに》をか言《い》わん」という詩句には、詩人のさまざまな想念がこめられていよう。ここには年の暮ればかりでなく、作者自身の人生のたそがれ、終焉も意識されているだろうし、或いはまさに絶えようとしている晋室の命運が含意されている可能性もある。以下詩人は自らの老いの姿に目を向け、深い嘆きと老残の悲哀をうたう。つやの失せた顔、ますます増えてきた白髪、失われてゆく体力、どれひとつをとっても、時間の推移にともなう老いを実感させぬものはない。嘆老は中国の古典詩ではある程度トポス化しているものだが、淵明のこの詩ではそれが実感をもって迫ってくる。この詩が書かれた時よりも既に何年も前に、詩人は迫りくる老いを

歳月相催逼　歳月《さいげつ》相《あい》催《うなが》して逼《せま》り

鬢辺早已白　　鬢辺《びんぺん》　早《はや》くも已《すで》に白《しろ》し

――「飲酒　其の十五」

とうたっているが、それが遂に「白髪《はくはつ》　一《いっ》に已《すで》に繁《しげ》し」というところまできたのである。その後の四句

向夕長風起　　夕《ゆうべ》に向《む》かいて長風《ちょうふう》起《お》こり
寒雲没西山　　寒雲《かんうん》　西山《せいざん》に没《ぼっ》す
冽冽気遂厳　　冽冽《れつれつ》として気《き》遂《つい》に厳《きび》しく
紛紛飛鳥還　　紛紛《ふんぷん》として飛鳥《ひちょう》還《かえ》る

は、実景描写であると同時に、無限の寂寥感を噛みしめている作者の心象風景そのものでもあろう。歳末の夕つ方をうたった叙景の句でありながら、そこに心象風景を感じさせることによって、以下の詩句で表白されている悲哀の感情へのプレリュードとなっている。日暮れとともに風が吹き始めた中を、寒々とした大気を衝いて飛ぶ鳥がねぐらへと帰ってゆく。淵明はしばしば自分を飛鳥に喩えているが、ここでもまさに暮れんとする空を乱れ飛んでゆく鳥に、己

の淋しい姿を見たに相違ない。「長風」といい「寒雲」といい、心を重く沈ませるものばかりで、暗く閉ざされた詩人の心中を象徴していると言ってよい。このように、心象風景でもある暗くわびしい眼前の情景の描写から、詩人はさら直截な形で己の心を蝕む悲哀の吐露へと移ってゆく。

民生鮮長在　　民生《みんせい》　長《なが》く在《あ》ること鮮《すくな》し
矧伊愁苦纏　　矧《いわ》んや伊《こ》れ愁苦《しゅうく》の纏《まつわ》るをや

「人間がこの世にいつまでも生き永らえるということは、あり得ない。それだけでさえも耐え難いことであるのに、ましてやその短い一生にはさまざまな愁いや苦しみがまとわりついているとあっては」という嘆きには、終生にわたって詩人を苦しめた人生有限という冷厳な事実の認識と、それをさらに辛いものとした、もろもろの愁いが存在することを嘆ずる作者の声が、切々と伝わってくるではないか。「愁苦」とは、人間存在そのものからくる「万古《ばんこ》の愁《うれ》い」（李白「将進酒」）「千載《せんざい》の憂《うれ》い」（「古詩十九首　其の十五」）を意味すると同時に、もはや終局を迎えつつあると意識している人生において、詩人がそれまでに味わってきた種々の苦悩や失意、挫折感、窮迫の苦しみを言っていると思われるが、そこにはまた孤独感も大きな位置を占めていたに相違ない。淵明の場合、その嘆き、その苦悩を一時なりとも消してくれるものは、「忘憂物」たる酒にほかならなかった。酒あってこその淵明なのだ。ところが今の淵明はその酒すらも事欠くありさまで、楽しみを得るすべとてないのである。非情な時間の推移がもたらす悲哀、それにともなう衰老の嘆き、加うるに「忘憂物」すらままならぬ貧の嘆き、これらが畳み重ねられるようにしてうたわれ、この一篇を暗色に染め上げている。その全篇を覆っているのは、まさに寂寞である。しかもその最後は諦念というにはあまりにも救いのない、力のないあきらめと、それに徹しきれない己の姿を描いてこの詩は終わっているのである。

窮通靡攸慮　窮通《きゅうつう》 慮《おもんぱか》る攸靡《ところな》く
顦顇由化遷　顦顇《しょうすい》 化《か》に由《よ》りて遷《かえ》る
撫己有深懐　己《おのれ》を撫《ぶ》して深《ふか》き懐《おも》い有《あ》り
履運増慨然　運《うん》を履《ふ》みて慨然《がいぜん》を増《ま》す

「窮通《きゅうつう》 慮《おもんぱか》る攸靡《ところな》く、顦顇《しょうすい》 化《か》に由《よ》りて遷《かえ》る（自分の運不運などあまり気にかけたりせず、体のやつれてゆくのも自然の変化にまかせよう）」という詩句にしても、衰老を自然な成り行きと達観した悟りの態度を表明したものというよりは、この詩全体の調子からすれば、むしろ淋しいあきらめの念を感じさせずにはおかない。「己《おのれ》を撫《ぶ》して深《ふか》き懐《おも》い有《あ》り」という一句はそれを物語ってはいないだろうか。諦念をもって冷厳な事実、現実を受け入れようとしながら、なおそれは徹しきれず、納得しきれぬまま、「慨然《がいぜん》」たる思い、つまりは深い嘆きを胸中で反芻しつつある、作者淵明の姿がそこにある。次第に暗転してゆく世上を見つめる詩人の目は暗く、その心は悲哀に満ちている。歳暮に一人老残のわが身をさすりつつ、嘆きに沈むその姿はまさに孤影悄然、これ以上に孤独な人間の姿はない。淵明が身をもって味わい、またその詩にうたった孤独は一様のものではなく、いくつかの体験に起因すると言ってよい。この詩に見られる詩人の孤独は、「塵網」を遁れ俗世を捨て、孤高の隠士としての自分の本領をかたくなに守ったところに由来するものだ。この一篇をもってしても、高士としての淵明の生活が、晩年に至るまで深い憂愁に閉ざされ、孤独感に満ちたものであったことがわかる。

　さて淵明の孤独を語ったものとしては、四十四歳の時に自宅が火事に遇ったことをうたった詩の中に出る、

総髪抱孤介　　総髪《そうはつ》より孤介《こかい》を抱《いだ》き
奄出四十年　　奄《たちま》ち出《い》ず　四十年《しじゅうねん》

——「戊申《ぼしん》の歳《とし》、六月中《ろくがつちゅう》、火《ひ》に遇《あ》う」

という詩句がよく知られており、「連雨独飲《れんうどくいん》」中の二句

自我抱茲独　我《われ》　茲《こ》の独《どく》を抱《いだ》きてより
僶俛四十年　僶俛《びんべん》すること四十年《しじゅうねん》

もまた、生涯にわたる詩人の孤独感を表白したものとして注目に値する。だが、これらの詩自体は孤独感を主題としたものではないので、ここでとりあげることはしない。しかし次に掲げる詩「飲酒　其の四」からは、「失群《しつぐん》の鳥《とり》」になぞらえた淵明の孤独な姿が、くっきりと浮かび上がってくる。それを吟味しよう。

飲酒　其四　　飲酒《いんしゅ》　其《そ》の四《し》

栖栖失群鳥　栖栖《せいせい》たり　失群《しつぐん》の鳥《とり》
日暮猶独飛　日暮《ひく》れて猶《な》お独《ひと》り飛《と》ぶ
徘徊無定止　徘徊《はいかい》して定止《ていし》する無《な》く
夜夜声転悲　夜夜《よよ》　声《こえ》　転《うた》た悲《かな》し

厲響思清遠
去来何依依
因値孤生松
斂翮遥来帰
勁風無栄木
此蔭独不衰
託身已得所
千載不相違

厲響《れいきょう》　清遠《せいえん》を思《おも》い
去来《きょらい》　何《なん》ぞ依依《いい》たる
孤生《こせい》の松《まつ》に値《あ》うに因《よ》り
翮《つばさ》を斂《おさ》めて遥《はる》かに来《き》たり帰《かえ》る
勁風《けいふう》に栄木《えいぼく》無《な》きも
此《こ》の蔭《かげ》　独《ひと》り衰《おとろ》えず
身《み》を託《たく》するに已《すで》に所《ところ》を得《え》たり
千載《せんざい》　相違《あいたが》わざれ

空を飛ぶ鳥のうちに、孤独な己の姿の投影を見る発想は、先に引いた芭蕉の句「此秋は何で年よる雲に鳥」にも認められたものだが、淵明はしばしば孤独な自己の化身、投影として鳥をうたっている。ほかにも「片雲」「孤松」「孤月」「孤影」「孤舟」といったものを、己の孤独の象徴として描いている詩がいくつかある。右の詩もそのひとつで、表面的には仲間の群れとははぐれて一羽飛ぶ鳥をうたってはいるが、それはその実孤独の影を背負って生きる作者淵明その人の姿を描いたものにほかならない。同様な発想でうたわれている作品に、四言詩「帰鳥《きちょう》」がある。こちらは詩人の帰隠後間もなく書かれた、四十代前半の作と見られており、朝ねぐらを飛び立ってから、再びそこに戻ってくるまでをうたった詩である。棲み慣れた林を後に飛び立った鳥は、遠くまで飛翔するが、そこは穏やかな風が吹いている場ではなかった。そこで忘れがたい古巣を目指して遥かな距離を翔り、ようやく古巣に戻ったよろこびを味わう。そこでこそイグルミをしかけられる危険もない。もうさんざん飛び回ったのだから、どうしてこれ以上心を労することがあろうか、という内容の詩である。ここにうたわれている鳥が、一旦出仕を決意して官人や幕僚としての生活をし、あちこち飛び回ったが志を得られぬまま、安堵の地である田園に帰居した淵明その人の姿の投影であることは、諸家が斉しく認めるところとなっている。鳥に自己の姿を投影し、それを帰隠と関連させた例としては、官を捨てて帰田した折の感懐を詠じた「園田の居に帰る 其の一」に、

羈鳥恋旧林　羈鳥《きちょう》 旧林《きゅうりん》を恋《こ》い
池魚思故淵　池魚《ちぎょ》 故淵《こえん》を思《おも》う

との、己が故郷を恋い慕う情を鳥に託した詩句が見られる。ちなみに、謝霊運の詩「晩《くれ》に西謝《せいしゃ》堂《どう》を出《い》ず」にも、

羈雌恋旧侶　羈《たび》の雌《めす》は旧《ふる》き侶《とも》を恋《こ》い
迷鳥懐故林　迷《まよ》える鳥《とり》は故林《こりん》を懐《おも》う

という詩句があるが、これは淵明の「帰鳥」とはいかなる関係にあるのだろうか。制作年代から言えば、明らかに淵明の詩のほうが先だが、当時淵明は中央の詩壇ではほとんど無名であったから、その詩が著名な詩人であった謝霊運の作に影響を与えたとは考えにくい。それはともかく、ここに取り上げた「飲酒　其の四」も、この「帰鳥」の詩のヴァリエーションと見ることができる。「飲酒」二十首中の一首であるが、酒に関する言及がまったく見られない詩でもある。

一読それと知られるように、きわめて沈痛な響きを宿しているこの詩は、不本意な出仕をしたことに起因する苦い孤独感を嚙みしめつつ、官界や軍営で苦しんだ末に、それを離れて帰隠し、ようやく安堵の所を得た詩人の自画像と見てよい。その感懐を、象徴の技法を用いてうたった作なのである。前半六句は、群れを見失い、ねぐらを求めてせかせかとあわただしく迷い飛ぶ鳥の姿が、パセティックに展開している。仲間にはぐれ、定まったねぐらもなく、さまよい飛ぶ鳥という設定が、孤独感を濃厚にかもし出している。「失群の鳥」とは、群れから脱落し、群れを見失った鳥である。言うまでもなく、それは濁れる官界にあってそれに適応できず、安堵して身を託する場所を見出し得ぬままに、そこを捨てざるを得なかった詩人その人の姿にほかならない。出仕したとはいっても、西晋の末期にあたる当時は、権力者間での抗争が繰り返され、反乱が相次ぎ、国内麻の如く乱れて、詩人が落ち着いて安居できるような場はどこにもなかった。劉牢之やその宿敵桓玄の幕僚として出仕していたことのある淵明にしてみれば、まさに「失群の鳥」の思いを味わったことであろう。幕僚と言えば、非戦闘員ではあるとはいえ、一応身は軍籍にあるのだから、詩人はその職にあって周囲との不調和に苦しんだことは容易に想像がつく。軍閥の間を権力がめまぐるしく移ったこの時期に、敵対する異なった陣営に幕僚として身を置くことは危険であり、軍営は到底安心してとどまれるような場所ではなかった。出処進退をひとつ間違えば、権力者の手で非業の死を遂げることにもなりかねなかったのである。また、飢えに駆られて最後にやむなく出仕した彭沢の県令にしても、所詮は取るに足らぬ「濁官」にすぎず、加うるに門閥を嵩に着た無能な上司に仕えねばならなかったから、その職も詩人の心にかなうものではなかった。妹のための服喪を口実に、在職わずか八十日にして、官を捨てたことがそれを物語っている。元来が「邱山《きゅうざん》」すなわち自然を愛し、自らを「少《わか》きより俗《ぞく》に適《かな》える韻《いん》無《な》し」(「園田の居に帰る　其の一」)と感じていた詩人にとっては、軍であれ官であれ出仕そのものが無理だったのである。軍籍にあっても、欺瞞に満ち腐敗した官界にあっても、淵明はそれに調和できないがために、常に孤独であり、「失群の鳥」以外の

何物でもなかった。詩人は後にそんな日々を回想して、

余嘗学仕、纏綿人事。流浪無成、懼負素志。
余嘗《われかつ》て学仕《がくし》し、人事《じんじ》に纏綿《てんめん》たり。流浪《るろう》して成《な》る無《な》く、素志《そし》に背《そむ》かんことを懼《おそ》る。

――「従弟敬遠を祭る文」

と述べている。

徘徊無定止　徘徊《はいかい》して定止《ていし》する無《な》く
夜夜声転悲　夜夜《よよ》声《こえ》　転《うた》た悲《かな》し
厲響思清遠　厲響《れいきょう》　清遠《せいえん》を思《おも》い
去来何依依　去来《きょらい》　何《なん》ぞ依依《いい》たる

という四句は、まさにその流浪して成る無き日々の悲哀を言ったもので、自らにふさわしい本来の居場所を得られなかった詩人の、悲痛な心が託されているものと見る。「徘徊《はいかい》して定止《ていし》する無《な》く」という詩句は、何度も出仕しながら、そのいずれの職にも、己の場を見出せなかった

淵明の運命を言ったものであろう。その後半二句は、捨て置いてきた田園を恋い慕う気持ちの表現かと見える。この詩の後半六句は、群れを見失ってさまよう鳥が、すっくと立つ一本松を見つけ、ようやく安住のねぐらを得たことをうたい、「千載不相違」の詩句をもって結ばれている。この詩句をどう読むかは、諸家によってやや異なる。つまりは「千載《せんざい》 相違《あいたが》わざれ」(一海)「千載《せんざい》 相違《あいかわ》らざらん」(斯波、釜谷)というふうに、鳥への呼びかけと読むか、あるいは「千載《せんざい》 相違《あいかわ》らず」(田部井・上田)「千載《せんざい》 相違《あいたが》わず」(鈴木)のように、ある状態を描いたものとするか、微妙な相違が生じる。ここは、作者が自分自身の姿の投影である鳥に「身を託する安住の場を得たのだから、千年もここから離れるでないぞ」と呼びかけたものと解したい。すなわち、この最終句は、諸方を空しく徘徊した末に、こうして帰田して落ち着いたのだから、もうここから離れてはならぬぞ、と詩人が自分自身に言い聞かせているのだと解するわけである。幾度か出仕しながらも挫折し、軍営も官界も所詮は自分を容れることのない俗世界だと悟った淵明にとって、行き着く先、帰るべき場所は田園よりほかはなかった。作者がここで、鳥がようやく見つけた安住の場としているのは「孤生の松」つまりは一本松である。松は菊とともに淵明の愛してやまぬ植物であったが、しばしば高潔な人に、あるいは孤独な存在としての淵明自身の姿に喩えられてもいる。強風の中でなお盛んに繁っている木である一本松とは、天下乱れに乱れて安住の地とてない時代にただひとつ残された故郷の田園を指すものと考えてよいのではないか。いずれにせよ、官を捨てて故郷に落ち着くまでの詩人自身の姿が、群れを離れ、ねぐらを求めて悲しげにさまよい飛ぶ鳥の姿を借りて、表出されているのである。それをうたうこの詩の色調は暗く、沈痛な響きをたたえている。それは、詩人の胸中にわだかまっていた孤独感の根深さを物語る以外の何物でもなかろう。先に見た歳暮の詩とは異なり、この詩には、「性《せい》は剛《ごう》にして才《さい》は拙《せつ》、物《もの》と忤《さか》うこと多《おお》し」という生来の性格ゆえに社会との調和ができず、詩人が味わった孤独が、「失群の鳥」という喩えを用いて、みごとに詠出されていると評し得る。斯波博士はこの詩を評して

　この詩はつまり、友とはなれて悲しめる鳥を見ることによって、つくづくと、貧窮に悩む自己を悲しみ、孤生の松を見ることによって、しみじみと「固窮の節」を守る自己を労《いた》わったのである。だから「夜な夜な声の転《うた》た悲し」とは、鳥の悲しみであるとともに淵明の悲しみでもあり、「千載に相違《あいかは》らざらん」とは、鳥にすすめることばであるとともに、みずからにいいきかせるささやきでもあったのである。かく孤鳥に、孤生の松に自己の孤独な姿を見る心は、孤鳥や孤生の松の孤独をあわれむ心である。

と述べておられる。異を唱える余地のない、核心を衝いた評言だと思う。「総髪《そうはつ》より孤介《こかい》を抱《いだ》」

いた（「戊申の歳、六月中、火に遇う」）淵明の寂寥に満ちた心は、群れを離れて飛ぶ鳥にも、陸に立つ一本の松にも、空に漂う一片の雲にも、孤絶の境にある己が姿を見ていたのであった。その限りなく深い孤独感が、ここにとりあげたような、われわれ読者の肺腑を衝き、共感を呼ぶいくつもの詩篇を生んだのである。すぐれた詩歌が、幸福ではなく、むしろ人の不幸を種として生まれるということは、なんとも残酷でつらい事実だ。ひとり杜甫ばかりではなく、陶淵明という詩人も、またそのことを強く感じさせずにはおかない。

次に、歯を食いしばって貧苦に耐え、清介孤高の隠士として日々を送る淵明の志を解する知音の士なく、その志を遂げ得ない哀しみを胸中に、独り酒を酌む悲哀をうたった詩「雑詩 其の二」を垣間見よう。これまた詩人の孤独感がそくそくと迫ってくる、暗鬱なひびきを宿した作である。

雑詩　其二
白日淪西阿
素月出東嶺
遥遥万里輝

雑詩《ざっし》　其《そ》の二《に》
白日《はくじつ》　西阿《せいあ》に淪《しず》み
素月《そげつ》　東嶺《とうれい》に出《い》づ
遥遥《ようよう》たり　万里《ばんり》の輝《かがや》き

蕩蕩空中景
風来入房戸
夜中枕席冷
気変悟時易
不眠知夕永
欲言無予和
揮杯勧孤影
日月擲人去
有志不獲騁
念此懐悲悽
終暁不能静

蕩蕩《とうとう》たり　空中《くうちゅう》の景《ひかり》
風来《かぜき》たって房戸《ぼうこ》に入《い》り
夜中《やちゅう》　枕席《ちんせき》冷《ひ》ゆ
気変《きへん》じて時《とき》の易《うつ》るを悟《さと》り
眠《ねむ》らずして夕《ゆうべ》の永《なが》きを知《し》る
言《い》わんと欲《ほっ》して予《われ》に和《わ》する無《な》く
杯《さかずき》を揮《ふる》って孤影《こえい》に勧《すす》む
日月《じつげつ》　人《ひと》を擲《す》てて去《さ》り
志《こころざし》有《あ》るも騁《は》するを獲《え》ず
此《これ》を念《おも》いて悲悽《ひせい》を懐《いだ》き
終暁《しゅうぎょう》　静《しず》かなること能《あた》わず

「これは、陶詩の中でも、その佳篇なること至妙なる一首である」と、郭建平氏はその『陶淵明集』で評しているが、確かに、詩人がその孤独感と胸中に秘めた悲痛な思いを、これほど直截に、また読者の肺腑を衝く詩句に盛って表白している例は少ない。この詩を読んで、胸中に詩人の孤独感がじんわりとしみ込んでくるのを覚えない読者がいようか。これは、若き時に蒼生を救わんとの大志を抱きながらも挫折し、生涯成る無きとの思いを胸に、独り寂しく酒を酌む失意の人としての淵明の自画像であり、その心境の告白にほかならない。その孤独な姿は、まさに淵明に先立つ詩人左思が、

落落窮巷士　　落落《らくらく》たり窮巷《きゅうこう》の士《し》
抱影守空廬　　影《かげ》を抱《いだ》きて空廬《くうろ》を守《まも》る

——「詠史　其の八」

とうたう窮巷の士そのものと見えるが、淵明の孤独はただその外にあらわれた姿にあるのではなく、詩人の内奥に根ざしたものであることが重要である。

　これは、蓬廬という小さな空間の中にじっと静止している詩人の静と、彼を取り巻く外界の時間の推移の動とが、一篇の中で交錯している詩である。この一首は、まず前半において、時間の推移を巧みに描写することから始まっている。夕刻、西の方に沈みゆく太陽、代わって東の山から上りくる白い月、その月がいつの間にかはるばると万里のかなたまで照らし、大空に照り映える月の光があまねく広がっている。世が更けてきたのだ。ふとひんやりとした風が戸口から吹き込み、枕もしとねも冷たくなっている。身を包む夜気の寒さに、思わずはっとし

て、もはや秋も深まったことを、詩人は悟ったのである。「気変《きへん》じて時《とき》の易《うつ》るを悟《さと》り、眠《ねむ》らずして夕《ゆうべ》の永《なが》きを知《し》る」の二句を軸として、後半は、非情な時間の推移によって圧倒、翻弄され、それに屈した詩人すなわち淵明の吐く悲痛な感慨のことばで終わっている。「日月《じつげつ》 人《ひと》を擲《す》てて去《さ》り」という強い表現には、人間の意志や生き方などには一切関わりなく、万物を呑み込み、推移してゆく時間というものの非情さに対する、万斛の恨みがこもっていると見てよいのではなかろうか。胸中の思いを告げたいとの思いがあふれても、誰も答えてくれる者はいないのである。その限りない寂寥感を胸に、詩人は独り酒を酌み、わが影法師に酒を勧めるしかないのだ。わが影法師を相手に独りわびしく酒を酌む詩人の姿と、その絶望的なまでの孤独感が、

欲言無予和　　言《い》わんと欲《ほっ》して予《われ》に和《わ》する無《な》く
揮杯勧孤影　　杯《さかずき》を揮《ふる》って孤影《こえい》に勧《すす》む

との二句によって絶妙に表現されているのである。秋の夜長に眠れぬままに、生涯成る無きの無念さを嚙みしめつつ、わが影を相手に独飲する詩人の孤独感が、ひしひしと伝わってくる。孤独を詠じた古今の名詩のひとつであることは、疑いない。後に李白が、名篇「月下独酌《げっかどくしゃく》」

の中に、この詩句に学んだ、

花間一壺酒　　花間《かかん》　一壺《いっこ》の酒《さけ》
独酌無相親　　独酌《どくしゃく》　相親《あいした》しむ無《な》し
挙杯邀名月　　杯《さかずき》を挙《あ》げて名月《めいげつ》を邀《むか》え
対影成三人　　影《かげ》に対《たい》して三人《さんにん》と成《な》る

との名高い詩句を織り込んだことは、よく知られているところだ。この一首が、

念此懐悲悽　　此《これ》を念《おも》いて悲悽《ひせい》を抱《いだ》き
終暁不能静　　終暁《しゅうぎょう》　静《しず》かなること能《あた》わず

という、悲痛な思いを表白した、うめき声にも似た詩句で結ばれているのは、なんとも痛ましい。孤高の高士としての淵明の嗟嘆と孤独感は、ことほどさようにも激しいものだったのである。

最後にもう一首、今度は連作詩「貧士を詠ず」の中から、やはり「知音なき高士の孤独」を

うたった作をとりあげよう。この詩は貧をうたった詩として前章でも吟味したが、やや角度を変え、孤独感に焦点を当てて、もう一度検討してみたい。

詠貧士　其一

万族各有託
孤雲独無依
曖曖空中滅
何時見余暉
朝霞開宿霧
衆鳥相与飛
遅遅出林翮
未夕復来帰
量力守故轍
豈不寒与飢
知音苟不存

貧士《ひんし》を詠《えい》ず　其《そ》の一《いち》

万族《ばんぞく》　各《おの》おの託《たく》する有《あ》り
孤雲《こうん》　独《ひと》り依《よ》る無《な》し
曖曖《あいあい》として空中《くうちゅう》に滅《めっ》し
何《いず》れの時《とき》か余暉《よき》を見《み》ん
朝霞《ちょうか》　宿霧《しゅくむ》　開《ひら》き
衆鳥《しゅうちょう》　相与《あいとも》に飛《と》ぶ
遅遅《ちち》として林《はやし》を出《い》でし翮《つばさ》
未《いま》だ夕《ゆうべ》ならざるに復《ま》た来《き》たり帰《かえ》る
力《ちから》を量《はか》って故轍《こてつ》を守《まも》るに
豈《あ》に寒《さむ》さと飢《う》えとあらざらんや
知音《ちいん》　苟《いやしく》も存《そん》せずんば

已矣何所悲　已《や》んぬるかな　何《なん》の悲《かな》しむ所《ところ》ぞ

これは、貧窮にも屈せず節を曲げなかった上古の貧士たちをうたった「貧士を詠ず」全七首の最初に置かれた詩で、序詩の役割を果たしているが、世俗社会と歩調を合わせることのできない孤高の高士としての淵明の姿と、その固い信念がうたわれている。己が姿を「失群の鳥」に喩えた先の一首（「飲酒　其の四」）と同じく、やはり比喩ないしは象徴的技法を用いた詩である。

見てのとおり、この詩の最初の四句は、己の志を解する知音なきわが身を、大空にぽっかりと浮かぶ一片のちぎれ雲に喩え、その「孤雲」を「万族」と対比することで、孤独を強調している。「各」に対するに「独」、「有」に対する「無」という対句による表現も、「孤雲」の孤なることを、いっそうあざやかに浮き立たせていると言える。「天下に己を知る者一人とて無し」との限りない孤独感、寂寥感を表現して妙を得ているとの賛辞に値しよう。「この世の万物は、それぞれ身を託するところがあるのに、ちぎれ雲だけはよるべがない」というのだが、己を天空に浮かぶ雲に喩えているということは、単なる孤独を超えた、俗衆を低く見る孤高の姿を、超凡脱俗の存在としての自己をあらわしていると見てもよいのではないか。「孤雲」から転じて詩人は自らを鳥になぞらえ、俗衆の象徴である「衆鳥」とは行動を共にできない己をうたう。敢えて「衆鳥」の中にあることを拒否したその鳥と同様に、群れを離れ、己の力量を知って、本来の生き方である窮耕を守って生きてゆくからには、飢えと寒さに苦しまないことがあろうか、という、「固窮の節」を守る者としての覚悟のほどが述べられているのである。この詩の最後は、「かりそめにも自分の真意、志を知ってくれる友がいないからには、もう致し方ない。何を悲しんだりすることがあろうか」という、開き直りとも、あきらめともとれる二句で終わっている。鈴木豹軒先生は、これについて、「末尾の二句は強いて自ら慰むる辞で一層人をしてその時の胸中を察せしめる」と付言しておられる。嗟嘆を交えたこのことばは、隠遁者、隠士として生き抜こうとする詩人が、自己の意思確認のために記したものと見てよい。知音なきままに「高士の孤独」に耐えていた生活が、詩人にかような悲哀の色が濃いことばを吐かせたことは、やはり痛ましい。「士の不遇に感ずる賦」でその決意を述べたとおりに、詩人が「孤襟《こきん》を擁《よう》して以《もっ》て歳《とし》を畢《お》え」た、つまりは寂しい気持ちを胸中に抱いてその生涯を終えたことは疑いない。

六　酒人陶淵明――飲酒詩管見（一）

陶淵明と聞けばまず酒を思い、かの詩人が酒の詩人として名を千古にとどめていることを思い浮かべない読者はいなかろう。酒仙李白と並んで、酒人陶淵明の名は、中国を代表する酒の詩人として、その名は東西にあまねく轟いている。古来酒をうたって名を得た詩人は、ギリシアのアルカイオス、アナクレオンに始まり、名篇『ルバイヤート』によって詩名一世に高いオマル・ハイヤームなど他の国、他の地域にもいるが、「詩酒」「詩酒合一」「以酒養真」さらには「詩酒徒」とのことばの存在自体が物語るように、酒と詩の関わりが最も深いのは、なんといっても中国である。「酒文化」に相当する概念やことばも、他の文化圏には存在しないのではなかろうか。かの国には「酒泉」なる地があって、夜ともなれば酒徒の頭上高く、天界には「酒星」までもが輝いているらしい。ともあれ中国の詩は酒と固くむすびついており、詩酒は渾然一体をなしていて、詩の歴史は飲酒と切り離しては考えられない。

さてそんな「詩酒合一」の国にあって、わが淵明こそは「中華飲酒詩人之宗」と呼ぶにふさわしい詩人であることに、異を唱える者はまずいないと言ってよかろう。蕭統が陶詩を「篇篇《へんぺん》酒有《さけあ》り」（「陶淵明集序」）と評して以来、陶淵明といえばただちに酒を連想し、この隠逸の士を酒の詩人と見なすのは、なにもわれわれ現代人に限ったことではない。李剣峰『元前陶淵明接受史』なる労作の教えるところによれば、陶詩の真価が次第に認められるようになった唐代においてさえも、李白、杜甫、白楽天、王維といった詩人たちにとって、淵明とはもっぱら酒の

詩人であった。淵明に倣ってこよなく酒を愛し、「酔吟先生」と自称した白楽天が、「陶潜《とうせん》の体《たい》に効《なら》える詩《し》」の中で、

先生去已久　先生《せんせい》去《さ》りて已《すで》に久《ひさ》し
紙墨有遺文　紙墨《しぼく》遺文《いぶんあ》有り
篇篇勧我飲　篇篇《へんぺん》我《われ》に飲《いん》を勧《すす》む
此外無所云　此《こ》の外《ほか》云《い》う所無《ところな》し

とうたっているのが、その好例である。詩的誇張はあるにしても、「此《こ》の外《ほか》云《い》う所無《ところな》し」という詩句から、白楽天が淵明の中に酒の詩人以外の者を見ていなかったことがわかる。王維もまた、

陶潜任天真　陶潜《とうせん》は天真《てんしん》に任《まか》せ
其性頗耽酒　其《そ》の性《せいすこぶ》頗る酒《さけ》に耽《ふけ》る

——「偶然《ぐうぜん》の作《さく》　其の四」

とうたい、耽酒の人としての淵明像を後世に印象づけることとなった。

実際、この詩人に関しては、酒にまつわる逸話がはなはだ多い。親しく交わった顔延之から贈られた二万銭をそっくり酒屋に預け、金の尽きるまで酒を取り寄せて飲んだとか、彭沢の県令になった折に、公田のすべてに酒の原料になるもち米を植えさせようとし、「わしは酔ってさえいれば、それで満足なのだ」と言ったとかいう話が伝えられている。また、どこであれ酒の席が設けられると喜んでそこに至って飲み、また自分のもとを訪れる人があると、酒があれば一席設けて、酔うと「わしは酔って眠くなった。卿《けい》は帰ってくださらんか」と言うのが常であったとも言われ、またある時は役人の前で、かぶっていた頭巾を取ってそれで酒を漉《こ》して、飲みおわるとまた頭巾をひょいと頭に載せて、役人を啞然とさせたというような話もある。その他酒にまつわる逸話はまだまだあるが、いずれも稀代の詩酒徒、世に名高い酒人淵明の面目を伝えようとして、後人が虚実織り交ぜて作り上げた伝承であろう。

実際、酒というものがこの詩人の実生活においても、作品においてもきわめて大きな役割を担っていることはまぎれもない事実であって、王瑤氏はその著『中国の文人』で、「酒は陶淵明の生活の中で最も重要な位置を占めていた」と言っている。さらには戴建業なる研究者はその論文で、淵明の「山海経を読む」の中の一首（「其の五」）から

在世無所須　　世《よ》に在《あ》りて須《もち》いる所《ところ》無《な》し
惟酒与長年　　惟酒《ただざけ》と長年《ちょうねん》のみと

という詩句を引いて、「陶淵明は酒を自己の生命と同等の地位にまで高めた」と説いているが（「個体存在的本体論―陶淵明飲酒」）、そうなるとますます、淵明を語ることは、すなわち酒人淵明を語ることにならざるを得まい。淵明が単なる酒の詩人などではなく、いくつもの相貌をもち、陶詩の世界はまことに複雑で多様な様相を呈していることは先にも触れたとおりである。しかし酒が、また飲酒という行為が、この詩人においては格別な意義を担っていることも、強調しておく必要がある。されば、酒にまつわるその詩の世界を探って、詩酒徒五柳先生の飲酒の由来、酒風、酒境、「酒中趣」、さらには酒に託したさまざまな想念などを窺ってみることにしよう。これはなかなかに容易ならざる業だが、淵明を語るべく筆を執った以上は、拙老としてもそれを試みねばならない。

淵明とその飲酒詩を語るに際して、まず確認しておかねばならぬことがひとつある。それは、淵明以後の中国古典詩の最大の特徴のひとつとなった「詩酒」という概念、「詩酒合一」が、この詩人において始まるということである。淵明は『詩品』の著者として知られる梁の鍾嶸《しょうこう》の言う「古今隠逸詩人之宗《ここんいんいつしじんのそう》」であったばかりではなく、「中華飲酒詩人之宗」でもあった。つまりそれ以前の中国の詩人たちとは異なり、淵明が初めて酒と詩を密接に関連づけ、酒、飲酒というものを文学的主題として位置付けたのであった。つまりは陶詩において飲酒という行為と詩の統一が成し遂げられ、以後中国古典詩の強固な伝統となる「詩酒合一」がめでたく成就したのである。真の「詩酒徒」の誕生である。これは中国文学史の上でのひとつの革命的な出来事であったと言っても、過言ではない。この事実に鑑みれば、陶淵明という詩人が、何よりもまず酒の詩人としてその名を謳われ、後世に記憶されることになったのも、あながち故なきことではない。

言うまでもなく、淵明以前の詩人たちが酒を飲まなかったわけではなく、隠逸の士が詩を賦さなかったわけでもない。それどころか、黄巾《こうきん》の乱を契機として、戦乱と大量殺戮が始まった漢末以来、魏晋の時代を通じて飲酒の風潮大いに起こって、詩人を含む知識人たちも、痛飲に明け暮れたのである。「竹林の七賢」の豪隠の士としての名は夙に高い。それには戦乱、動乱の打ち続く血なまぐさい世にあって、明日をも知れぬ不安が、人々を飲酒へと追いやったという事情がある。また漢帝国の滅亡は数多くの隠逸の士をも生み出すこととなった。隠者とて酒を飲まないわけではなく、酒に耽った者たちもいたことだろう。魏晋の知識人たちが飲酒に耽ったことは、詩人阮籍をはじめとする「竹林の七賢」の壮絶な飲みっぷりによっても、伝えられるところだ。ところが、大酒家としてその名が一世に高かった阮籍にしても、不思議なことに詩中で酒をうたうことはほとんどない。あの「詠懐詩」に見られる深淵、難解な詩想も、酒を得て成ったものという印象を与えないのである。豪飲の士としての阮籍と詩人・思想家としての阮籍が融合することはなく、この詩人が、飲酒という行為を通じて己の抱懐する詩想を展開することはなかった。その一方で隠者、隠士として名を知られる人々は、あくまでその隠逸生活ぶりによって高士として名声を得たのであって、詩人としてではなかった。同じく竹林の七賢の一人でやはり大酒家として名高い劉令《りゅうれい》も、「酒徳頌《しゅとくしょう》」の著者としては知られているが、詩人ではなかった。酒と詩それぞれに隠逸生活はそれぞれ別個のものとして存在し、それが一人の人物の中で「合一」を遂げることはなかったのである。

淵明以前に酒、飲酒を詠じた詩人としては、魏の梟雄曹操、その子である天才詩人曹植《そうしょく》などがいることは事実だ。だが、かれらの詩における酒と詩のむすびつきは、いわば偶発的なものであって、淵明のように酒にさまざまな思いを託してうたったり、酒興、酒中趣そのものをうたうことを目的とはしていない。酒というものを詩の中に意識的に取り込み、これをテーマとして詩を賦すという行為は、やはり淵明に始まるのである。淵明には「飲酒」と題する連作詩があるが、この「飲酒」という詩題自体がこの詩人以前には見られぬものだと指摘されている。また隠士が同時に詩客であり酒客でもあるという現象も、淵明を嚆矢とする。その事実を確認した上で、われわれは、めでたく「詩酒合一」を成し遂げ、「詩酒」の伝統を創始した隠逸の士五柳先生の飲酒詩の世界へと足を踏み入れるのであるが、その前にもうひとつ確認しておきたいことがある。

本章の冒頭で述べたように、陶淵明と言えば酒を思い、酒と言えば酒人淵明が脳裏に浮かぶという具合に、この詩人と酒とのむすびつきは強く、淵明が中国における「飲酒詩人之宗」であることは間違いない。加えて、中国詩史の上で、淵明を高く評価した最初の人物である梁の昭明太子蕭統の「篇篇酒有り」という陶詩の評語があまりにも人口に膾炙したため、淵明とはもっぱら酒の詩人であるというイメージが、すっかり定着してしまったところがある。その実、陶詩に占める酒詩の割合は、杜甫、李白、白楽天のそれに比べて、突出して高いわけではない。淵明の詩文のうち、なんらかの形で酒に触れているものは、約四割だとされている。確かに飲酒に関わりのあることばは頻出し、方祖燊氏の『「田園詩人」陶淵明』、陳怡良氏の『陶淵明之人品与詩品』両書によると、陶詩一二六首にあらわれる飲酒に関係することばは、「酒、醪、醇、酣、酔、餞、飲、壺、杯、觴、罍」など十数字あって、用例は全部で九十箇所にも上り、「酒」の字だけでも三十二箇所にあらわれるという。そればかりか、淵明以前の詩人たちの作品には見られなかった、連作詩「飲酒」、「連雨独飲」「酒《さけ》を止《や》む」「酒《さけ》を述《の》ぶ」など、酒にちなんだ詩題をもつ詩も幾首か見受けられる。陶詩に酒の登場する詩が多いことは事実である。しかし実際に酒のあらわれる詩を読むと、案に相違して、必ずしも飲酒の快楽や酒中趣、酔境などをうたっているわけではないことがわかる。連作詩「飲酒」二十首にしても、飲酒そのものをうたった作は存外に少なく、中には酒にまったく触れていないものさえもある。これは「篇篇酒有り」と評した蕭統も認めているところだが、「飲酒」と題されてはいても、この詩人の酒詩には、酒に託して己が思いや志をうたった詠懐詩に近い内容のものが多いのである。その意味では淵明の酒詩は、李白や杜甫、白楽天をはじめとする他の詩人たちの作と、大いに趣を異にしていると言えるだろう。とはいうものの、本章と次章は、めでたく「詩酒合一」を成し遂げた酒人陶淵明の相貌を窺うことが狙いであるから、酒楽や酒中趣あるいは「以酒養真」を詠じた、いかにも飲酒詩らしい作品を何首かとりあげて、酒人淵明の相貌を眺め、その酒境を窺うこととしよう。

まずは淵明四十歳頃の作と目されている四言詩「停雲《ていうん》」、次いで同じ時期に書かれた「時運《じうん》」の二首を掲げ、そこに見られる詩人の酒境などを眺めることから始めたい。

「停雲」はこれに続く「時運」と同じく四章三十二句から成るかなり長い詩で、共に「序」が添えられている。「停雲」の序は、これを読み下しで示せば、次のようなものである。

停雲《ていうん》は、親友《しんゆう》を思《おも》うなり。樽《たる》には新醪《しんろう》を湛《たた》え、園《えん》に初栄《しょえい》を列《つら》ぬ。思《おも》うて言従《げんしたが》わず、嘆《たん》息《そく》、襟《えり》に弥《み》つ。

すなわちこの詩は、親しい友人を思う詩であって、酒樽には絞りたての濁り酒がいっぱいに湛えられ、庭には咲きそめた花が連なりならんでいるというのに、友と酌み交わそうという願いがかなわない。その嘆きで胸がいっぱいになる、というのである。親しく酌み交わしつつ語らう酒伴のいないことを嘆いた、独酌独飲の寂しさをうたった作である。「一觴《いっしょう》独《ひと》り進《すす》む陶元《とうげん》亮《りょう》」とは、わが大田南畝《おおたなんぽ》の詩の一句だが（「閑居《かんきょ》」）、淵明には「連雨独飲」と題された詩もあり、独酌する機会も多かったらしい。無論対酌、群飲も厭うところではなく、時には近隣の百姓親爺たちを招いて酒宴を開くこともあった。詩の本文は次のごとし。いささか長いが全篇を引く。

停雲

靄靄停雲
濛濛時雨
八表同昏
平路伊阻
静寄東軒

停雲《ていうん》

靄靄《あいあい》たる停雲《ていうん》
濛濛《もうもう》たる時雨《じう》
八表《はっぴょう》　同《とも》に昏《くら》く
平路《へいろ》　伊阻《これはば》まる
静《しず》かに東軒《とうけん》に寄《よ》り

春醪独撫　　春醪《しゅんろう》　独《ひと》り撫《ぶ》す
良朋悠邈　　良朋《りょうほう》　悠邈《ゆうばく》たり
搔首延佇　　首《こうべ》を搔《か》きて延佇《えんちょ》す

停雲靄靄　　停雲《ていうん》　靄靄《あいあい》たり
時雨濛濛　　時雨《じう》　濛濛《もうもう》たり
八表同昏　　八表《はっぴょう》　同《とも》に昏《くら》く
平陸成江　　平陸《へいりく》　江《こう》を成《な》す
有酒有酒　　酒《さけ》有《あ》り　酒《さけ》有《あ》り
閒飲東窗　　閒《しず》かに東窗《とうそう》に飲《の》む
願言懐人　　願《ねが》うて言《ここ》に人《ひと》を懐《おも》うも
舟車靡従　　舟車《しゅうしゃ》　従《したが》う靡《な》し

東園之樹　　東園《とうえん》の樹《き》
枝条載栄　　枝条《しじょう》　載《すなわ》ち栄《さか》え
競用新好　　競《きそ》うに新好《しんこう》を用《もっ》てし

以招余情
人亦有言
日月于征
安得促席
説彼平生

翩翩飛鳥
息我庭柯
歛翮閒止
好声相和
豈無他人
念子実多
願言不獲
抱恨如何

以《もっ》て余《わ》が情《じょう》を招《まね》く
人《ひと》も亦《ま》た言《い》える有《あ》り
日月《じつげつ》 于《ここ》に征《ゆ》くと
安《いずく》んぞ得《え》ん 席《せき》を促《うなが》して
彼《か》の平生《へいせい》を説《と》くを

翩翩《へんぺん》たる飛鳥《ひちょう》
我《わ》が庭柯《ていか》に息《いこ》う
翮《はね》を歛《おさ》めて閒止《かんし》し
好声《こうせい》 相和《あいわ》す
豈《あ》に他人《たにん》無《な》からんや
子《し》を念《おも》うこと実《じつ》に多《おお》し
願《ねが》うて言《ここ》に獲《え》ず
恨《うら》みを抱《いだ》きて如何《いかん》せん

四章から成るこの四言詩は『詩経』の「大雅《たいが》」の様式を踏襲したものだが、現行の陶淵明詩集の巻頭に置かれているこの詩でも、語句の繰り返しや「興《きょう》」と呼ばれる比喩の技法を用いたりするなど、『詩経』の手法が用いられている。古雅な味わいのある佳篇だと思う。頃は春、「停雲」すなわち詩人の陰鬱な気分を象徴するかのような、じっと動かぬ雨雲が垂れ込め、春雨が降る中で、独り寂しく酒杯を手にしている詩人の姿が、繰り返しの語法の中から浮びあがる。一面に暗く春雨が降りしきり、川の水量が増して交通も途絶した状態のさなか、官界で挫折して退隠し、「猛志」を馳せ得なかった苦い思いを噛みしめながら、淵明は孤独に耐えている。己の志を告げ、胸襟を開いて語り合うことのできる友と、親しく酌み交わそうと願っても、それがかなわぬ寂しさが切々とうたわれている。寒い冬を越してようやく春が訪れ、おまけに、貧なるがゆえに常には得られぬ酒、それも新しく醸した濁り酒が樽に満ち、かかる折こそ閑居隠棲の無聊を慰めるべく、親友と語り合いたいのに、それもかなわず、独り酒杯をなでまわすほかない。「序」に「嘆息《たんそく》、襟《えり》に弥《み》つ」とあるように、親友を思って胸がいっぱいになるという内容の詩だが、孤独に苦しむ詩人のため息が聞こえてきそうな作である。後に述べるように、淵明が酒を好み、酒に耽った理由はさまざまあったと思われるが、そのひとつは孤独を癒すものとしての酒であったことは間違いない。この詩もまたそのような酒をうたった一首だ。飲酒詩といっても、酒楽や酒中趣をうたうのではなく、それすらも思いのままにならぬ哀しみをうたった酒詩であるところが、この一首に深い翳りを与えていると言えるだろう。

ちなみに、この詩が作られた時期は、かつて淵明の同僚であった劉裕が、帝位の簒奪者となった桓玄（詩人は以前その幕僚だったこともある）を討つなど、政治的変動があり、それが詩人の心中にいっそうの憂悶を添えていたことは、考えられる。亡母の喪に服した後、引き続き隠棲していた淵明の心中には、さまざまな思いが渦巻いていたことであろう。そこでこの詩を当時の政治的状況と結びつける解釈がなされてきたわけであるが、これに関しては、豹軒鈴木虎雄先生が、次のように喝破しておられるので、喜んでそれに従うことにする。

因《ちなみ》にいふ、此の詩をいろいろ理屈めきて説くは総《すべ》て淵明の本旨に非ず。淵明の本領は処処に発揮せり。一切の詩を道徳づくめに説くは詩人の胸中を解せざる学究の事なり。

学究ではない拙老としては、この詩を道徳づくめや、理屈めいて説くつもりはさらさらない。ただ、ここに引いた詩が、孤独者陶淵明の寂しい酒境をうたった作であること、以後も詩人は、しばしばこのような哀しみの酒を独り酌むことがあったことだけを、言っておきたい。

もう一首、こんどは「時運」を眺めてみよう。これにも次のような「序」がある。

時運《じうん》は、暮春《ぼしゅん》に遊《あそ》ぶなり。春服《しゅんぷく》、既《すで》に成《な》り、影物《えいぶつ》、斯《こ》れ和《わ》す。景《けい》を偶《ともな》いて独《ひと》り遊《あそ》び、欣慨《きんがい》、心《こころ》に交《まじ》わる。

「時運」もやはり四章からなる長い詩だが、同じく本文全篇を引く。

時運　　　時運《じうん》

邁邁時運　邁邁《まいまい》たる時運《じうん》
穆穆良朝　穆穆《ぼくぼく》たる良朝《りょうちょう》
襲我春服　我《わ》が春服《しゅんぷく》を襲《かさ》ね
薄言東郊　薄《しばら》く言《ここ》に東郊《とうこう》す
山滌余靄　山《やま》は余靄《よあい》に滌《あら》われ
宇曖微霄　宇《う》は微霄《びしょう》に曖《あい》たり
有風自南　風有《かぜあ》り　南《みなみ》よりし
翼彼新苗　彼《か》の新苗《しんびょう》を翼《たす》く

洋洋平津　洋洋《ようよう》たる平津《へいしん》

乃漱乃濯
乃《すなわ》ち漱《すす》ぎ　乃《すなわ》ち濯《あら》う
邈邈遐景
邈邈《ばくばく》たる遐景《かけい》
載欣載矚
載《すなわ》ち欣《よろこ》び　載《すなわ》ち矚《み》る
人亦有言
人《ひと》も亦《ま》た言《い》える有《あ》り
称心易足
心《こころ》に称《かな》えば足《た》り易《やす》しと
揮茲一觴
茲《こ》の一觴《いっしょう》を揮《ふる》い
陶然自楽
陶然《とうぜん》として自《みずか》ら楽《たの》しむ

延眼中流
眼《め》を中流《ちゅうりゅう》に延《の》べ
悠想清沂
悠《はる》かに清沂《せいき》を想《おも》う
童冠斉業
童冠《どうかん》　業《ぎょう》を斉《ひと》しくし
閒詠以帰
閒《しず》かに詠《えい》じて以《もっ》て帰《かえ》る
我愛其静
我《われ》　其《そ》の静《せい》を愛《あい》し
寤寐交揮
寤寐《ごび》に交《こも》ごも揮《ふる》わん
但恨殊世
但《た》だ恨《うら》むらくは世《よ》を殊《こと》にし
邈不可追
邈《ばく》として追《お》う可《べ》からざるを

斯晨斯夕
言息其廬
花薬分列
林竹翳如
清琴横牀
濁酒半壺
黄唐莫逮
慨独在余

斯《こ》れ晨《あした》 斯《こ》れ夕《ゆうべ》
言《ここ》に其《そ》の廬《いおり》に息《いこ》う
花薬《かやく》 分《わ》かれ列《なら》び
林竹《りんちく》 翳如《えいじょ》たり
清琴《せいきん》 牀《しょう》に横《よこ》たえ
濁酒《だくしゅ》 壺《つぼ》に半《なか》ばなり
黄唐《こうとう》 逮《およ》ぶ莫《な》し
慨《なげ》きは独《ひと》り余《われ》に在《あ》り

この詩もまた『詩経』に倣った作で、『論語』先進篇の曾晳《そうせき》の話を踏まえていることが、諸家によって指摘されている。「序」にあるとおり、春の終わりに独り外界を逍遥し、春の景物を嘆賞しながら、独りで酒を酌む心境をうたっており、深い寂寥感をたたえた「慨《なげ》きは独《ひと》り余《われ》に在《あ》り」という詩句で結ばれている。みごとな叙景によって春のよろこびをうたい上げると同時に、詩人を襲った深い孤独感、寂寥感が吐露されていて、それがこの一首を実に奥深いものとしていると言えるだろう。「序」に言う「欣慨《きんがい》、心《こころ》に交《まじ》わる」とは、そのことだ。最初の章から感じられる美しい春の風景描写に始まり、川のほとりへの描写へ移って、そこから詩人が屈原《くつげん》、さらには春秋時代の孔子と其の門下や遥か昔の黄帝《こうてい》・尭帝《ぎょうてい》へと思いを馳せ、それら上古の人々に遠く及ばぬことを思って、一人慨嘆するというのがその構成である。最後の章は、詩人がその蓬廬に帰って、再び独り静かに酒を酌みつつ感慨・嘆きを漏らすさまを、言ったものだろう。子や甥を引き連れて山沢の遊びをなしても、人の世の無常を感じて「悵恨《ちょうこん》して独《ひと》り策《つえ》つきて還《かえ》る」(「園田の居に帰る 其の五」)のがこの淵明という詩人であり、その詩には常に深い孤独の影が射していて、飲酒詩の多くもまたその翳りを帯びている。この詩に見る酒境はと言うに、よろこびあふれる春の情景描写に続いて、

揮茲一觴　茲《こ》の一觴《いっしょう》を揮《ふる》い
陶然自楽　陶然《とうぜん》として自《みずか》ら楽《たの》しむ

という二句が置かれているところから、田園に生きる詩人としての酒態と、酒境がよく窺われる。官界を離れて隠棲し、窮耕の人として生きていた淵明が、春のよろこびを肌で感じて、独り陶然と酒を酌んで楽しむというのはほほえましく、実におだやかないい酒である。その酒風、酒品ともに好ましいものに思われる。詩人にはかような酒境にひたる折も、時としてあっ

たろう。その次の章に出る

我愛其静　我《われ》　其《そ》の静《せい》を愛《あい》し
寤寐交揮　寤寐《ごび》に交《こも》ごも揮《ふる》わん

という二句に関してはさまざまの解釈があるようだ。「寤寐《ごび》に交《こも》ごも揮《ふる》わん」を、一海氏は「ねても覚めても酒をくんでいたい」と訳され、田部井・上田両氏の『全釈』には「寝ても覚めてもしきりに酒を飲む」とある。面白いのは鈴木豹軒先生の解釈で、「それらの人々に接して酒杯のつきあひをなさんと寝ても覚めても忘るることはない」と、一歩踏み込んだ解釈をしている。これらはいずれも「揮《ふる》う」を、「毎《つね》に憾《うら》む　揮《ふる》う所《ところな》靡きを」(「胡西曹《こせいそう》に和《わ》し、顧賊曹《こぞくそう》に示《しめ》す」)「杯《さかずき》を揮《ふる》って孤影《こえい》に勧《すす》む」(「雑詩　其の二」)と同じく「酒杯を揮《ふる》う」つまりは酒を飲むことを指すとした解釈で、拙老にはそれが正鵠を得たものと見える。だが、寓目した中国の諸家の解釈は、いずれも「揮」を酒を飲む意味には解していない。ここはどうしても、豹軒先生のように解釈しないと面白くない。

この詩の最後の四句は、淵明の酒がなんとも言い知れぬ孤独感、孤絶の意識に彩られたものであったことを物語っている。花々や薬草が植えられ、林や竹薮が暗い影を落とす中で、「一《いっ》觴《しょう》独《ひと》り進《すす》めた」詩人は、酒壺も半ばになったところで、手に撫していた琴を寝床に置き、ふっと想いを遠い昔に馳せ、上古の聖人たちとの無限の隔たり、どうしようもない隔絶感を感じたのである。酒中に覚えた詩人の感慨、というより慨嘆が伝わってくる作だと評し得よう。

よろこびから悲哀へと推移した飲酒詩を覗いたところで、こんどは逆に悲哀からよろこびへと向かうことをうたった詩をとりあげてみる。これまでの二首は、いずれも独飲と孤独の詩であったが、次なる一首「園田の居に帰る 其の五」は、酒楽をともにする群飲、酒宴が主題となっている。この詩は、同じく淵明四十代前半の作だが、連作「園田の居に帰る」の締めくくりとも言える内容の作である。

帰園田居　　園田《えんでん》の居《きょ》に帰《かえ》る
其五　　其《そ》の五《ご》

悵恨独策還　　悵恨《ちょうこん》して独《ひと》り策《つえ》つきて還《かえ》る
崎嶇歴榛曲　　崎嶇《きく》として榛曲《しんきょく》を歴《へ》たり
山澗清且浅　　山澗《さんかん》　清《きよ》く且《か》つ浅《あさ》し
可以濯吾足　　以《もっ》て吾《わ》が足《あし》を濯《あら》う可《べ》し

漉我新熟酒　我《わ》が新《あら》たに熟《じゅく》せる酒《さけ》を漉《こ》し
隻鶏招近局　隻鶏《せきけい》もて近局《きんきょく》を招《まね》く
日入室中暗　日《ひ》入《い》りて室中《しっちゅう》暗《くら》く
荊薪代明燭　荊薪《けいしん》もて明燭《めいしょく》に代《か》う
歓来苦夕短　歓《よろこ》び来《き》たれば夕《ゆうべ》の短《みじか》きに苦《くる》しみ
已復至天旭　已《すで》にして復《ま》た天旭《てんきょく》に至《いた》る

冒頭に「悵恨《ちょうこん》して独《ひと》り策《つえ》つきて還《かえ》る」とあるのは、これに先立つ詩「其の四」で、山沢の遊びに出た詩人がそこで廃墟に接して衝撃を受け、人の世の移ろいやすさ、無常迅速と死の存在を実感して、

人生似幻化　人生《じんせい》は幻化《げんか》に似《に》て
終当帰空無　終《つい》に当《まさ》に空無《くうむ》に帰《き》すべし

との悲哀を吐露したのを承けているからである。この悲哀は帰途の描写である前半四句に影を落としているが、後半は一転して酒楽の世界、酒の功徳をうたっている。一見前半と後半との

間に飛躍があるかに見えるが、そうではない。人の世は夢幻のごとくはかないもの、死ねば最後は一切が空無と化してしまうと悟ったからには、それに対処せねばならない。「帝郷《ていきょう》期《き》す可《べ》からず（天帝の仙郷へ赴くことは望むべくもない）」（「帰去来の辞」）と言い切っている以上、淵明が仙薬を服して仙界へ遁れることはできないと悟っていたのは明らかである。いずれは無と化す生をいかに充実させるべきか。生の無常と消滅の必然を悟った淵明が採ったのは、carpe diem（「その日の花を摘め」）の哲学の実践であった。すなわち自ら「酒郷」をしつらえ、酒楽によって生の充実をはかり、歓楽によってしばし「千載の憂い」を消し去ることである。漢代の「古詩十九首」にある一節

生年不満百　生年百《せいねんひゃく》に満《み》たず
常懐千載憂　常《つね》に千載《せんざい》の憂《うれ》いを懐《いだ》く
昼短苦夜長　昼《ひる》は短《みじか》くして夜《よる》の長《なが》きに苦《くる》しむ
何不秉燭遊　何《なん》ぞ燭《しょく》を秉《と》って遊《あそ》ばざる

――「古詩十九首　其の十五」

にうたわれている歓楽の勧めを、近隣の百姓親爺たちとの群飲、論談の悦楽によって実践した

ことを詠じたのが、この詩なのである。それは淵明自身が、「雑詩　其の一」で、

得歓当作楽　　歓《かん》を得《え》なば当《まさ》に楽《たの》しみを作《な》すべく
斗酒聚比鄰　　斗酒《としゅ》もて比鄰《ひりん》を聚《あつ》めん

とうたっているところの実践でもあった。たった一羽の鶏をつぶして酒の肴とし、近所の人々を招いてささやかな酒宴を張る。その酒にしても、おそらくは詩人自身が醸した濁酒であろう。貧なるがゆえに「燭《しょく》を秉《と》って遊《あそ》ぶ」贅沢は許されないが、薪を燃やして明かりに代え、論談風発、夜明けまで楽しく語り合い、夜が短かすぎるくらいだというのである。豹軒先生はこの語らいを、「夏の夜語りであろう」と言っておられるが、これを収穫の終わった秋の夜の語らいととることはできないであろうか。そう解すれば、より味わいが出てくるのではないか。つまり、盛んに酌み交わして論談風発していると、さしもの秋の夜長もそれと覚えず、気がつくと夜明けになっていると解するのである。とはいっても、「夕の短きに苦しみ」を、秋の夜ととるのは、やはり無理か。

ちなみに、林玫儀なる研究者は最後の詩句にあらわれる「天旭《てんきょく》」ということばは、単に夜明けを意味しているばかりではなく、作者淵明の明るく澄み切った心境をこの語らいによって

象徴していると説いているが（『南山佳気』）、これはいささか深読みかと思われる。飲酒、群飲による快楽、酒の効果による腹を割った交歓、それらは断絶すべからざる「千載の憂い」を根底から払拭するものではないが、ともあれ、いずれは死によって空無と化するこの人生を充実させ、密度を高めてくれるものであることは確かだ。田園の人となった淵明はそこに大きな慰謝を見出し、百姓親爺たちと酌み交わす楽しさをうたったのである。これは詩人による一種の「酒徳頌」とも言える詩だが、淵明の酒には、かような側面もあったことを、心得ておかねばなるまい。

次いで、これこそ酒の詩人陶淵明らしい一篇、詩酒徒五柳先生の真面目、真骨頂のあらわれと見られる酒楽そのものをうたった飲酒詩を一瞥し、その酒境を窺い見ることにする。「連雨独飲」と題された五言詩で、制作年代に関しては、これを五十代の作とする異説もあるが、淵明四十代の作と見る研究者が多い。

連雨独飲　　連雨独飲《れんうどくいん》

運生会尽帰　　運生《うんせい》は会《かなら》ず尽《つ》くるに帰《き》す
終古謂之然　　終古《しゅうこ》　之《これ》を然《しか》りと謂《い》う

世間有松喬
於今定何聞
古老贈余酒
乃言飲得仙
試酌百情遠
重觴忽忘天
天豈去此哉
任真無所先
雲鶴有奇翼
八表須臾還
自我抱茲独
僶俛四十年
形骸久已化
心在復何言

世間《せけん》に松喬《しょうきょう》有《あ》らば
今《いま》に於《お》いて定《さだ》めて何《なに》をか聞《き》く
古老《ころう》　余《われ》に酒《さけ》を贈《おく》り
乃《すなわ》ち言《い》う　飲《の》まば仙《せん》を得《え》んと
試《こころ》みに酌《く》めば百情《ひゃくじょう》遠《とお》く
觴《さかずき》を重《かさ》ねれば忽《たちま》ち天《てん》を忘《わす》る
天《てん》　豈《あ》に此《ここ》を去《さ》らんや
真《しん》に任《まか》せて先《さき》んずる所《ところ》無《な》し
雲鶴《うんかく》　奇翼《きよく》有《あ》り
八表《はっぴょう》　須臾《しゅゆ》にして還《かえ》る
我《われ》　茲《こ》の独《どく》を抱《いだ》きてより
僶俛《びんべん》すること四十年《しじゅうねん》
形骸《けいがい》　久《ひさ》しく已《すで》に化《か》するも
心《こころ》在《あ》り　復《ま》た何《なに》をか言《い》わん

名著『中華飲酒詩選』を編まれた碩学青木正児大人は、この一首について、「此詩は最も難

解である」と述べた後、詩意全体を説いて、

要旨、第一第二章は世間に仙人などと云ふものは無い、若し有りとすれば其れは酒に酔うて陶然たる時が仙人である、と云ふことらしい。而して第三章は酔郷は即ち仙郷で、天仙をも期することが出来る、と其の酔心地を誇張したものらしい。末章は醒めたる平生の心境を述べたもので、根拠は道家思想である。

と言っておられる。中国の酒詩を解することにおいては本朝随一の大家に、「最も難解である」と明言され、何々「らしい」と言われてしまっては、拙老如きがこの詩について吐くべきことばをもたない。だが青木老の解は「らしい」どころか、いかにもそのとおりと思われる。さてこの詩は「連雨独飲」との詩題が示すとおり、長雨が降り続く中、無聊を慰めるべく独りで酒を酌んだ折の酒境を詠じたもので、全体に楽天的な明るさが漂っているのが感じられる。淵明は「忘憂物」としての酒を酌むことが多く、飲酒詩の多くが翳りを帯びているのに比して、この一首は素直に酒楽をうたっていて、「酒徳頌」とも言える内容の詩である。連日降り続く雨の中、訪れる客とてなく、詩人は独り静かにあれこれ沈思するのだが、またしてもまず脳裏に浮かぶのは「生者必滅」の理《ことわり》である。不老長寿だったと伝えられる赤松子《せきしょうし》だの王子喬《おうしきょう》だのが

いたというが、そんな者が今どこにいるのか、と彼は仙人の存在を否定する。詩人は、「古詩十九首」に

服食求神仙　服食《ふくしょく》して神仙《しんせん》を求《もと》むれば
多為薬所誤　多《おお》くは薬《くすり》の誤《あやま》る所《ところ》となる
不如飲美酒　如《し》かず美酒《びしゅ》を飲《の》みて
被服紈与素　紈《がん》と素《そ》とを被服《ひふく》せんには

――「古詩十九首　其の十三」

とあるように、仙薬を服用して不老長生を図っても無駄だと知っているから、さようなことに希望を託したりはしない。神仙思想の明確な否定である。そこで生者に死は必至と悟って深い憂愁に閉ざされていると、折よく村の古老が、「それなら、これを飲めば仙人になれますぞ」などと言って白楽天の言う「銷憂薬《しょうゆうやく》」つまりは酒をもってきてくれたというのである。おそらくこれはフィクションであろう。そこで試しに飲んでみると、たちまちもろもろの俗情を忘れ、飲むほどに酔うほどに心は遠く遊び、これぞ天界と思われる忘我の境地に入ってしまったと、陶然たる酔い心地をうたう。酒が神仙世界を創りだしてくれたのである。仙人の乗るとい

う雲間を飛ぶ鶴は、一瞬のうちに宇宙の果てまで飛んで帰るというが、わしの今の酔い心地がそんなものだと言っているのだろう。酒という翼の力を借りて仙界を飛翔、遊行したというわけである。無論、「白髪三千丈《はくはつさんぜんじょう》」的な詩的誇張だが、これがごく自然な調子でうたわれていて、無理を感じさせない。「真《しん》に任《まか》せて先《さき》んずる所無《ところな》し」という句は、諸家によって解釈が微妙に異なるが、「真」とは天真の意で「ありのままの自然にまかせて、人と先を競ったりしない」という意味に解しておきたい。天と一体化した忘我の境地、「真」であり「自然」である境地がうたわれているものと解される。

さて美酒に（或いは濁酒かもしれないが）陶然となり、酒楽を存分に味わった詩人は、そこでわが身に思いを致し、ある結論を得て納得し、その感慨をもらす。

自我抱茲独　　我《われ》　茲《こ》の独《どく》を抱《いだ》きてより
僶俛四十年　　僶俛《びんべん》すること四十年《しじゅうねん》
形骸久已化　　形骸《けいがい》　久《ひさ》しく已《すで》に化《か》するも
心在復何言　　心《こころ》在《あ》り　復《ま》た何《なに》をか言《い》わん

「我《われ》　茲《こ》の独《どく》を抱《いだ》きてより、僶俛《びんべん》すること四十年《しじゅうねん》」という句は、諸家により解釈がまちまちで、これには困る。「この孤独を抱きしめてから四十年」（一海）、「私自身、この独自性を保持するようになってから、励みつとめること四十年」（田部井・上田）、「孤独な性分で苦労することと四十年このかた、真にまかせる自然な態度を取るよう努めること四十年余り」（郭建平）などなど、微妙にニュアンスが異なる。思うに、淵明は別の詩でも「総髪《そうはつ》より孤介《こかい》を抱《いだ》き」（「戊申の歳、六月中、火に遇う」）と言っているところからして、これは、世人とは容易に妥協しようとしない孤高の生き方を貫くべく、四十年間心を砕いてきた、というのだろう。肉体はすっかり衰えたが、真にまかせた精神のほうはしかと存在しているから、言うことはない、と詩人は言い切っている。四十代で嘆老とはちと早すぎる感もするが、これも詩的誇張と見ることができようし、肉体は衰えたが精神はなお健在だとする悟りの境地を、対比によって強調したのだと解することもできる。作者の実年齢はさして問題ではない。この最後の四句で言われているのは、つまりは道家思想に依拠した達悟の境地の表明にほかならない。戴建業氏は、先に触れた論文で、「これは、生と死の問題を、非常に深いところで体験した詩歌である」などと、小難しいことを言っているが、それほど堅苦しく考えないまでも、ここではやはり飲酒が生死の問題にかかわっていることは事実である。拙老の見るところ、この一首「連雨独飲」は、飲者淵明を酔境へと誘って「生者必滅」の理をしばし忘れさせ、あたかも仙界、天界にあるが如き心地にしてくれる酒というものの功徳をうたったものである。先に言ったように、この詩は詩酒徒淵明による「酒徳頌」と見てよい。酒を愛し、真に「酒中趣」を解する詩人ならではの作と言えよう。

今ここでとりあげて、その詩風と詩人淵明の酒境を垣間見た「連雨独飲」が、どちらかと言えば明るい楽天的な酒楽をうたっているのに対して、同じ独飲でも「雑詩　其の二」に見る酒境は孤独の影が射していて、悲哀の色が濃い。この点ではすでに吟味した「停雲」「時運」もやはりそうであった。前章でも見たところだが、ここではその後半部のみを掲げる。

欲言無予和　　言《い》わんと欲《ほっ》して予《われ》に和《わ》する無《な》く
揮杯勧孤影　　杯《さかずき》を揮《ふる》って孤影《こえい》に勧《すす》む
日月擲人去　　日月《じつげつ》　人《ひと》を擲《す》てて去《さ》り
有志不獲騁　　志《こころざし》有《あ》るも騁《は》するを獲《え》ず
念此懐悲悽　　此《これ》を念《おも》いて悲悽《ひせい》を懐《いだ》き
終暁不能静　　終暁《しゅうぎょう》　静《しず》かなること能《あた》わず

蒼生を救わんとの志も果たせぬまま、理解者もなく、失意のうちに隠棲している詩人の焦慮と孤独感がひしひしと伝わってくる詩である。対酌の相手もなく、影法師を相手に独り酌む寂しさが、「杯《さかずき》を揮《ふる》って孤影《こえい》に勧《すす》む」との一句のうちに、あざやかに浮き上がってくる。この一句には、失意の隠遁者を襲う深い孤絶の意識が色濃く出ていて、それがこの詩全体を悲哀の色に染め上げているのだ。これをもってしても、詩人淵明の酒境が、時として絶望的なまでに暗い翳りを帯びたものとなることがあったと知られよう。一見無技巧を思わせるのが淵明の詩だが、こういうところに絶妙な詩的技法がはたらいているのがわかる。端倪すべからざる詩人だと言うほかない。

それにしても、陶淵明という詩人は、なぜさほどにまで酒を飲んだのだろう。ただ酒好きだったからというのでは、答えにならない。淵明が酒に名を得た詩人となったのには、それなりの必然性や時代の気風、背景があったはずである。これに関しては、いろいろなことが言われているが、拙老が得心の行ったものだけを引いておこう。斯波六郎博士は、名著『中国文学における孤独感』で、淵明の飲酒にふれて、

人間は酔境において、その本来の純粋さに返り得るのであるといふ積極的な意義をさえ見出していたのではないかと思はれる。

と言っておられるが、われわれが先ほど吟味した「連雨独飲」こそ、まさにそれに当てはまる

のではあるまいか。また『全釈』の著者田部井・上田両氏も、詩人の飲酒について、

要するに作者における飲酒とは、何者にも拘束されない自由な生き方を求める行為にほかならなかったのであろう。

との見解を示しているが、これまた全体としては大いに肯首できる。また川合康三氏は、飲酒というものが中国の古典文学の中では、世間的秩序に反抗する行為であったと述べているが（『中国の自伝文学』）、これは魏晋の時代に生きた知識人や詩人には、とりわけよく当てはまると言えるだろう。酒楽は体制に背くものであり、飲酒はしばしば隠士と結びついていた。その意味では、酒風や酒境こそ異なれ、淵明の飲酒はやはり阮籍などの系譜につながると言ってよい。淵明における飲酒とは、意図的に体制の外側に身を置き、隠逸者として生きるひとつの証であった。詩人淵明にとって酒とは、まず第一に有限の生を生きることからくる「千載の憂い」「万古の愁い」を払うためのものであり、次いで孤独感を癒すためのものであり、また俗情を去って、心を遠く仙界へと遊ばせるためのものでもあった。さらに言えば「以酒養真」をおこなう具でもあった。わが国の古典詩歌は、どちらかと言えば酒の影が薄く、広く人口に膾炙するほどの飲酒詩も生まれなかったから、詩酒の関係が念頭に上ることは少ない。だが、

「詩酒合一」の中国の詩人における飲酒の意味を軽く見てはなるまい。詩客にして酒客、詩酒徒たる淵明の場合は、ことさらそうである。詩人はあだやおろそかに酒を飲むのではない。陳橋生なる人物が書いた『詩酒風流』というなかなかに面白い本があるのだが、その中で陳氏は、俗礼を憎んで長酔へと逃避した阮籍の酒は「狂悶の飲」であったとし、一方『元前陶淵明接受史』の著者李剣峰氏は、淵明の酒を「卒真の飲」であったと言っている。いずれも両詩人の酒風を言い当てており、当を得ている。だが「卒真の飲」とは言っても、淵明の飲酒詩の世界は、実に複雑で奥深いものであるから、「卒真の飲」の一言をもって片付けられるようなものではない。その点、『君当に酔人を恕すべし―中国の酒文化』の著者蔡毅氏が、淵明の飲酒詩について、次のように述べているのは、まことに正鵠を得たものと思われる。

陶の世界においては、酒―真―自然の三者が、政界や礼法や世俗などに対立する一極を形成し、彼は自らの激情や才知を、全て杯の中に注ぎ込んだのである。

さてここまで、はなはだ不十分ながら、まずは淵明の飲酒詩の世界の一端を垣間見てきた。続いて次章では、連作詩「飲酒」二十首から何首かを選んで、少々吟味してみよう。

七　酒中に深味有り——飲酒詩管見（二）

前章に引き続いて、今度は連作詩「飲酒」二十首から何篇かをとりだして吟味し、淵明の飲酒詩の世界を、もう少々覗いてみたい。中国において「詩酒合一」を初めて成し遂げた詩人である淵明は、酒に託して実にさまざまな思いをうたっており、飲酒を契機としてその詩想を紡いだ詩人だと言っても過言ではなかろう。これから垣間見る「飲酒」の諸篇もそのことを強く思わせる。この連作詩は何首かの名詩を含んでおり、詩人陶淵明を知る上では欠かせぬ詩篇だが、難解なものも多く、中には拙老如きにはその詩意を解しかねる作もある。酒の力を借り、さらには先学諸氏の力をお借りして、その世界へと分け入ることにしたいが、これはなかなかの難業である。されば「謬誤《びゅうご》多《おお》からん、君《きみ》よ当《まさ》に酔人《すいじん》を恕《ゆる》すべし」。

さてその連作詩「飲酒」だが、そもそも「飲酒」という詩題自体が、淵明の創造にかかるもので、この詩人以前には見られないものであることは、前章で述べたとおりである。やはり「中華飲酒詩人之宗」だけのことはある。これは連作詩であるから、ほぼ同じ時期に、一定の意図のもとに作られた可能性は高いが、折々の作の寄せ集めと見る研究者もおり、拙老にはその判断がつかない。これらの詩を淵明三十代の作と見る学者もいるようだが、一般には五十代の作とされているから、それに従うことにする。前にもちょっとふれたように、これら二十首の詩は「飲酒」との題でまとめられてはいるが、実際に飲酒そのものをうたった作は約半数にすぎず、中には酒にはまったく言及されていないものすらある。この連作詩のうち「其の五」

「其の七」「其の十六」の三篇は、すでに「陶淵明・その魅力と多様な相貌」の章でとりあげたので、ここではあつかわないことをお断りしておく。この「飲酒」二十首には広く知られた「序」があって、酒人陶淵明の人となりやその酒風をよく語っており、酒詩そのものにも増して興味深いものがある。読み下し文で、それをまず引いておこう。

余閒居《われかんきょ》して歓《よろこ》び寡《すくな》く、兼《か》ねて比《このご》ろ夜已《よるすで》に長《なが》し。偶《たま》たま名酒《めいしゅ》あり、夕《ゆうべ》として飲《の》まざる無《な》し。影《かげ》を顧《かえり》みて独《ひと》り尽《つ》くし、忽焉《こつえん》として復《ま》た酔《よ》う。既《すで》に酔《よ》うの後《のち》は、輒《すなわ》ち数句《すうく》を題《だい》して自《みずか》ら娯《たの》しむ。紙墨《しぼく》遂《つい》に多《おお》く、辞《ことば》に詮次《せんじ》無《な》きも、聊《いささ》か故人《こじん》に命《めい》じて之《これ》を書《しょ》せしめ、以《もっ》て歓笑《かんしょう》と爲《な》さんのみ。

この味わいある「序」からは、故山に帰田隠棲し、「固窮の節」を守ってわび住まいをしている詩人の姿が彷彿と浮かんでくる。おそらくは知人から贈られたのであろう、偶々名酒が手に入った詩人は早速よろこんでそれを酌み、心中さまざまな憂悶を抱きながらも、夜な夜な独り「忘憂物」を把り酒杯を傾ける。「影《かげ》を顧《かえり》みて独《ひと》り尽《つ》くし、忽焉《こつえん》として復《ま》た酔《よ》う」というくだりには、

欲言無予和　言《い》わんと欲《ほっ》して予《われ》に和《わ》する無《な》く
揮杯勧孤影　杯《さかずき》を揮《ふる》って孤影《こえい》に勧《すす》む

——「雑詩　其の二」

ともうたった淵明の孤独な酒境がにじみ出ているではないか。その折に綴った詩を知人に清書してもらったのが、以下の一連の詩だというのである。かくのごとく、その「序」からして孤独の影を宿し翳りを帯びている連作詩「飲酒」二十首は、単なる飲酒詩、讃酒詩ではなく、大方は飲酒にことよせてさまざまな感懐をうたったものである。都留春雄氏は其の著『陶淵明』で、この連作詩全体について、

単純に酔余の楽しみというのではなく、当時の彼にとって、自己をまげずに生かせる、ぎりぎりのせん方ない世界での、酒に託した心情の吐露というべき性格を持つ。

と述べておられるが、まさに過不足なく、その本質を言い当てたものだ。時はあたかも政治の世界では陰謀が渦巻き、血なまぐさい権力闘争や内乱、暴動が相次ぎ、その一方で知識人たちは非現実的な「玄談」にうつつを抜かしているという状況にあった。「序」の「余閒居《われかんきょ》して歓《よろこ》

び寡《すくな》く」というのは、そういう暗黒時代の時勢を、暗に指して言っているのであろう。そんな中で孤高の隠士として、苦い思いを嚙みしめながら独り酒を酌み、盃を手にしてうたったのが、この一連の詩なのである。ここに収められた二十首の詩には、「固窮の節」を守って生き抜こうとする淵明の信条告白もあれば人生哲学もあり、慨嘆も慷慨も諦念もある。酒の功徳を讃え、飲酒の楽しさをうたった詩もあるが、むしろ飲酒にことよせた思想や情念の吐露開陳が多く、酒楽そのものを主題とした讃酒詩のような作は意外に少ない。その中には、すでにとりあげて吟味した名詩「其の五」「其の七」のように、隠逸生活で得た達悟の境地を詠じた作もあって、その内容は多岐にわたっている。しかしその全体が、二十首目の最後で、

但恨多謬誤　　但恨《ただうら》むらくは謬誤《びゅうご》多《おお》からん
君当恕酔人　　君《きみ》よ当《まさ》に酔人《すいじん》を恕《ゆる》すべし

という詩句で結ばれているところから推して、ある明確な意図をもって二十首全体の配置がなされたと見るのが、妥当かと思われる。その中から、飲酒詩と呼ぶにふさわしい作を窺い見てみよう。まずは「其の一」の詩から始める。

飲酒　其一

衰栄無定在
彼此更共之
邵生瓜田中
寧似東陵時
寒暑有代謝
人道毎如茲
達人解其会
逝将不復疑
忽与一樽酒
日夕歓相持

飲酒《いんしゅ》　其《そ》の一《いち》

衰栄《すいえい》　定在《ていざい》無《な》く
彼此《ひし》　更《こも》ごも之《これ》を共《とも》にす
邵生《しょうせい》　瓜田《かでん》の中《うち》
寧《なん》ぞ東陵《とうりょう》の時《とき》に似《に》んや
寒暑《かんしょ》に代謝《たいしゃ》有《あ》り
人道《じんどう》は毎《つね》に茲《か》くの如《ごと》し
達人《たつじん》は其《そ》の会《かい》を解《かい》し
逝《ゆ》くは将《まさ》に復《ま》た疑《うたが》わざらんとす
忽《たちま》ち一樽《いっそん》の酒《さけ》と
日夕《にっせき》　歓《よろこ》びて相持《あいじ》す

全二十首の最初に置かれた詩は、まず世の栄枯盛衰、有為転変の常なることを述べる。次いで、道家思想に養われた「達人」はその摂理を心得ているから、疑念にとらわれたりすることはないことを言う。その帰結として、自分もその達人の一人として、偶々貰い受けた一樽の酒を据えて、この夕べ楽しく飲もうというのである。隠逸の士としての自適の心境をうたった作である。最初の二句を綴った淵明の脳裏に、貧しい下っ端役人から出世して晋の功臣となり、長沙公にまで成り上がった曾祖父陶侃と、彼の没後急速に没落した陶家の運命があったかもしれない。陶侃の曾孫であることを常に誇りし、家系というものを重く見ていた淵明は、己の家系が小地主程度にまで没落したことに、強い悲哀の念を覚えていたことだろう。冒頭の二句は詩人の実感を反映しているものと見る。だがここで運命変転の例として挙げられているのは、秦の時代に東陵侯でありながら、漢室に仕えることを拒否して、瓜作りの百姓親爺になって暮らした邵平《しょうへい》である。官界を捨てて隠士として生きる途を選んだ詩人は、二朝に仕えずという信念を貫いた、遠い過去のこの人物に自分の姿を投影して、共感を示したのであろう。この詩で言われている「達人」として生きることとは、栄枯盛衰の摂理を悟り、貧富貴賤を超越して、一樽の酒を心ゆくまで楽しむことにほかならない。つまりは「酒中有真」の発見であり、達悟の境地である。

いかにも、栄枯盛衰は水車の如しで、栄耀栄華を極めた人間も、時運が傾けば忽ちに没落し、時には非業の死をとげたりもする。東晋末という動乱の時代、軍閥が割拠し、熾烈な闘争を繰り広げていた時代に生きた淵明は、めまぐるしい栄枯盛衰を目のあたりにして、それを実感したに相違いない。さればこそ、「達人」、すなわち世の摂理を心得た人間は、この世での栄達を求めたりせず、むしろ日暮れに酒樽を前に、一樽の酒を酌むのをよしとするのだ。これは酒人淵明による飲酒哲学であり、飲酒の意味づけでもある。このような状況下では、飲酒という行為は積極的な意思表示としての意味をもつ。川合康三氏が強調されているように、飲酒は確かに体制に反逆し、体制の外側に身を置こうとする行為に他ならなかったのである。碩学陳《ちん》寅恪《いんかく》氏が、淵明にとって飲酒とは、「実に当時の政権に自分を適合させてゆくことはできないという態度の表明であった」（「陶淵明之思想与清談之関係」）と言っているのは、そのあたりを指してのことばであろう。ここでうたわれているのがまさにそれだ。あらわな形でこそ言われてはいないが、「忽《たちま》ち一樽《いっそん》の酒《さけ》と、　日夕《にっせき》　歓《よろこ》びて相持《あいじ》す」というのは、そのような態度の表明にほかなるまい。感慨にふけりつつ詩人の酌む酒は、阮籍のような享楽とは程遠い壮絶な飲酒、激しい酒、「狂悶の飲」ではなく、しみじみとした、おだやかなよい酒である。ちなみに、この一首には、三好達治の次の詩にどこか通い合うものがあると見るは僻目か。

　　盞《さかづき》は

盞はちひさけれども
ただたのむ夕べの友ぞ

おほかたはひとをたばかる
世にありてせんすべしらに。

――「村酒雑詠」

今度はやや趣の異なる飲酒詩「其の九」を瞥見しよう。これはいささか洒脱な味わいのある詩で、詩人と田父《でんぷ》すなわち百姓親爺との問答体の体裁をとっている。

飲酒　其の九　　　飲酒《いんしゅ》　其《そ》の九《く》

清晨聞叩門　　清晨《せいしん》　門《もん》を叩《たた》くを聞《き》き
倒裳往自開　　裳《しょう》を倒《さかし》まにして往《ゆ》きて自《みずか》ら開《ひら》く
問子為誰与　　問《と》う　子《し》は誰《たれ》と為《な》すかと
田父有好懐　　田父《でんぷ》　好懐《こうかい》有《あ》り
壺漿遠見候　　壺漿《こしょう》もて遠《とお》く候《こう》せられ
疑我与時乖　　我《われ》の時《とき》と乖《そむ》くを疑《うたが》う
襤褸茅簷下　　襤褸《らんる》　茅簷《ぼうえん》の下《もと》

未足為高栖
一世皆尚同
願君汨其泥
深感父老言
稟気寡所諧
紆轡誠可学
違己詎非迷
且共歓此飲
吾駕不可回

未《いま》だ高栖《こうせい》と為《な》すに足《た》らず
一世《いっせい》　皆《みな》同《おな》じきを尚《とうと》ぶ
願《ねが》わくば　君《きみ》　其《そ》の泥《どろ》に汨《しず》めと
深《ふか》く父老《ふろう》の言《げん》に感《かん》ずるも
稟気《ひんき》　諧《かな》う所《ところ》寡《すくな》し
轡《たずな》を紆《まぐ》るは誠《まこと》に学《まな》ぶ可《べ》きも
己《おのれ》に違《たが》うは詎《なん》ぞ迷《まよ》いに非《あら》ずや
且《しばら》く共《とも》に此《こ》の飲《いん》を歓《よろこ》ばん
吾《わ》が駕《が》は回《めぐ》らす可《べ》からず

ここには、詩人の問答の相手として、酒を持参して作者のもとを訪れた百姓親爺が登場するが、これを実際にあったこととするか、淵明一流の虚構と見るか、研究者によって見解が分かれている。これを淵明の実体験とし、「田父」を実在の人物と見て、「この田父《でんぷ》は猶《な》お俗見《ぞくけん》のみ、その至誠《しせい》は取《と》るべし」などとする見解が清代からあったようだし、わが国の学者でも、「虚心坦懐に見ればこの田父は一応の見識を持った人と言わざるを得ない」などと評する人（大矢根文次郎氏）もいる。斯波六郎博士も『中国文学における孤独感』で、この詩に出る田父は初対面の人であり、一人だけの如くであって、それだけにこの田父の善意のほどがしのばれる。

との見解を示され、林田愼之助氏も、これを実録と見ておられるが（『陶淵明と竹林の七賢』）、拙老にはどうもそうは思えない。釜谷武志氏がその著『陶淵明』で、

田父の突然の訪問によって引き起こされた対話は、恐らくはフィクションであろう。あるいは農夫が突然詩人を訪ねて来て、世と同調するようにと勧めたことが実際にあったかもしれない。しかしながら、この詩の設定・構成は紛れもなく淵明の計算の上に成り立っており、「形影神《けいえいしん》」詩の形影神の三者鼎談と同質のものが感じられる。三者がそれぞれ淵明の分身であったように、田父の主張も淵明自身が抱えていたいくつかの考えの一つかもしれないが、田父のことばは、次の詩人の答えを引き出し、際立たせるための格好の材料提供にすぎないと見るのが妥当だろう。

と説いておられるのに、全面的に賛成である。温洪隆氏も、この詩の田父による仕官の勧めを虚構だとしている。拙老に言わせれば、これが虚構であることは、この詩の眼目であり、詩人

が強く主張したかった「吾《わ》が駕《が》は回《めぐ》らす可《べ》からず」という最後の一句からもわかる。これを言いたいがために、詩人は自分の胸中にある相反する思いを二人の人物像に造形し、この問答を設定したのだと思うのだ。この詩が屈原の『楚辞《そじ》』を踏まえて作られていることは明らかで、「滄浪《そうろう》の水清《みずす》まば云々」で名高い、かの屈原と漁夫との対話（「漁父《ぎょほ》」）を念頭において構成されていると見てよい。知り合いの近隣の農民が、酒壺を抱えて淵明のもとを訪れるということは、後ほど見る「飲酒 其の十四」にうたわれているように、実際にあったかもしれないが、見ず知らずのどこかの百姓親爺が、出仕を勧めるためにわざわざ彼を訪れるというのは、やはり不自然というものだろう。当時淵明は、中央では詩人としてはまったく知られていなかったが「潯陽三隠《じんようさんいん》」の一人として高名であったから、役人が出仕を促しに来たというのならわかる。事実、この頃詩人は朝廷から著作郎に召されたが、病気を口実にそれを辞退したので「陶《とう》徴士《ちょうし》」と呼ばれていたということがあった。「徴士」とは朝廷から招かれ、官職を供されても辞退した人物のことを言う。無論、辞退したことによって隠士としての名声はいっそう高まることになる。この一首は、そのことを踏まえて作られたものだと見る説があるのも、頷けるところだ。ここで敢えて「固窮の節」を守り、隠士としての生き方を貫こうとしている淵明に説教し、出仕を勧めるのが役人や知識人ではなく、未知の「田父」として登場させられているのは、明らかに『楚辞』の漁夫になぞらえられているのである。つまりは、そのかみの屈原と漁夫との名高い対話をみずからの上に転移し、屈原に倣って、仕官という形で腐敗した俗世に同調して生きることを断固拒否し、清廉な高士としての志を貫くことを宣言したのが、この詩だと思う。釜谷氏のように、この詩における田父の主張も淵明自身が抱えていた主張のひとつかもしれないと見るのは、あながちうがった見方だとは思われない。あくまで貧窮に耐え、孤高清介の隠士として生きようとしている淵明に向かって「襤褸《ぼろ》をまとった貧乏生活が高尚な生活というわけでもありますまい、世に同調して泥水を立てなされ」などと説教するこの「田父」とは、その実詩人自身の心に住む彼の分身のひとつにほかなるまい。つまりは、時に詩人の胸中でふと頭をもたげる、「固窮の節」などというものを高く掲げて、こんな苦しい生き方をするよりは、いっそ妥協して出仕したほうがいいのではないか、という疑念ないしは「悪心《あくしん》」を体現したものと考えられはしないか。現に、淵明と同じく隠士としてその名が高かった周続之は、劉裕の招聘に応じて出仕している。そのことが詩人の脳裏に浮かんだとしても不思議はない。その誘惑ないしは「悪心」を淵明はぐっと押さえつけ、いやいやわしは権力者と馴れ合う「通隠《つういん》」の周続之ごときとは違う、断固として「固窮の節」を守り抜き、孤高の隠士として生きるのだと宣言し、自己のための意思確認をしたのだと解すべきではなかろうか。飲酒にかかわる淵明の詩が、しばしば孤高の隠士として生き抜こうとする自己の意思確認の場として設けられ、自身を鼓舞する役割をになっていたことは、別のところでも述べた。この詩についても言えることだが、靖節先生のおっしゃることに嘘はないとして、「田父」の存在をはじめ全てを実録視するというのは、ナイーヴに過ぎよう。詩はあくまで詩であって、詩人の生活記録ではないからだ。

さてこの一首はさような内容の詩であるとして、飲酒詩としては如何かということを考えるに、例によって、これは酒楽や酒中趣そのものをうたった作ではない。その点で李白の飲酒詩などとは趣を異にした、淵明ならでは酒の詩だということになろうか。強いて言えば、「且《しばら》く共《とも》に此《こ》の飲《いん》を歓《よろこ》ばん」とあるように、形の上から言えば、そんな説教や理屈はやめにして、せっかく酒を持参されたのだから、まあ共に楽しく酌み交わしましょうという対酌への誘いの詩である。拙老の解釈では、これは自分の胸中の疑念ないしは「悪心」に対する呼びかけであって、それを断ち切り、「そんなつまらんことを考えるよりは、せっかく到来物の美酒があるのだから、まあ今はこれを飲んで楽しむこととしよう。わしの既定の方針、信条は変えるわけにはいかんのだ」と言っているのだと思う。未だ酒中趣を得る前の境地をうたっているわけだが、聞くだに耳を洗いたくなるような、濁り切った官界への出仕なんぞを勧めてくれるよりは、共に一献傾けるほうがありがたいというのだから、酒の功徳を重く見ていることは明らかである。これは腐敗堕落した俗世にあって、「経国済民」を掲げて官人として生きている知識人に対する批判的態度の表明であり、反体制の姿勢だと見ることができる。事実、官途において挫折し、敢えて孤高の隠士となる途を選んだ詩人にとっては、一壺の酒のほうが、けちな小役人「濁官」の地位なぞよりは、はるかに価値あるものだったに相違ない。

次いでこのあたりで一風変わった飲酒詩を吟味・鑑賞してみたい。いかなる時も酒杯を手にしていないと気がすまない「瓶盞病《へいさんびょう》」者の酔っ払い男と、酒を飲もうとはせぬ「醒めた男」との優劣を比べた、諧謔味のあふれる詩「其の十三」である。この詩には、わが枕頭の書『中華飲酒詩選』に収められた青木正児大人の訳があり、そのなんとも飄逸な味わいが面白いので、青木老による読み下しとども併せ掲げる。

飲酒　其十三

(一) 有客常同止
取舎邈異境
一士長独酔
一夫終年醒
醒酔還相笑
発言各不領

飲酒　其の十三

客有リ常ニ同止シ
取舎邈《はる》カニ境ヲ異ニス。
一士ハ長ク独リ酔ヒ
一夫ハ終年醒メタリ。
醒酔還《かへ》ツテ相笑《あひ》ヒ
発言　各《おのおの》　領セ不《ず》。

(二)

規規一何愚　規規タル一《イッ》ニ何ゾ愚ナル
兀傲差若頴　兀傲タル差《やや》頴《エイ》ナル若《ごと》シ。
寄言酣中客　寄言ス酣中ノ客
日没燭当秉　日没　燭　当ニ秉《と》ルベシ。

相住みの男同志
趣味はまるきり懸離れて、
一人はいつも酔うてをり
一人は年中醒めてゐる。
醒めたのと酔うたのと笑ひあひ
話しあつてもお互ひ分らない。
あきれてゐる方は馬鹿の骨頂
威張つてゐる方が少し利口らしい。
酔つぱらひ殿に申上げる
暮れたら火をともして飲《や》るべしだ。

見てのとおり、常に酔っ払っている男と、酒を飲まず酒中趣を解さぬ男との対比を通じて、いずれが真に賢なる生き方かということをうたった作である。酒を愛し、酒中趣を解する男には、なんとも面白くまた痛快な飲酒詩で、拙老の好む一首だ。「常《つね》ニ同止《ドウシ》シ」つまりは同じ所に住んでいるとされる主客二人が登場するが、これも形・影・神三者の対話を描いた「形影《けいえい》神《しん》」の場合と同じく、おそらくは淵明自身の分身かと見られる。つまりは詩人自身の中に、相反する二つの性向ないしは側面が存在し、それを酔客と醒人という形で体現せしめたものだろう。酒人淵明がどちらをよしとし、どちらに軍配を上げるかは言うまでもないが、一方を引き立て役として登場させることで、よりドラマティックな詩的効果が発揮されていることを、見逃してはなるまい。二人の男が一緒に住んでいて、一人はいつも酔っ払い、一人は年中醒めている。互いにものを言っても通ぜず、まじめくさっているほうは馬鹿の骨頂、酔っ払って威張りくさっているほうが、なにやらちと利口らしい、というのだから愉快である。そのところを断言せずに「兀傲《ゴツガウ》タル差《やや》 頴《エイ》ナル若《ごと》シ」と遠慮がちに言い、酔時の醒時にまさることを玄妙に表現したところがなんとも味わい深い。醒人にしても全面的に否定されているわけではない。治乱興亡相次ぎ、世上血なまぐさい権力闘争や陰謀が渦巻き、欺瞞に満ちた世の中にあって、酒も飲まず常時まじめくさって過ごすのは愚である、と詩人は観じたにちがいない。さような生きかたをする男は、酒趣のみならず人生の情趣も解さぬ木石漢、石部金吉だと詩人は言いたいのだろう。こういう世の中にあっては、非道、無道の支配する俗世を暫時なりとも忘れるべく、酒を酌んで世情を遠く離れるのが利口でましというものだ、ということか。しかし考えてみると、ここで否定されている醒人は、実はある時の淵明自身の姿かもしれないのだ。そうなると、これは己自身の生き方を省みて改めて悟り、その悟りの境地を示した詩だということになる。そういうものとして、拙老はこの詩を解したい。己の得た結論、飲酒にまつわる人生哲学を正面切って言うのではなく、酔客と醒人との対比という詩的な形で表出したところに、「形影神」という詩をも書いた淵明の詩人としての本領があると思うのである。五柳先生は「常《つね》に文章《ぶんしょう》を著《あらわ》して自《みずか》ら娯《たの》しみ、頗《すこぶ》る己《おの》が志《こころざし》を示《しめ》す」人物であったと「五柳先生伝」にはあるが、「常に詩《し》を賦《ふ》して頗る己が志を示す」こともまた、詩人淵明の生きかたであった。ちなみに李白の、

古来聖賢皆寂寞　　古来聖賢皆寂寞《こらいせいけんみなせきばく》たり
惟有飲者留其名　　惟《た》だ飲者《いんしゃ》の其《そ》の名《な》を留《とど》むる有《あ》り

――「将進酒」

という詩句はあまりにも有名だが、晩唐の詩人韋荘《いそう》にもこんな詩句がある。

尋思避世為逋客　　尋思《じんし》するに世《よ》を避《さ》けて逋客《ほかく》と為《な》り
不酔長醒也是痴　　酔《よ》わずして長《なが》く醒《さ》むるも也是《またこ》れ痴《ち》

——「酒家《しゅか》に題《だい》す」

つまりその意は、「つらつら思うに、世を遁れて隠者となり、酒も飲まずにいつまでも醒めているのは愚かというものだ」ということだろう。酒人淵明は、さすがにそんな馬鹿な生きかたはしなかった。さらには、わが国江戸時代の儒者にして詩人でもあった亀田鵬斎は、豪飲の士としても知られ、酒を詠じた詩を好んで作ったが、その詩「新春酔歌《しんしゅんすいか》」の一節に曰く、

人間酔時勝醒時　　人間《じんかん》　酔時《すいじ》　醒時《せいじ》に勝《まさ》る
醒時畢竟何所為　　醒時《せいじ》　畢竟《ひっきょう》　何《なに》を為《な》す所《ところ》ぞ
…………　　…………
我視渺茫宇宙間　　我《われ》　渺茫《びょうぼう》たる宇宙《うちゅう》の間《かん》を視《み》るに
酣酔之外無足取　　酣酔《かんすい》の外《ほか》　取《と》るに足《た》る無《な》し

（訓読は徳田武氏による）

さすがは酒をこよなく愛し、「混混《こんこん》　沌沌《とんとん》　麹世界《きくせかい》、風風《ふうふう》　顚顚《てんてん》　糟生涯《そうしょうがい》」（「酔言《すいげん》」）と己が

生涯をうたった鵬斎先生だけのことはある。酒の功徳をうたうこと、陶詩の世界に遠くない。唐代の主知的詩人韓愈も、

一生断送惟有酒　一生《いっしょう》を断送《だんそう》するは惟《ただ》酒《さけ》有《あ》るのみ

――「興《きょう》を遣《や》る」

などと喝破しているが、官人として大いに出世して国子祭酒（国立大学総長に相当）に至り、死後には礼部尚書（文教行政担当大臣に相当）を追贈されている人物の言であるから、これはあまり実感がこもっていないし、迫力がない。

さて今度は、「酒中有深味　酒中《しゅちゅう》に深味《しんみ》有《あ》り」という、酒を愛し、飲酒のもたらす真の喜びを知る者にして初めて吐ける名句を含む、酒楽境を詠じた一首「其の十四」を窺い見よう。この詩からは、俗世の規範など蹴飛ばして、親しい人々と親密に酌み交わす淵明の姿が窺われる。真正面から飲酒の楽しみをうたった、いかにも飲酒詩らしい飲酒詩であり、淵明の飲酒詩にしてはめずらしいほどの、楽天的で陽気なムードが漂っている。しかしこの飲酒にしても、やはり反体制な姿勢のあらわれであることは間違いなかろう。

飲酒　其十四

故人賞我趣
挈壺相与至
班荊坐松下
数斟已復酔
父老雑乱言
觴酌失行次
不覚知有我
安知物為貴
悠悠迷所留
酒中有深味

飲酒《いんしゅ》　其《そ》の十四《じゅうし》

故人《こじん》　我《わ》が趣《おもむき》を賞《しょう》し
壺《つぼ》を挈《たずさ》えて相与《あいとも》に至《いた》る
荊《けい》を班《し》きて松下《しょうか》に坐《ざ》し
数斟《すうしん》にして已《すで》に復《ま》た酔《よ》う
父老《ふろう》　雑乱《ざつらん》して言《い》い
觴酌《しょうしゃく》　行次《こうじ》を失《しっ》す
覚《おぼ》えず　我有《われあ》るを知《し》るを
安《いずく》んぞ知《し》らん　物《もの》を貴《とうと》しと為《な》すを
悠悠《ゆうゆう》たるは留《とど》まる所《ところ》に迷《まよ》う
酒中《しゅちゅう》に深味《しんみ》有《あ》り

この詩はまず前半で、野外での酒宴の様をうたう。俗世を避けて隠士として暮らしている詩人の生きかたに感服し、その酒好きを知っている親しい知り合いの親爺たちが、酒壺をさげてやってきてくれたのである。やれうれしやということで、淵明の好きな松の樹の下に茣蓙《ござ》を敷いて、無礼講の愉快な酒宴が始まった。その有様は、『詩経』の中の周詩「小雅《しょうが》」の一篇「賓《ひん》之初筵《ししょえん》」を想起させずにはおかない。淵明は『詩経』の詩風を大変よく学んでいるから、あるいは右の詩を書いている折に、「賓之初筵」が、その脳裏にあったかもしれない。朝廷で宴を賜った臣下が痛飲する様をうたったこの一篇では、最初は威儀を正し、粛々と始まった酒宴が、やがて酔いが回ってくるにつれ、初めの威儀礼節もどこへやら、一同乱酔して酒鬼と化す様子が活写されていておもしろい。そのくだりを引く。

賓既酔止　　賓《ひん》既《すで》に酔《よ》い
載号載呶　　載《すなわ》ち号《ごう》し載《すなわ》ち呶《ど》し
乱我籩豆　　我《わ》が籩豆《へんとう》を乱《みだ》し
屢舞僛僛　　屢《しば》しば舞《ま》うて僛僛《きき》たり
是曰既酔　　是《こ》れ曰《ここ》に既《すで》に酔《よ》うて
不知其郵　　其《そ》の郵《とが》を知《し》らず
側弁之俄　　弁《べん》を側《かたむ》くること之《これ》俄《が》たり
屢舞傞傞　　屢《しば》しば舞《ま》うて傞傞《ささ》たり

酒席の一同が酔っぱらってわめいたり、怒鳴ったり、食器をひっくり返したり、果ては踊り狂ったりする狂態が目に浮かぶようである。詩人を囲んでの野外での酒宴は、これほどひどいものではないが、それでも親しい間でのかなりの無礼講と見え、「父老《ふろう》　雑乱《ざつらん》して言《い》い、觴酌《しょうしゃく》　行次《こうじ》を失《しっ》す」つまりは親爺たちは酔っ払って勝手なことわめきたて、献酬の順序もめちゃくちゃになり、自分というものの存在も怪しくなり、俗世の価値観だのなんだのはもはや知ったことか、という境地だというのである。『詩酒風流』の著者陳橋生氏はこの酔境について、「無知無欲無私の、物と我との境界がなくなった世界」に到達したのだと言っているが、要は飲酒のもたらした陶酔による悦楽のきわみがうたわれているわけである。

続く最後の二句こそが、この酒楽境から淵明の引き出した結論であって、言うなれば詩人の飲酒哲学である。

悠悠迷所留　悠悠《ゆうゆう》たるは留《とど》まる所《ところ》に迷《まよ》う
酒中有深味　酒中《しゅちゅう》に深味《しんみ》有《あ》り

最後の詩句は含蓄があり、詩人がこの一句にどのような思いを託したのか、それを考えたいが、その前の句「悠悠《ゆうゆう》たるは留《とど》まる所《ところ》に迷《まよ》う」には典拠があってちと厄介である。一海氏をはじめとする先学諸家の注によると、これは『列子』楊朱篇《ようしゅ》に見える「名《な》は実《じつ》の賓《ひん》、而《しか》るに悠悠《ゆうゆう》たる者《もの》は、名《な》に趨《はし》りて已《や》まず」という一節を踏まえた句で、「名利にとらわれた世間の人々は、心の落ち着く先を知らず、俗情に流されて迷っている」という意味らしい。「悠悠たる者」とは当時常用されたことばで、とりとめのない俗世間の輩を言うとのことである。そんな連中に向かって、淵明は「酒中に深味あり」と喝破しているのである。このあたりが気になって手許にある仏訳を見ると、

flottant, nous nous abandnons éperdument au vin
dans le vin réside une savour profonde

迷って、われわれは狂ったように酒に耽る
酒の中に深い味わいが存する

と訳されている。二行目はまあいいとして、一行目の訳は明らかな誤訳である。中国やわが国の学者と違って、訳者が『列子』に典拠があることを知らないか、あるいはそれを突き止めることを怠り、詩句の意を取り違えたものだろう。ところで、ここでうたわれている酒だが、都留春雄氏は、「深味有り」と詩人が断じた酒については、

此処での酒は、田園における淵明の自由な世界、人間のかくあるべき存在、それらそのものを示すものとして詠じられている。こまかく言えば、人間の本然的な存在性の発露に、重要な一役を担うものとして詠じられている、としたほうがよいのかもしれぬ。（前掲書）

と述べておられる。まさにそのとおりだと思う。だがそれにしても、「酒中に深味有り」とは一体何を言おうとした句なのだろうか。一歩踏み込んだこの句の解釈としては、「酒の中には深い味があるよ（酒こそ定住の場である）」（鈴木）、「酒にこそ人生の深い味わいがあるのではないだろうか」（松枝・和田）、「この酒の中にこそ、その迷いを忘れるという深い意味があるのである」（星川）といったものがあり、その受け取り方に微妙な相違が見られる。ということは、この詩句はそれだけ含みがあるということだ。これについては敢えて「甚解」を求めず、ただ「酒の中には深い味わいがあるのだ」という、そのままの形で受け取っておきたい。温洪隆氏は、この詩句が何を意味しているかは、読者が（酒楽を極めて）自ら体得するのがよかろうと、味なことを言っているが、ぜひそうしたいものだ。ちなみに、ここで思い起こされるのは、「酒中趣《しゅちゅうしゅ》」ということばと、それにまつわる淵明の母方の祖父孟嘉《もうか》の故事である。孟嘉はある時彼が仕えていた桓温に「卿《けい》はなぜそんなに酒を好むのか」と聞かれ、ただ笑って「公はただ酒中趣を解せざるのみ」と答えたという、有名な逸話である。淵明はこの祖父を敬うこと篤く、その影響を受けていると言われているが、「酒中に深味有り」ということの味わいある詩句を綴った際に、祖父孟嘉に関するこの逸話を思わなかったであろうか。

「飲酒二十首」のうち、最後に吟味にかけるのは、自伝的な内容をもつ詩「其の十九」である。この詩において酒が顔を出すのは最後の詩句だけなので、飲酒詩らしくない飲酒詩であることは確かだ。とはいえ、そこには詩人が酒というものに対して、いかなる態度で臨んだかということが表出されているから、やはりこれを逸するわけにはいかない。わずか一句ではあるが、この詩人にとって酒とは何であったか、なにゆえ酒を把ったかということが、そこから見て取れるのである。

飲酒　其十九

疇昔苦長飢
投耒去学仕
将養不得節
凍餒固纏己
是時向立年

飲酒《いんしゅ》　其《そ》の十九《じゅうく》

疇昔《むかし》　長飢《ちょうき》に苦《くる》しみ
耒《すき》を投《とう》じて去《さ》りて学仕《がくし》す
将養《しょうよう》　節《せつ》を得《え》ず
凍餒《とうたい》　固《もと》より己《おのれ》に纏《まと》う
是《こ》の時《とき》　立年《りつねん》に向《なんなん》とし

志意多所恥
遂尽介然分
払衣帰田里
冉冉星気流
亭亭復一紀
世路廓悠悠
楊朱所以止
雖無揮金事
濁酒聊可恃

志意《しい》　恥《は》ずる所《ところ》多《おお》し
遂《つい》に介然《かいぜん》たる分《ぶん》を尽《つ》くし
衣《ころも》を払《はら》って田里《でんり》に帰《かえ》る
冉冉《ぜんぜん》として星気《せいき》流《なが》れ
亭亭《ていてい》として復《ま》た一紀《いっき》
世路《せいろ》　廓《ひろ》くして悠悠《ゆうゆう》たり
楊朱《ようしゅ》の止《とど》まりし所以《ゆえん》なり
金《かね》を揮《ふるま》う事《こと》無《な》しと雖《いえど》も
濁酒《だくしゅ》　聊《いささ》か恃《たの》む可《べ》し

詩人の晩年に近い頃、独り濁酒の杯を含みながら過去の人生を振り返り、行く末を思って詠じたと思われるのがこの一首で、「帰去来の辞」と符号するところが多い。貧に駆られ飢えに迫られて役人として出仕したものの、生活はままならず、志とも違うので、四十一歳で役人生活をきっぱりやめ、帰田したことがまずうたわれる。その後段々と星霜が移ろい、「一紀」（十二年）経った、というのだから、この詩は淵明五十三歳の作と考えられている。そこで詩人を待ち受けていたのは、人生の岐路であった。あるいは自分がいま岐路に立っているという意識であった。春秋時代の人物である楊朱が、岐路にさしかかると、右へも左へも行けるために、立ち止まって号泣したという故事を引いているのは、それを言う。ここで淵明がわざわざそれをもち出しているのは、彼自身の迷いを暗示している。淵明の差しかかった岐路とは、このまま隠士としての生活を貫くべきか、それとも妥協してもう一度出仕すべきかという選択であったろう。当然のことながら、その背景には、仕官への誘いがあったものと見られる。貧苦に耐え、孤高の隠士として日を送ること十二年、最後までこれでいいのかという疑念、仕官への誘惑はあったに相違ない。隠逸の人として生きながら、淵明には完全にはそれに徹しきれないところがあったようだ。この詩人を、恬淡無欲、俗世を超越した清介孤高の隠士とのみ見るのは当を得た見方ではない。とはいえ、淵明の淵明たる所以は、やはり、結びの句にあらわれている。「(仕官によって収入を得て、漢代の疏広《そこう》・疏受《そじゅ》の二人のように)金をばら撒くことはできないが、まあまあ、とにかくこの濁酒だけが頼りだ」というのが、今後の生き方に関する結論、決意であった。世間の何物も当てにはならぬ、やはり最後は酒だけが信ずるに足ると観じたわけである。酒に名を得た詩人ならではの結論である。ただしここでも例によって、さまざまな悩みや不安に対処する手段としての酒に関して、「聊《いささ》か」という留保がつけられていることを、見落としてはなるまい。酒というものが、最終的に究極の問題解決の手段とはならないにしても、「まずは」それを頼みとし、この孤独で貧苦な生活を耐えぬこうというのである。ちなみ

に施淑枝という研究者は、この詩を評して、

（詩人は）最後に世の中の行路が広くてはるかに遠いことを慨嘆し、楊朱が止まった所以を知って、誤った途に踏み入らぬことを願ったのだ。

（『陶淵明及其作品研究』）

などと言っているが、なんだかあまり納得がゆかない。飲酒詩の吟味という観点からすれば、淵明が最後に、「濁酒《だくしゅ》　聊《いささ》か恃《たの》む可《べ》し」と言っているところが大事であって、全幅の信頼とはいかぬまでも酒に信を置きこれを重んじているところに、「中華飲酒詩人之宗」としての真面目を見るのである。

これまで二章にわたって酒の詩人、詩酒徒陶淵明の相貌を窺ってきたわけだが、もう一篇だけ逸するわけにはいかない詩がある。それが、酒人らしくもない、酒を廃することをうたった一首「酒《さけ》を止《や》む」である。酒を止めようという詩であるから、当然のことながら、これは「飲酒」二十首には入っていない。わが酒人に何が起こり、いかなる心境の変化がかような詩を生んだのか、一瞥しておこう。

止酒

居止次城邑
逍遥自閒止
坐止高蔭下
歩止華門裏
好味止園葵
大懽止稚子
平生不止酒
止酒情無喜
暮止不安寝
晨止不能起
日日欲止之
営衛止不理
徒知止不楽
未知止利己

酒《さけ》を止《や》む

居止《きょし》　城邑《じょうゆう》に次《やど》り
逍遥《しょうよう》して自《みずか》ら閒止《かんし》たり
坐《ざ》して高蔭《こういん》の下《もと》に止《とど》まり
歩《ほ》して華門《ひつもん》の裏《うち》に止《とど》まる
好味《こうみ》は　止《た》だ園葵《えんき》のみ
大懽《だいかん》は　止《た》だ稚子《ちし》のみ
平生《へいぜい》　酒《さけ》を止《や》めず
酒《さけ》を止《や》むれば情《じょう》に喜《よろこ》び無《な》し
暮《く》れに止《や》むれば安《やす》らかに寝《ね》られず
晨《あした》に止《や》むれば起《お》くる能《あた》わず
日日《ひび》　之《これ》を止《や》めんと欲《ほっ》するも
営衛《えいえい》　止《とど》まりて理《おさ》まらず
徒《た》だ知《し》る　止《や》むることの楽《たの》しからざるを
未《いま》だ知《し》らず　止《や》むることの己《おのれ》に利《り》あるを

始覚止為善
今朝真止矣
従此一止去
将止扶桑涘
清顔止宿容
奚止千万祀

始《はじ》めて止《や》むることの善為《ぜんた》るを覚《さと》り
今朝《こんちょう》 真《しん》に止《や》めたり
此《これ》より一《ひと》たび止《や》め去《さ》って
将《まさ》に扶桑《ふそう》の涘《ほとり》に止《とど》まらんとす
清顔《せいがん》 宿容《しゅくよう》を止《とど》む
奚《なん》ぞ止《た》だに千万祀《せんまんし》のみならんや

まず誰しもの目に明らかなのは、作者は中国語の特性を最大限に生かして、「止」という字を毎句に配し、それをさまざまな意味で用いているということである。これは詩的技巧としては大変なもので、詩のヴィルトオーゾとしての淵明の側面が窺われるが、その意図はどう見ても戯れとしか思われない。しかし考えねばならないことは、この禁酒、廃酒の詩がまじめな意図をもって作られたものか、それとも単なる諧謔として作られた戯れの作か、ということである。学者の中にはこれは詩人が真剣に酒を止めることを決意した折の作と見る人がいる。豹軒鈴木虎雄先生もそのような見解で、これを「酒を止めたときの詩である」と断定しておられる（豹軒先生ご自身は酒を嗜まれなかったらしい。さればこそ、の感がある）。温洪隆氏、大矢根文次郎氏も同様の見解である。大矢根氏は大著『陶淵明研究』で、実に一二頁を費やして、この詩が戯詩であるのは、形式面だけであって、作詩の意図は禁酒の決意をまじめにうたったものだと、力説している。これをまじめな作とする説は宋代にもあり、戯れの詩とする見解は清代の学者あたりに始まるらしいが、詳細を極めた氏の力説にもかかわらず、説得力に乏しい。なにぶん、自分自身のための挽歌詩の中でさえも、

但恨在世時　但《た》だ恨《うら》むらくは　世《よ》に在《あ》りし時《とき》
飲酒不得足　酒《さけ》を飲《の》むこと　足《た》るを得《え》ざりしを

――「挽歌の詩　其の一」

とうたった淵明のことである。「酒中に深味有り」と言い切り、有限な存在としての憂いという根源的な問題さえも、酒によって洗い流そうと努めた男が、そうやすやすと酒を廃するわけがない。拙老はこれをあくまで戯れの詩と見て、

酒あれども飲まざることの不自然さを笑った淵明が「酒を止める」とは意外である。神仙を信じない淵明のこの詩の結びも首をひねらす。やはりこれは戯れの詩、悟りというにはあたらぬ。

との一海氏のお説に与したい。『中華飲酒詩選』の著者青木正児大人によれば、「止酒」という詩題に惑わされて、これをまじめな詩と見るのは短見というものらしい。そのような解釈は「酒中趣」を解さぬ者で、詩酒合一を体現する詩人の本質を見誤っていることになる。青木老がこの詩について、

末段は蓋し逆説で、真意は酒を止めるぐらゐなら、もう浮世に用は無い。遠い遠い扶桑の仙島にでも行つてしまはう、と言ふわけか。それとも酒を止めようと思へば気が遠くなつて、遠い扶桑の孤島にでも行くやうに淋しい、と云ふのであらうか。扶桑に行くことの不可能に近いと同じく、酒を止めることも亦不可能に近いのである。此の気持は吾党のみが能く之を解するであらう。それにしても淵明が何故酒を止めようと思つたのであらうか。余程健康を害したものと見える。

と言っておられるが、これぞまさにわが意を得た解釈である。いかにも、一見酒を断つ決意を詠じたかに見えるこの詩の真意は、「止酒」というその詩題とは別のところにあるのだ。酒を止めるといいながら、その実酒がいかに止めがたいかを、裏から言った詩と解してこそ、その面白みがわかろうというものだ。全篇に漂う諧謔の調子もそれを思わせずにはおかない。本質

的に詩酒の人である淵明にとって、酒を廃することは詩を廃することと同じく、所詮は不可能である。やはり酒あっての陶淵明なのだ。

ちなみに、江戸初期の漢詩人元政上人《げんせいしょうにん》は、酒にちなんだ詩を作って、「由来是《ゆらいこ》れ狂薬《きょうやく》」などと、とんでもないことを仰せられ、

酔境非爾家　　酔境《すいきょう》　爾《なんじ》が家《いえ》に非《あら》ず
麴蘗非爾膳　　麴蘗《きくげつ》　爾《なんじ》が膳《ぜん》に非《あら》ず

――「李梁谿《りりょうけい》が酒《さけ》を戒《いまし》むる詩《し》に和《わ》す」（訓読は上野洋三氏による）

つまり酒飲みの世界は自分がいるべき場所にあらず、酒や麴くさいものはわが飲食すべきものにあらずと断じられた。お上人様は坊さんだから渋茶でもすすっておられればよかろうが、詩酒の人淵明の詩を解するためには、さようなことでは駄目である。第一、その元政上人からして、同じ詩の中で、

既嫌文字飲　　既《すで》に文字《もんじ》の飲《いん》を嫌《きら》う
縁何足文献　　何《なに》に縁《よ》りてか文献《ぶんけん》に足《た》らん

と言っておられるではないか。つまりは「酒を飲んで詩を賦したり文を論ずることが嫌いなら、どうして古典の典籍を身につけることができようか」と。淵明の文学なら、なおさらのことである。「既に飲酒を嫌う、何に縁りてか陶詩を解するに足らん」。

八　死を見つめる詩人

古来、洋の東西を問わず生と死は詩歌の、というよりは文学そのものの一大テーマである。中国文学は日本やヨーロッパ文学とは異なり、詩の主要なテーマとしての異性間の恋愛には乏しいが、詩歌の普遍的なテーマとしての生と死をうたった詩は、言うまでもなくあまた存在する。ホメロスは「不死なる存在」athanatoi である神々に対して、人間を「死すべきもの」hoi brotoi の名をもって呼んだが、人間という存在が必然的に死を迎えねばならぬという冷厳な事実を前にして、古来数多くの詩人たちが「人生短促」の嘆きを発し、死への怖れや、死を超克したいとの希求をうたってきた。

死すべき存在として有限の生を生きねばならない人間の悲哀、人の命のはかなさは、夙に前五世紀のギリシアの詩人ピンダロスによって、

はかなきものよ、
人間《ひと》とは何ぞ、また何ならぬぞ、
人間《ひと》とは夢の影。

とうたわれているところだ。「人生《じんせい》の一世《いっせい》に寄《よ》すること、奄忽《えんこつ》として飆塵《ひょうじん》の若《ごと》し」と人生の無常迅速をうたった漢末の「古詩十九首」(「其の四」)以来、有限の生を生き、常に死の影に覆

われた人間の悲哀は、詩人たちによってうたわれ、中国古典詩の伝統的なテーマとなっている。就中唐詩は、有限の生を生き、うつろいゆく人間の悲哀、「推移の悲哀」を好んでうたう。死は人間が生まれ落ちて自己の存在を意識するようになって以後は、決して避けて通れない問題であり、その脳裏を去ることのないものだが、やはり時代や環境によって、死に対する意識の濃淡や覚醒の度合いは異なると言えるだろう。中国においては、やがて死に到るうつろいゆく生の悲哀、「推移の悲哀」が人々に強く意識され、詩文の中で表現されるようになったのは、漢大帝国が崩壊へと向かう漢末の頃だとされている。それを最もよく表現しているのが、逸名の「古詩十九首」のうちの何首かである。「黄巾の乱」を引き金とする漢帝国の滅亡に続く魏晋南北朝という時代は、漢帝国滅亡の後を受けた群雄割拠の時代であり、戦乱、内乱、政治的抗争、暴政の支配した暗黒時代であって、人命は鴻毛よりも軽く、相次ぐ戦乱によって無数の人々が殺戮され、中国の人口が十分の一にまで激減したという(岡田英弘氏説)恐るべき時代であった。治乱興亡の結果、中国全土至るところ人煙絶え、白骨累々という有様であったというから、死はあまりにも身近なものとして、あらゆるところに日常的に偏在していたのであり、人は否応なく死という現実を、眼前に突きつけられて生きねばならなかったのである。東晋の時代に注釈が成立し広く行われるようになったとされる『列子』という書物を見ると、その内容の実に大きな部分が生と死の問題をあつかっており、死にいかに対処すべきかということとが説かれているのに、驚かされる。時代は、孔子の如く「未《いま》だ生《せい》を知《し》らず、焉《いず》くんぞ死《し》を知《し》らんや」（『論語』先進篇）などと嘯いていられる状況にはなく、人々は常時死を意識し、死の影におびえていたのであった。いかにも風流な「曲水流觴《きょくすいりゅうしょう》」の遊びの折の次第を述べた王羲《おうぎ》之《し》の「蘭亭集序《らんていしゅうじょ》」でさえも、うつろいゆく時間と限りある生を痛惜する情がみなぎっていて、やはり死の影が射している。

すでに淵明に先立って、晋の詩人陸機は、有限の生を生きる存在としての人間が、死へと向から悲哀を傷んだ「歎逝《たんせい》の賦《ふ》」を生んでいるが、その背景にもやはり、国を挙げての戦乱と暴虐にともなう数々の凄惨な死があった。死が遍在するそんな時代に一人の詩人として生きた陶淵明が、生と死の問題を、とりわけ有限の生を断ち切る死というものをするどく意識し、一見異様なまでにそれにこだわったとしても不思議ではない。しかも淵明が生きた時代とそれにやや先立つ時代は、詩人・文学者と雖も、というよりは詩人・文学者なるがゆえに、時に為政者、権力者に目をつけられ、無事に生涯を全うすることがむずかしい時代であった。「詠懐詩」で知られる阮籍は、その韜晦によりなんとかその生を全うしたが、その竹林の友嵆康《けいこう》は刑死し、「潘・陸」とその詩才を並び称せられた潘岳《はんがく》も陸機もまた刑場の露と消え、謝混《しゃこん》も誅せられ、その族子たる山水詩人謝霊運でさえも、朝廷の権力者に睨まれて、「棄市《きし》」（みせしめのために屍を市にさらす）という悲惨な最期を遂げている。異なる陣営に幕僚として出仕したことのある陶淵明にしても、一歩間違えば同じ運命をたどりかねなかったはずである。淵明自身そのことを自覚し、死の想念は、生涯にわたって不断に詩人の脳裏に去来していたことは容易に想像がつく。彼の遺した作品そのものが、何よりも明白にそれを物語っている。さらには、幼時における父親の死から始まった肉親や近親者の死も、淵明に死の存在をいっそう強く意識させたことであろう。

淵明の作品を通覧して驚かされることのひとつは、生と死、あるいは死そのものを問題とした詩の多いことである。大地武雄氏が論文「陶淵明の死生観について」で述べているところによると、この詩人の詩文中、

死への不安や恐れなどに言及しているものが三十四篇ほどある。この数は実に陶淵明の詩文(一三四篇)のおよそ四分の一の多きを占める。生死の問題は、まさに、陶淵明文学の根幹を成す重要なテーマといわざるを得まい。陶淵明を死をうたう詩人と呼んで差し支えないほどであろう。

ということである。事実、陶詩の約半数が、なんらかの形で死に言及している。淵明を死に憑かれた詩人などと言うつもりはないが、淵明の詩文を、「篇篇酒有《へんぺんさけあ》り」と評した蕭統に倣って

言えば、「篇篇死有り」とこれを評してもあながち誇張ではない。

陶淵明というと「帰去来の辞」で官界に別れを告げ、田園に帰休した隠逸詩人として「安貧楽道」の日々を送り、菊を東籬の下に採り、悠然として南山を見ている達観の士というイメージが強い。隠逸生活のよろこびをうたった詩を読むと、淵明は死などを超越し、心の平安を得ていたかに見える。それに加えて、「懐《おもい》を得失《とくしつ》に忘《わす》れ、此《ここ》を以《もっ》て自《みずか》ら終《お》わる」人物、あまりにも名高い「五柳先生伝」おける、詩酒を愛し無欲恬淡で温雅な詩人としての人物像も手伝って、その実かの詩人の心底には、一貫して死への怖れと不安が渦巻き、死と生との相克、死の受容をめぐる葛藤がその心を領していたなどとは想像しがたく、死をうたった作品を前にしても、すぐには納得できにくいものがある。しかし事実は事実であって、淵明は「酒の詩人」であると同時に、ある意味ではそれ以上に「死をうたう詩人」でもあった。実際、死の影は陶詩全体を覆っていて、死の問題は、陶詩の隅々にまで深くゆきわたっている。安藤信廣氏の

> 陶淵明の詩文は、生の豊かさをとらえる表現力において傑出した力を持っている。だが同時に、死をみつめるまなざしの鋭さにおいても、群を抜いている。
>
> （「陶淵明『雑詩十二首』考」）

という指摘は、この問題の核心を衝いたものだ。淵明は一面において生きるよろこび、生の充実感をうたい上げた詩人であるが、それと表裏をなすようにして、死の問題に執拗なまでにこだわり、「いかに死に対処すべきか」という問題に、終生懊悩していたことは確かである。淵明が死というものを忘却することができなかったことは、魯迅によっても指摘されているところだ。淵明における死生の問題は、すでに大地武雄氏、安藤信廣氏などによって周到な考察がなされているが、それらの先行研究に学んで、淵明における死と生の問題を、ここで拙老なりに考えてみたい。

そもそも本来死すべき存在としてこの世に生を享けた人間が、「推移の悲哀」に耐えつつ、肉体の老化、肉親や親しい人々の相次ぐ死などによって、迫りくる死への怖れを抱くのは、当然のことであろう。無論詩人とてその例外ではないし、詩人であればこそ死にまつわる想念や死への怖れをうたうことはむしろ当然でもあるのだ。しかしそれが来世の存在を固く信じ、霊魂の不滅や輪廻転生を確信している宗教者や哲人であれば、死を超克し、達観して死に対処したとしても、これまた不思議ではなかろう。プラトンの『パイドン』には、アテナイ市民によって不当な死刑判決を受けたソクラテスが、従容として死に就く有様が淡々と語られているが、ソクラテスは魂の不滅を確信し、死後その魂がよりよき死者たちのもとへ赴くと信じているがゆえに、死を怖れず、よろこび迎えるのである。しかし哲人ソクラテスは例外であって、ホメロス以来ギリシア人はなんといっても現世主義であったし、死後の世界を、漠然と実体のない陰惨なものとして想像し、死を怖れ忌み嫌っていた。詩人を例にとれば、淵明と同じく酒の詩人として名高い享楽主義の詩人アナクレオンは、かの禹域の詩人に先立つこと千年近く前に、「日月《じつげつ》 還《めぐ》り復《ま》た周《めぐ》るも、我去《われさ》らば再《ふたた》び陽《よう》ならず」（「雑詩 其の三」）と淵明のうたった死への怖れを、こんなふうにうたっている。

灰いろだ、もうわしの顳顬《こめかみ》は。して頭は白く、
心を行かす若さの華も消え失せ、歯さへ年寄りじみて、
甘く愉しい人生もはや、いくばくも残つてはいぬ。
それゆえ、しばしば黄泉《よみ》の奈落に怖れをののいては涙をこぼす、
というのも冥途《めいど》の奥がは恐ろしく、そこへと降つてゆく途は、
辛く苦しいうへ、一度往つたら最後、還つて来れぬは定《ぢやう》なれば。

（呉 茂一訳）

世界の詩の中でも、嘆老と死への怖れをうたったものとしては最も古いもののひとつだと思われるアナクレオンのこの詩は、衰老とそれに続く死を必然のものとしてうたった『文選《もんぜん》』所収の繆熙伯《びゅうきはく》の詩「挽歌」中の詩句、

形容稍歇滅　　形容《けいようやや》歇滅《けつめつ》せば
歯髪行当堕　　歯髪《しはつ》も行《ゆ》くゆく当《まさ》に堕《お》つべし
自古皆有然　　古《いにしえ》より皆然《みなしか》る有《あ》り
誰能離此者　　誰《たれ》か能《よ》く此《これ》より離《はな》るる者《もの》ぞ

を想起させるところがいささかはある。またわが西行の歌

越えぬればまたもこの世にかへり来《こ》ぬ死出《しで》の山こそかなしかりけれ

にも通い合うところはあるだろう。とはいえアナクレオンのこの詩には、酒に耽り恋にたわむれて生涯を送った老詩人が、迫り来る死を前にしておびえ、いたずらにおろおろと嘆き悲しむ姿がうたわれているばかりである。そこには、これから見るような、有限な生を生きる人間に必然的にやってくる死を直視、凝視する淵明の苦悩もなければ、死と対峙し、これを克服しようとする姿勢も見られない。また死すべきものとして生を享けた人間一般を、個人を越えたものとして、嘆ずる姿勢もない。淵明における生と死の問題、死をめぐる苦悩と葛藤は、かような皮相なものではないことは確かだ。おそらくは詩人の最晩年に書かれたと見られる「自《みずか》らを

祭《まつ》る文《ぶん》」が、「人生《じんせい》は（あるいは、人《ひと》の生《い》くるは）実《じつ》に難《かた》し、死《し》は之《これ》を如何《いかん》せん。嗚呼《ああ》、哀《かな》しい哉《かな》」という、多様な解釈を容れる余地を残した句でむすばれていることは、死をめぐる淵明の生涯をかけての苦悩と困惑の表白ではなかろうか。

　淵明における死をめぐる想念、死への怖れは、人間というものが有限の生を生き、必ず死に到らねばならぬ「死すべき存在」mortalesであることの確認、再認識に始まる。詩人がそのような認識に到るまでには、彼自身が経験した相次ぐ肉親や親族の死という事情が大きく作用していよう。だが思うに、それにも増して、治乱興亡のさなかにあって、数々の人間が、身分高きも卑しきも、強者も弱者も、一様に死を遂げる有様を目睹せざるを得なかったことが、淵明に「死すべき身の人間」というものを強く意識させることになったのだと思われる。人間存在をはかないものとしてとらえる「人生短促」の嘆き、生の無常迅速を嘆く声は、すでに漢代の「古詩十九首」に見られ、魏の奸雄曹操もまた名高い「短歌行《たんかこう》」で、

人生幾何　　人生《じんせい》　幾何《いくばく》ぞ
譬如朝露　　譬《たと》えば朝露《ちょうろ》の如《ごと》し

とうたっているのはよく知られているところだ。阮籍もまたその「詠懐 其の四十」で、人の

命のはかなさを嘆じて曰く、

哀哉人命微　哀《かな》しい哉《かな》　人《ひと》の命《いのち》は微《かすか》なり
飄若風塵逝　飄《ただよ》うこと風塵《ふうじん》の逝《ゆ》く若《ごと》く
忽若慶雲晞　忽《たちま》ちなること慶雲《けいうん》の晞《かわ》くが若《ごと》し

——「飲酒　其の三」

淵明はまたその認識を継いで、

一生復能幾　一生《いっしょう》　復《ま》た能《よ》く幾《いく》ばくぞ
倏如流電驚　倏《すみや》かなること流電《りゅうでん》の驚《おどろ》くが如《ごと》し

吾生夢幻間　吾《わ》が生《せい》は夢幻《むげん》の間《かん》

——「飲酒　其の八」

とうたっているが、同時にまた詩人は、人間の生が有限であり、早晩必ず死を迎えねばならぬ

ことをはっきりと自覚していた。その認識は、

三皇大聖人
今復在何処
彭祖愛永年
欲留不得住
老少同一死
賢愚無復数

三皇《さんこう》は大聖人《だいせいじん》なるも
今《いま》復《ま》た何処《いずく》にか在《あ》る
彭祖《ほうそ》は永年《えいねん》を愛《あい》せしも
留《とど》まらんと欲《ほっ》して住《とど》まるを得《え》ず
老少《ろうしょう》　同《おな》じく一死《いっし》し
賢愚《けんぐ》　復《ま》た数《かぞ》うる無《な》し

——「形影神」

有生必有死
早終非命促
運生会帰尽
終古謂之然

生有《せいあ》れば必《かなら》ず死有《しあ》り
早《はや》く終《お》われるも命《めい》の促《ちぢま》れるに非《あら》ず
運生《うんせい》は会《かなら》ず尽《つ》くるに帰《き》す
終古《しゅうこ》　之《これ》を然《しか》りと謂《い》う

——「挽歌の詩　其の一」

——「連雨独飲」

従古皆有没　古《いにしえ》より皆没《みなぼっ》する有《あ》り
何人得霊長　何人《なんびと》か霊長《れいちょう》なるを得《え》し

——「山海経を読む　其の八」

という詩句のうちに明確に読み取れる。しかも淵明が、死なねばならぬ人間の生はただ有限であるばかりではなく、死は肉体も精神もすべて無と化してしまう非情なものであるという冷厳な事実をも、悲哀の念をもって受けとめていたことは明らかである。詩人は来世も信ぜず、「帝郷期《ていきょうき》す可《べ》からず」（「帰去来の辞」）と悟って不老不死の仙郷の存在も否定し、老荘思想の「死生一如《しせいいちじょ》」もついには信じてはいなかった。李長之は『陶淵明伝論』で、「彼はもともと死を自然現象と見なして、神秘視することはなかった」と言っており、陳美利なる研究者もまた、淵明は漢魏以来の王充《おうじゅう》、何晏《かあん》などの無神論の伝統を引き継ぎ、死を自然現象と見なして、死後は肉体も魂も共に消滅するものと主張していた、と説いている（『陶淵明探索』）。このこと自体に異を唱えるつもりはないが、詩人の死の観念を「唯物論的死観」などということばで片付けてしまっては、死が必然的に人間を襲い、その生を無と化することへの淵明の怖れと悲哀をとらえるには、単純にすぎよう。

身没名亦尽　身没《みぼっ》すれば名《な》も亦《ま》た尽《つ》く
念之五情熱　之《これ》を念《おも》えば五情《ごじょう》熱《ねっ》す

——「形影神」

人生似幻化　人生《じんせい》は幻化《げんか》に似《に》て
終当帰空無　終《つい》に当《まさ》に空無《くうむ》に帰《き》すべし

——「園田の居に帰る　其の四」

という詩句のうちには、死による肉体の消滅が、人間の全存在を、とりわけ己というものを完全に無と化してしまうことへの怖れと、自己の生への限りない痛惜があふれている。陶淵明という詩人は、いたましいまでに死を直視し、凝視した人物であった。だがそれも「歎逝の賦」を書いた陸機のように、死の問題を普遍化一般化して考えるのではなく、みずからの死というものを常に念頭において、死の諸相を見つめ、死を怖れ、死の克服をはかり、死と妥協し、あるいはまた死に抵抗を試みたのだと思われる。死にいかに対処すべきかという問題をかかえ、終生怖れと悟りとの間を大きく揺れ動いたのが、死の影に覆われた晋から劉宋の時代を生きたこの詩人の生涯ではなかったろうか。

わが国の歌人西行は、親友の突然の死に出遭って人の世の無常を悟り、若くして出家したと伝えられているが、来世における蓮のうてなを信じていたはずの仏教者たるその西行にしてもなお、死を想ってはげしく懊悩し、苦悶したのである。西行が、人の魂を暗黒におとしいれ、戦慄せしめるものとして死をイメージしていたことは、次のような歌が、これを如実に示していよう。

つきはてしその入相《いりあひ》のほどなさをこのあかつきに思ひ知りぬる

死にて伏《ふ》さむ苔のむしろを思ふよりかねて知らるる岩陰《いはかげ》の露

はかなしやあだに命の露きえて野べにわが身のおくりおかれむ

いずれの歌も己の臨終のさまを想像したり、死体となって草原の露の中に臥すわが身を思ったり、死後の野べの送りを思い描いてうたったもので、激しい死への怖れが歌の中に息づいている。西行と同じく、陶淵明もまた暗い目をもって死を見つめた詩人であった。

不思議なことに、というよりも隠棲によってより多くの省察の時間を得たためであろうか、帰隠後の陶詩は、それ以前のものに比べても、死をめぐる想念がより大きな比重を占めている。淵明は田園生活での隠逸生活で、死を超越した安心立命の境地に達したどころか、むしろ死を凝視することが多くなって、その懊悩、煩悶がいっそう深まったとさえ見えるのである。社会的なものを振り捨てて隠棲生活に入ることによって、己自身とのみ向き合い、生と死の問題を考えることが多くなったためであろう。

otium tibi, Catulle, molestum est.

カトゥルルスよ、安逸がおまえにとって悩ましいのだ

と古代ローマの詩人カトゥルルスはうたったが、otium すなわち「安逸、閑暇」は、俗事にせわしなく日々を送っている時に比べて、往々にして人にものを多く考えさせ、内省を深めさせる。淵明は念願かなって帰隠し、田園の中で平穏無事な窮耕生活を送ることとなったが、皮肉なことに、その隠逸生活による otium がもたらしたものは、人生有限という悲痛な事実の確認と、いっそう深まる死への怖れであった。以下、死の問題にまつわる作品を何篇かとりあ

げ、そのあたりを窺ってみよう。

　まずは死を前提にして限りある生を生きねばならぬ、人間の悲哀をうたった一首を掲げる。

「園田の居に帰る　其の四」である。

帰園田居
其四
久去山沢遊
浪莽林野娯
試攜子姪輩
披榛歩荒墟
徘徊丘隴間
依依昔人居
井竈有遺処
桑竹残朽株
借問採薪者

園田《えんでん》の居《きょ》に帰《かえ》る
其《そ》の四《し》
久《ひさ》しく去《さ》る　山沢《さんたく》の遊《あそ》び
浪莽《ろうもう》たり　林野《りんや》の娯《たの》しみ
試《こころ》みに子姪《してつ》の輩《はい》を携《たずさ》え
榛《しん》を披《ひら》いて荒墟《こうきょ》を歩《あゆ》む
徘徊《はいかい》す　丘隴《きゅうろう》の間《かん》
依依《いい》たり　昔人《せきじん》の居《きょ》
井竈《せいそう》　遺《のこ》れる処有《ところあ》り
桑竹《そうちく》　朽《く》ちたる株《かぶ》を残《のこ》す
借問《しゃもん》す　薪《たきぎ》を採《と》る者《もの》に

此人皆焉如
薪者向我言
死没無復余
一世異朝市
此語真不虚
人生似幻化
終当帰空無

此《こ》の人《ひと》　皆《みな》焉《いず》くにか如《ゆ》く
薪者《しんじゃ》　我《われ》に向《む》かって言《い》う
死没《しぼつ》して復《ま》た余《のこ》れる無《な》しと
一世《いっせい》　朝市《ちょうし》を異《こと》にす
此《こ》の語《ご》　真《まこと》に虚《きょ》ならず
人生《じんせい》は幻化《げんか》に似《に》て
終《つい》に当《まさ》に空無《くうむ》に帰《き》すべし

この一首の眼目は、なんといっても先にも引いた最後の二句「人生《じんせい》は幻化《げんか》に似《に》て、終《つい》に当《まさ》に空無《くうむ》に帰《き》すべし」に見られる淵明の生死観にある。これは、人生の必然の帰着点としての死の深淵をのぞき見た作者淵明が吐いた、うめきにも似た悲哀のことばにほかなるまい。「吾《わ》が生《せい》は夢幻《むげん》の間《かん》」（「飲酒　其の八」）と観じている詩人が、生の果てに見極めたものは、まったくの空無、空虚でしかなかった。よろこびをもたらすはずの山沢の遊びが、今は廃墟となったかつての住居跡を眼にしたことにより、たちまちに詩人を有為変転、人の世のはかなさへと誘い、死の存在を実感せしめたのである。死は生の終わりであり、死ねば肉体も精神もすべて消滅するのだ。死によってすべてが無と化することを悟った詩人は、その冷厳な事実の前に立ち尽くして、ただ「人生は幻化に似て、終に当に空無に帰すべし」との悲痛な感慨をもらすほかなかった。ここには時間の流れにもてあそばれ、跡形もなくはかなく消えてゆく人間存在への深い嘆きがある。

このように死を一切の終わりとしてとらえる淵明が、己の肉体ばかりでなくすべてのものを消滅させ、無と化する死を怖れ、死の影におびえ、死を思って不安と苦悩のうちにその生涯を過ごしたのも、また当然であろう。人間はひとたび死んでしまえば二度とこの世に生き返ることはないのだという嘆きを、淵明は繰り返しうたっている。

去去転欲速　去《さ》り去《さ》りて転《うた》た速《すみや》かならんと欲《ほっ》す
此生豈再値　此《こ》の生《せい》　豈《あ》に再《ふたた》び値《あ》わんや

——「雑詩　其の六」

適見在世中　適《たま》たま世《よ》の中《うち》に在《あ》りと見《み》るも
奄去靡帰期　奄《たちま》ち去《さ》って帰期《きき》靡《な》し

——「形影神」

翳然乘化去
終天不復形

翳然《えいぜん》として化《か》に乗《じょう》じて去《さ》り
終天《しゅうてん》　形《かたち》を復《ふく》せず

――「従弟仲徳《じゅうていちゅうとく》を悲《かな》しむ」

日月還復周
我去不再陽
眷眷往昔時
憶此断人腸

日月《じつげつ》　環《めぐ》り復《ま》た周《めぐ》るも
我《われ》去《さ》らば再《ふたた》び陽《よう》ならず
眷眷《けんけん》たり　往昔《おうせき》の時《とき》
此《これ》を憶《おも》えば人《ひと》の腸《はらわた》を断《た》たしむ

――「雑詩　其の三」

ここに見るように、人はひとたび死ねば再びこの世に姿をあらわすことはないのだという死への認識は、阮籍によっても

豈知窮達士
一死不再生

豈《あ》に知《し》らんや窮達《きゅうたつ》の士《し》は
一《ひと》たび死《し》すれば再《ふたた》び生《い》きざるを

――「詠懐　其の十三」

とうたわれているところだが、すでに遠い昔ギリシアの詩人アナクレオンをもとらえていた死への怖れは、淵明の心に暗い翳りを生じさせ、底知れぬ苦悩と悲哀をもたらした。「我去《われさ》らば再《ふたた》び陽《よう》ならず」、つまりは自分が一度死ねば二度と生き返ることはないのだという自覚、斯波六郎博士のことばを借りれば「自己の永遠の消滅を寂しむ」気持ちが、詩人に無限の寂寥と悲哀をもたらしたのである。これは西行の歌「越えぬればまたもこの世にかへり来ぬ死出の山こそかなしかりけれ」に通じる悲哀である。詩人がこのような気持ちを抱いたのも、己の生をいつくしみいとおしむ心があってのことである。それは、ただ死ぬのが怖いというような単純な気持ちから出たものではない。ただ一度限りのこの世での貴重な生を、非情にも死というものが永遠に奪い去り、無と化してしまうのである。その無念さが、詩人を断腸の思いへと誘うのだ。

死をかかるものとして意識していた淵明は、死の影に覆われた己の生を凝視し、いかに死に立ち向かうべきかという問題を常に自らに突きつけていたと言えるだろう。死に対する淵明の態度は複雑で矛盾をはらんだものだが、なんらかの形で死の恐怖に抵抗し、それを克服しようとする淵明の努力は、さまざまな形をとってあらわれる。飲酒の快楽による死への不安の解消、老荘思想に拠った、「死生一如」の観念による達観と死の克服、心を仙界へ遊ばせることによる死の恐怖からの逃避、諦念をもっての死の受容の覚悟、さてはみずからのための挽歌や自祭文に見られるような、死を突き放して描くことで諧謔化し、茶化すような態度、といったものがそれである。その根底にあるものは、「人はすべて死ぬ」「死は一切のものを空無と化す」という、死に関する冷厳な事実の認識にほかならない。果たして淵明は、それらのさまざまな努力によって、彼の生涯における最大のテーマであった死の問題をよく克服し、死生超越をなしとげ得たのであろうか。何篇かの詩を通じて、その軌跡をたどってみることとしよう。

死への怖れと不安を振り払うべく、淵明がまず救いを求めたものは「忘憂物」すなわち酒であった。酒を「忘憂物」と呼んだのは中国では淵明を嚆矢とするようであるが、これも酒の詩人として名高い前七世紀のギリシアの詩人アルカイオスが、すでに酒をlathikadia「憂いを忘れさせるもの」すなわち「忘憂物」と呼んでいるのは興味深い。限りある生を生きねばならぬ人間の「存在の憂愁」、李白の言う「万古《ばんこ》の愁《うれ》い」（「将進酒」）を解く上で、「銷憂薬《しょうゆうやく》」たる酒こそが何よりの手段であることが、淵明よりも千年も前のギリシア詩人によってうたわれているのである。人生短促を強調し、飲酒の快楽を勧めたのは、かのペルシアの詩人オマル・ハイヤームだが、中国では淵明に先立って、「横槊《おうさく》の詩人」とも称された一代の英傑曹操が、かの名高い「短歌行」で、「万古の愁い」を解き得るのはただ酒あるのみとうたいあげている。

去日苦多　　去《さ》る日《ひ》は苦《はなは》だ多《おお》し

概当以慷　慨《がい》して当《まさ》に以《もっ》て慷《こう》すべし
幽思難忘　幽思《ゆうし》　忘《わす》れ難《がた》し
何以解憂　何《なに》を以《もっ》て憂《うれ》いを解《と》かん
惟有杜康　惟《た》だ杜康《とこう》有《あ》るのみ

「陶淵明の飲酒の根本は、忘憂と遺世（世を遺《わす》れること）にある」とは、陳橋生氏も言っているところだが（『詩酒風流』）、酒を好み、飲酒詩によってその名を謳われたわが淵明もまた、「忘憂為楽《ぼうゆういらく》」つまりは「忘憂物」たる酒に救いを求め、「万古の愁い」を消すために酒を飲み、その快楽によって生の密度を高めるべきことをうたった。「形影神」の中で、詩人の分身と見られる「形」が、同じく分身たる「影」に酒を勧めて曰く、

願君取吾言　願《ねが》わくは君《きみ》　吾《わ》が言《げん》を取《と》り
得酒莫苟辞　酒《さけ》を得《え》なば苟《いや》しくも辞《じ》すること莫《な》かれ

無論これは単純な快楽主義でも歓楽の勧めでもない。また、名篇「斜川に遊ぶ」は、迫り来る死の足音を感じ、その重圧に煩悶する詩人の心中を吐露した

開歳倏五日
吾生行帰休
念之動中懐
及辰為茲游

歳《とし》開《あ》けて倏《たちま》ち五日《いつか》
吾《わ》が生《せい》　行《ゆ》くゆく帰休《ききゅう》せんとす
之《これ》を念《おも》えば中懐《ちゅうかい》を動《ゆる》がし
辰《とき》に及《およ》んで茲《こ》の游《ゆう》を為《な》す

という詩句で始まっているが、この詩においても次に引く詩句に見るように、詩人は、やはり飲酒の楽しみにひたることで、死の到来の不安を消そうとするのである。飲酒の快楽によって生の密度を高め、酔境のうちに時の移ろいを忘れ、死すべき身の悲哀を忘れようというのだ。つまりは飲酒による陶酔によって、「人生有限」という否定しがたい事実を、一時なりとも相対化し、無効のものとしようとする行為にほかならない。

未知従今去
当復如此不
中觴縦遥情
忘彼千載憂
且極今朝楽

未《いま》だ知《し》らず　今《いま》より去《さ》りて
当《まさ》に復《ま》た此《か》くの如《ごと》くなるべきや不《いな》やを
中觴《ちゅうしょう》　遥《はる》かなる情《じょう》を縦《ほし》いままにし
彼《か》の千載《せんざい》の憂《うれ》いを忘《わす》れん
且《しばら》くは今朝《こんちょう》の楽《たの》しみを極《きわ》めん

明日非所求　　明日《みょうじつ》は求《もと》むる所《ところ》に非《あら》ず

同じく酒の力を借りて、死すべき身の存在の憂いを洗い流そうとする態度は、次のようにもうたわれている。

従古皆有没　　古《いにしえ》より皆没《みなぼっ》する有《あ》り
念之中心焦　　之《これ》を念《おも》えば中心焦《ちゅうしんこ》がる
何以称我情　　何《なに》を以《もっ》て我《わ》が情《じょう》を称《かな》えん
濁酒且自陶　　濁酒《だくしゅ》　且《しばら》く自《みずか》ら陶《たの》しまん
千載非所知　　千載《せんざい》は知《し》る所《ところ》に非《あら》ず
聊以永今朝　　聊《いささ》か以《もっ》て今朝《こんちょう》を永《なが》くせん

常恐大化尽　　常《つね》に恐《おそ》る大化《たいか》尽《つ》きて
気力不及衰　　気力《きりょく》　衰《すい》に及《およ》ばざらんことを
撥置且莫念　　撥置《はっち》して且《しばら》く念《おも》うこと莫《な》かれ

――「己酉の歳、九月九日」

――「旧居《きゅうきょ》に還《かえ》る」

一觴聊可揮　一觴《いっしょう》　聊《いささ》か揮《ふる》う可《べ》し

このように淵明は「忘憂物」を酌み、その力を借りて心中に巣食う死への怖れを消そうと努めるのだが、そこには死すべき身の人間存在に関する、沈鬱な思いが深々と横たわっているのが見て取れよう。なんとも遺憾なことだが、「忘憂物」は最終的には「忘憂物」たり得ない。所詮飲酒の快楽は一時のもので、「飲酒酣酔《いんしゅかんすい》」は、死が不可避であることからくる断絶すべからざる幽思を、払拭し得るものではないのだ。酒を酌んで百情遠く、觴《さかずき》を重ねて天を忘れ、仙界に遊ぼうとも、それは一時のものでしかない。それは、おそらくは淵明の最大の理解者であり、その詩風を慕うこと厚かった蘇軾《そしょく》が、淵明の「形影神」の「神」に和して作った「陶《とう》の神《しん》釈《しゃく》に和《わ》す」の一節で、

甚欲随陶翁　甚《はなは》だ陶翁《とうおう》に随《したが》わんと欲《ほっ》して
移家酒中住　家《いえ》を移《うつ》して酒中《しゅちゅう》に住《す》む
酔醒要有尽　酔醒《すいせい》　尽《つ》くる有《あ》るを要《よう》す
未能逃諸数　未《いま》だ諸数《しょすう》を逃《のが》るる能《あた》わず

とその限界をうたっているとおりである。李白の如く

滌蕩千古愁　滌蕩《できとう》す　千古《せんこ》の愁《うれ》い
留連百壺飲　留連《りゅうれん》す　百壺《ひゃくこ》の飲《いん》

――「友人《ゆうじん》と会宿《かいしゅく》す」

との挙に出ようと、人間の生が有限であり、行く手にはすべてを無と化す死が待ち受けているかぎり、存在の憂いだけは洗い流しようがない。「千古の愁い」を酒によって洗い流そうとした李白自身がそのことを、

抽刀断水水更流　刀《かたな》を抽《ぬ》きて水《みず》を断《た》てば　水《みず》は更《さら》に流《なが》れ
挙杯消愁愁更愁　杯《さかずき》を挙《あ》げて愁《うれ》いを消《け》せば　愁《うれ》いは更《さら》に愁《うれ》う

――「宣州《せんしゅう》の謝朓楼《しゃちょうろう》にて校書叔雲《こうしょしゅくうん》に餞別《せんべつ》す」

とうたっているところだ。淵明にしても、酒が死への怖れを解く最終的な救いとなり得ぬことはわかっていたはずだ。先に引いた詩句に見える「且《しばら》くは」「聊《いささ》か以《もっ》て」「聊《いささ》か」ということば

が、その自覚を物語っている。死への怖れを前にして、詩人の心は大きく波立ちゆれている。飲酒は究極の救いにはならぬにしても、「ひとまずは」飲酒によって酔境に遊び、暫時死への怖れを忘れようというのが、詩人の態度であり、死と対峙しようとする姿勢なのである。そこから「忽《たちま》ち一樽《いっそん》の酒《さけ》と、日夕《にっせき》　歓《よろこ》びて相持《あいじ》す」(「飲酒　其の一」)という挙に出ることとなる。都留春雄氏は淵明の酒について、

避けることのできない死。かと言って先輩嵆康のごとく神仙が信じられるわけではない。そんな彼にとって、酒はこの世の神仙世界ともいうべき、孤独を癒す無二の慰謝であった。そのことが、この詩(「連雨独飲」を指す─引用者)の、さりげない飄逸さの蔭に、しみじみと滲んでいるように思われる。死と孤独とに挟まれた淵明の酒である。(『陶淵明』)

と言っておられる。淵明をよく知る学者の、核心を衝いたことばである。ちなみに李辰冬氏は、「忘憂物」によって「千載の憂い」を洗い流そういう詩人の態度を、「これは極端なまでの現世主義的達観ではないか」などと言っておられるが(『陶淵明評論』)、淵明のこのような態度は、「達観」というよりはむしろ「諦観」と言うべきであろう。

「忘憂為楽」によって、やがて死に至る有限の生を楽しむべきだとする淵明の生き方、飲酒

の摂理は、かの名篇「雑詩 其の一」にもはっきりと窺われる。

雑詩 其一

人生無根蔕
飄如陌上塵
分散随風転
此已非常身
落地成兄弟
何必骨肉親
得歓当作楽
斗酒聚比鄰
盛年不重来
一日難再晨
及時当勉励
歳月不待人

雑詩《ざっし》 其《そ》の一《いち》

人生《じんせい》 根蔕《こんてい》無《な》く
飄《ひょう》として陌上《はくじょう》の塵《ちり》の如《ごと》し
分散《ぶんさん》して風《かぜ》に随《したが》いて転《てん》ず
此《こ》れ已《すで》に常《つね》の身《み》に非《あら》ず
地《ち》に落《お》ちては兄弟《けいてい》と成《な》る
何《なん》ぞ必《かなら》ずしも骨肉《こつにく》の親《しん》のみならんや
歓《かん》を得《え》なば当《まさ》に楽《たの》しみを作《な》すべく
斗酒《としゅ》もて比鄰《ひりん》を聚《あつ》めん
盛年《せいねん》 重《かさ》ねて来《き》たらず
一日《いちじつ》 再《ふたた》び晨《あした》なり難《がた》し
時《とき》に及《およ》んで当《まさ》に勉励《べんれい》すべし
歳月《さいげつ》は人《ひと》を待《ま》たず

人の命とは蔕《へた》のようにつなぎとめるものもなく、風に吹き散らされる塵のようなものだという、残酷なまでに非情冷徹な生命観であり、人間存在のはかなさ、生が根拠なきものであることをうたった詩である。人の命の拠りどころなく定まらざることを、「未《いま》だ止泊《しはく》する処《ところ》を知《し》らず」（「雑詩　其の五」）とも言い切った詩人ならでは作である。存在の根拠すらなく、いかんともしがたい非情な時間の推移のうちにあってうつろいゆく限りある生を、人はいかに生きるべきか、はかない生にいかに処すべきか。その問いへの回答を、淵明は「時《とき》に及《およ》んで当《まさ》に勉励《べんれい》すべし」という、「忘憂為楽」のうちに求めているのである。飲酒の快楽によって可死の生を最大限に充実させ密度を高め、それによって「千古の愁い」を忘れるべきだというのである。確かにこれは、死への怖れに対するひとつの現実的な対処の仕方ではある。先に述べたように、淵明自身にとっては、それが究極の救いにはならないことを、ひそかに自覚していたにしても、である。

飲酒は確かに淵明にとっては、死への怖れに立ち向かう重要な対処の仕方ではあったが、言ってみればそれは消極的な、あるいは受身の姿勢での対処である。死に対処する淵明の姿勢は、たとえば十七世紀イギリスの詩人ジョン・ダンが、次の詩で見せているような、死と真正面から向き合って、昂然とこれに挑戦する態度とは明らかに異なっている。

死よ、驕り高ぶるな。おまえを強く恐ろしいものと
呼ぶ人たちもいよう。だがおまえはそんなものではない。
あわれな死よ、おまえが確かに打ち倒したと思っている人々は
死ぬことはないし、おまえにはこの私は殺せはしない。
休息と眠りとはおまえの似姿にすぎないにせよ、
そこからは多くの楽しみが得られるのだ。
されば、おまえからはもっと大きな楽しみが生まれるはずだ。
この世の最もすぐれた人々が、最も早くお前のもとへ赴く。
それは骨を憩わせ、魂を解き放つためなのだ。
おまえは運命や、偶然や、王侯や、絶望した人々の奴隷だ。
おまえは毒薬、戦争、それに病と同じ所に宿っている。
芥子の実だの呪文だって、おまえ同様にわれわれを眠らせられるし、
おまえの一撃よりももっと上手に眠らせるのだから、おまえが威張ることはない。
束の間の眠りが過ぎれば、われわれは永遠に目覚めるのだ、
そうなれば死はもはやなくなる。死よ、おまえが死ぬのだ。

ダンが真っ向から死に挑み、これを蔑《なみ》することができたのは、やはり復活の日を信ずるキリスト教信仰があってのことだろう。仙界も来世の存在も信ずることなく、人は一旦死すれば再び蘇ることはなく、死とともに万物は空無と化すと観じる淵明には、さような態度は期待できない。そればかりではない、淵明の死に向き合う姿勢は、「歎逝の賦」を著して死の本質を見つめ、それを

解心累於末迹、聊優遊以娯老。
心累《しんるい》を末迹《まっせき》に解《と》き、聊《いささ》か優遊《ゆうゆう》して以《もっ》て老《お》いを娯《たの》しまん。

ということばで結んで、積極的に死の怖れを克服しようとする強い意思を示した陸機に比べても、より消極的であることは否めまい。

しかしその淵明とて、飲酒のみによって死への怖れに対処しようとしたのではない。詩人はまた、老荘思想による死への怖れの克服にも努めたのである。しかもいくつかの詩を見るかぎり、それは成功し、淵明は悟りを得て死生超越をなしとげたかに見える。詩人の基本的教養が六経すなわち儒学にあったことは、研究者のひとしく説くところだが、老荘思想全盛の時代に生きた知識人として、詩人もまた老荘思想の影響を深く蒙っていることは、これまた定説と

なっている。死生観に関しても、淵明が老荘思想を深く学び取り、『列子』などの影響もあることは、陶詩の随所に窺われるところだ。淵明に、親しく交わっていた慧遠《えおん》などを通じての、来世の存在を説く仏教思想の影響があったか否かは、研究者の意見が分かれていて、定かではない。だが来世を説く仏教はともかく、詩人が「死生一如」を説く老荘思想に拠って、死の問題を克服したかの如き言を吐いていることは事実である。以下の詩句がそれだ。

甚念傷吾生　甚《はなは》だ念《おも》えば吾《わ》が生《せい》を傷《きず》つけん
正宜委運去　正《まさ》に宜《よろ》しく運《うん》に委《ゆだ》ね去《さ》るべし
縦浪大化中　大化《たいか》の中《うち》に縦浪《しょうろう》し
不喜亦不懼　喜《よろこ》ばず　亦《ま》た懼《おそ》れず
応尽便須尽　応《まさ》に尽《つ》くべくんば便《すなわ》ち須《す》べからく尽《つ》くべし
無復独多慮　復《ま》た独《ひと》り多《おお》く慮《おもんぱか》ること無《な》かれ

――「形影神」

これは、作者淵明自身の分身と見られる「形」すなわち肉体と「影」、それに「神」すなわち魂とが死生の問題をめぐって問答を交わすという形式の詩の最後に来る「神」の結論部分で、一段と高い次元から、「形」と「影」の主張をいわば止揚する立場から述べられているものだ。ここには死に関する達観、悟りの境地が見られると言ってよい。生と死の相克、死への怖れをめぐる葛藤を経ての、作者淵明のある時点での帰着点を示すものと考えてよかろう。死生をめぐる同様の悟りの境地は、「帰去来の辞」における

感吾生之行休。已矣乎。寓形宇内復幾時。曷不委心任去留。……聊乗化以帰尽、楽夫天命復奚疑。

吾《わ》が生《せい》の行《ゆ》くゆく休《きゅう》するを感《かん》ず。已《や》んぬるかな。形《かたち》を宇内《うだい》に寓《ぐう》する復《ま》た幾時《いくとき》ぞ。曷《なん》ぞ心《こころ》を委《ゆだ》ねて去留《きょりゅう》に任《にん》ぜざる。……聊《いささ》か化《か》に乗《じょう》じて以《もっ》て尽《つ》くるに帰《き》し、夫《か》の天命《てんめい》を楽《たの》しみて復《ま》た奚《なん》ぞ疑《うたが》わん。

にも見られるものであり、また先にその冒頭の二句

運生会帰尽　運生《うんせい》は会《かなら》ず尽《つ》くるに帰《き》す
終古謂之然　終古《しゅうこ》　之《これ》を然《しか》りと謂《い》う

を引いた「連雨独飲」も、その最後は、死への怖れを克服したやすらかな境地を告げる次のような詩句で結ばれているのである。

形骸久已化　形骸《けいがい》　久《ひさ》しく已《すで》に化《か》するも
心在復何言　心《こころ》在《あ》り　復《ま》た何《なに》をか言《い》わん

これらのことばから判断するかぎり、淵明はもはや死生に関しては悟りを得て達観し、従容として死を迎える覚悟の程があることを、宣言していると言うほかなかろう。先に言及した陳美利氏は、淵明は生死を自然現象と見なしていたので、生死の問題に関しては達観し、天運に従うという態度をとっていたと説き、その例証として、次の詩句を引いている。

既来孰不去　既《すで》に来《き》たる　孰《たれ》か去《さ》らざらん
人理固有終　人《ひと》の理《り》　固《もと》より終《お》わり有《あ》り
居常待其尽　常《つね》に居《お》りて其《そ》の尽《つ》くるを待《ま》ち
曲肱豈傷沖　肱《ひじ》を曲《ま》げて豈《あ》に沖《ちゅう》を傷《やぶ》らんや
遷化或夷険　遷化《せんか》　或《ある》いは夷険《いけん》あるも

肆志無窊隆　志《こころざし》を肆《ほしいまま》にして窊隆《ありゅうな》無し
即事如已高　即事《そくじ》如《も》し已《すで》に高《たか》くんば
何必升華嵩　何《なん》ぞ必《かなら》ずしも華嵩《かすう》に升《のぼ》らん

――「五月《ごがつ》旦《ついたち》の作《さく》、戴主簿《たいしゅぼ》に和《わ》す」

拙老の見るところ、「既《すで》に来《き》たる　孰《たれ》か去《さ》らざらん、人《ひと》の理《り》　固《もと》より終《お》わり有《あ》り」という詩句は、「この世に生まれきたからには、誰が世を去らないでいられようか。人の命に終わりがあるというのも、もともと理にかなったことなのだ」というのだから、これは「達観」というよりは、むしろ諦観、諦念と言うべきかと思われる。しかしいずれにしても、右に引いたいくつかの詩句は、淵明が死への怖れを乗り越え、死生の問題を克服して達観したことを思わせるものであることは確かだ。また袁行霈《えんこうはい》氏は、淵明は死というものに困惑し、死の影を追い払うべく努め、理性的思考によって自己を慰め、ついには死を「順化」するに至ったと説いている（『陶淵明研究』）。

では、詩人は果たして本当に、不断に彼を懊悩せしめた死への怖れを克服し、死生超越を成し遂げたのであろうか。そうとは思われない。なぜなら、死生に関するの淵明の右のような「楽天知命」の悟りの境地は、死をめぐる苦悩と葛藤の末に、詩人が最後にたどりついた到達点を示すものとは思われないからだ。このような高い澄み切った悟りの境地を示す一方で、先に見たとおり、淵明は他の作品では己の生命の消滅を嘆いている。迫り来る死を前に人生経験を積み重ね、老荘思想による思索や修養によって、死への怖れや不安・煩悶を脱却して、ついに達観・悟達へと到達したというわけではない。死への怖れは、むしろ詩人が帰隠し、隠逸生活のうちに生の充足を味わうようになってから、齢を重ねるごとに、逆に強まっていったとさえ見えるのである。詩人が、死を迎える最後の日まで、悟りと不安、死への怖れの間を揺れ動いたこと、その胸中には怖れと達観、諦観といったものが混在し、並存していたことは疑いない。死をめぐる想念は詩人の脳裏で、また胸中で不断に葛藤を繰り広げており、懊悩の果てにようやく悟りを得たと思ったのも束の間のこと、またしても不安や怖れが頭をもたげて彼に悲痛なことばを吐かせるという事態が、終生続いたものと思われる。老荘思想により死生を超越し得たと思ったのは、一時の幻想ではなかったろうか。死生をめぐる内心の葛藤の軌跡が、陶淵明という詩人の作品なのではないか。この詩人の詩に見られる、みずからの死を怖れ、それをうたう姿と、老荘思想によって死への恐れを克服した、達観、悟達の士としての姿は、確かに相反するもので矛盾している。しかしその両方の姿が、ともに淵明という詩人なのではないだろうか。われわれは、詩作品として結晶している、淵明のそのような矛盾をはらんだ苦悩の跡に接して共感を覚え、そこに「人間陶淵明」を見出して感動するのだ。詩人が死生の問題を超越したソクラテスになってしまってはつまらない。淵明は釈迦ではなく、陶詩は悟りを開いた聖人の言行録ではないからだ。

さらには、顔延之が「陶徴士《とうちょうし》の誄《るい》」で「心《こころ》に異書《いしょ》を好《この》む」と言っているように、淵明は『山海経《せんがいきょう》』を好んで読んだと伝えられる。一壺の「忘憂物」を酌みつつ奇書『山海経』に読み耽り、魂を狭隘な現実世界から解き放って、広大無辺、奇想天外な仙界に心を遊ばせることも、一時ではあれ死への怖れから逃避する役割を果たしたであろう。連作詩「山海経を読む」は、そのことを思わせる。

最後に、死と向き合う上で、淵明は彼ならではの意想外の、ほとんど奇想天外とでも言うべき独創的な方法を創出していることも、言っておかねばなるまい。ほかでもない、詩人が自らの死を想定して作った「挽歌の詩」三首と、「自らを祭る文」がそれである。淵明がかような挽歌を作る上で『文選』の挽歌詩から学ぶところがあったことは、一海知義氏によっても考証されているし、それらの挽歌詩でも、死者自身の側から見た自らの死の描写が、確かにその一部をなしている。しかし淵明の「挽歌の詩」はやはり彼独自のもので、死者となった詩人が、一貫して死者の目で見た自分自身の死と、葬送の次第を物語るという形をとっている。この詩は、死者となった淵明が、貧ゆえに存分に酒を飲めなかった恨みを、

但恨在世時　但《た》だ恨《うら》むらくは　世《よ》に在《あ》りし時《とき》
飲酒不得足　酒《さけ》を飲《の》むこと　足《た》るを得《え》ざりしを

――「挽歌の詩　其の一」

と述べるというような諧謔味とアイロニーをもまじえて、感情におぼれることなく、自らの死をいわば突き放した形で、冷静かつ客観的に描いているのが特徴である。しかも滑稽味をまじえたその描写は、いささかドラマティックでもある。あたかも他人の死であるかの如く、自分の死はかくかくのものであったと、自らの死をいわば完結したものとして描くということは、死を客観視し、死との距離を置くことにほかなるまい。「自らを祭る文」についても同じことが言える。そもそも「自らを祭る文」という発想そのものが意表を衝いたもので、死者がわが生涯を回顧して物語り、自らの死を、死者自身の口で「嗚呼《ああ》、哀《かな》しい哉《かな》」とまで言われてしまっては、もはや他者はおろか死そのものもさえも、詩人自らが設けた死の世界という舞台へ踏み込む余地はない。詩文という形のうちに、自らの死をこのように客体視し、突き放したかたちで滑稽味をまじえて描く試み自体が、生涯死を見つめてきた詩人陶淵明の、死に対処しこれを迎え討つひとつの方法ではなかったかと思われる。それもなかなかに用意周到な方法だったと言ってよかろう。死の床に横たわった自分自身の姿と、それに反応する人々の様子を想像してうたった詩人（歌人）としては和泉式部がいるが、淵明のほうがはるかに具体性に富んでいる。アメリカの詩人エミリー・ディッキンソンには、自らの死のプロセスを具体的に想像して描写し、さらには「死（死神）」に伴われて墓場へと馬車で赴き、墓場に収まるまでをうたった不気味な作品がある。死者が自らの死を冷静かつ客観的に描写し、しかもそこに諧謔味をこめて、突き放した形でうたっている点が似ているように思われるが、どうだろうか。

　さらには、奇想というほかない「自らを祭る文」は、先にふれたとおり、死者たる自分から見た生涯の総括でもある。その文中に「老《ろう》より終《お》わりを得《え》んに、奚《なん》ぞ復《ま》た恋《こ》うる所《ところ》ぞ」とあって、詩人は諦観をもって従容として死に就いたかに見えるのだが、その最後にいわばどんでん返しが来る。そこでこの「自らを祭る文」はにわかに反転して、

　人生実難、死如之何。嗚呼哀哉。
　人生《じんせい》は実《じつ》に難《かた》し、死《し》は之《これ》を如何《いかん》せん。嗚呼《ああ》、哀《かな》しい哉《かな》。

と結ばれており、詩人は死の問題をついには解決できず、煩悶と葛藤を胸中に秘めたまま、世を去ったのではないかとの疑念を読者に抱かせる形で終わっているのである。これまで何首かをとりあげて検討してきてわかったことだが、陶詩の一大テーマである死生をめぐる問題は矛

盾をはらみ、まことに複雑な様相を呈していて、容易には結論を許さない。拙老はただ嘆じてかく言うのみ、「死生《しせい》は実《じつ》に難《かた》し、陶詩《とうし》は之《これ》を如何《いかん》せん。嗚呼《ああ》、難《むずか》しい哉《かな》」。

参考文献

〈邦語文献・単行本〉

元粋純叔評訂『陶淵明集』嵩山堂、一九一三年
釈清譚『陶淵明集・王右丞集』続国訳漢文大成文学部第十八巻、国民文庫刊行会、一九二九年
鈴木虎雄『陶淵明詩解』弘文堂書房、一九四八年／平凡社〈東洋文庫〉、一九九一年
斯波六郎『陶淵明詩訳注』東門書房、一九五一年／〔再版〕北九州中国書店、一九八一年
吉川幸次郎『陶淵明伝』新潮社〈新潮文庫〉、一九五八年
斯波六郎『中国文学における孤独感』岩波書店、一九五八年
一海知義『陶淵明』中国詩人選集4、岩波書店、一九五八年
青木正児『中華飲酒詩選』筑摩書房、一九六一年／平凡社〈東洋文庫〉、二〇〇八年
李長之著、松枝茂夫・和田武司訳『陶淵明』筑摩書房、一九六六年（李長之『陶淵明伝論』の邦訳）
大矢根文次郎『陶淵明研究』早稲田大学出版部、一九六七年
一海知義・興膳宏『陶淵明・文心雕龍』世界古典文学全集25、筑摩書房、一九六八年
富士正晴『中国の隠者―乱世と知識人』岩波書店〈岩波新書〉、一九七三年
都留春雄『陶淵明』中国詩文選11、筑摩書房、一九七四年
中谷孝雄『わが陶淵明』筑摩書房、一九七四年
岡村繁『陶淵明―世俗と超俗』日本放送出版協会、一九七四年
白川静『中国の古代文学（二）史記から陶淵明へ』中央公論社、一九七六年

牟田哲二『陶淵明伝』勁草書房、一九七七年
吉川幸次郎『阮籍の「詠懐詩」について』岩波書店〈岩波文庫〉、一九八一年
松枝茂夫・和田武司『陶淵明』中国の詩人2、集英社、一九八三年
南史一『詩伝陶淵明―帰りなんいざ』創元社、一九八四年
廖仲安著、山田侑平訳『陶淵明』日中出版、一九八四年
都留春雄・釜谷武志『陶淵明』鑑賞中国の古典13、角川書店、一九八八年
小尾郊一『中国の隠遁思想―陶淵明の心の軌跡』中央公論社〈中公新書〉、一九八八年
近藤春雄『詩経から陶淵明まで』武蔵野書院、一九八九年
松枝茂夫・和田武司『陶淵明全集』(上・下)、岩波書店〈岩波文庫〉、一九九〇年
王瑤著、石川忠久・松岡榮志訳『中国の文人―「竹林の七賢」とその時代』大修館書店、一九九一年
石川忠久『陶淵明とその時代』研文出版、一九九四年
長谷川滋成『陶淵明の精神生活』汲古書院、一九九五年
川合康三『中国の自伝文学』創文社、一九九六年
星川清孝『陶淵明』中国名詩鑑賞1、小沢書店、一九九六年
一海知義『陶淵明―虚構の詩人』岩波書店〈岩波新書〉、一九九七年
興膳宏『風呂で読む陶淵明』世界思想社、一九九八年
沓掛良彦『讃酒詩話』岩波書店、一九九八年
高橋徹『帰去来の思想―陶淵明ノート』国文社、二〇〇〇年
長谷川滋成『『文選』陶淵明詩詳解』渓水社、二〇〇〇年
和田武司『陶淵明伝論―田園詩人の憂鬱』朝日新聞社、二〇〇〇年
朴美子『韓国高麗時代における「陶淵明」観』白帝社、二〇〇〇年
神楽岡昌俊『隠逸の思想』ぺりかん社、二〇〇〇年

沼口勝『桃花源記の謎を解く―寓意の詩人・陶淵明』日本放送出版協会、二〇〇一年
伊藤直哉『「笑い」としての陶淵明―古しいユーモア』五月書房、二〇〇一年
田部井文雄・上田武『陶淵明集全釈』明治書院、二〇〇一年
井波律子『中国の隠者』文藝春秋〈文春新書〉、二〇〇一年
小尾郊一『陶淵明の故郷』小尾郊一著作選Ⅲ、研文出版、二〇〇二年
沓掛良彦『壺中天酔歩―中国の飲酒詩を読む』大修館書店、二〇〇二年
今場正美『隠逸と文学―陶淵明と沈約を中心として』中国芸文研究会、朋友書店発売、二〇〇三年
釜谷武志『陶淵明』角川書店〈角川ソフィア文庫〉、二〇〇四年
松浦友久『陶淵明・白居易論』松浦友久著作選Ⅱ、研文出版、二〇〇四年
斯波六郎『六朝文学への思索』創文社、二〇〇四年
岡田英弘『中国文明の歴史』講談社〈講談社現代新書〉、二〇〇四年
三枝秀子『たのしみを詠う陶淵明』汲古書院、二〇〇五年
安藤信廣・大上正美・堀池信夫編『陶淵明　詩と酒と田園』東方書店、二〇〇六年
蔡毅『君当に酔人を恕すべし―中国の酒文化』農山漁村文化協会、二〇〇六年
上田武『陶淵明像の生成―どのように伝記は作られたか』笠間書院、二〇〇七年
石川忠久『陶淵明詩選―漢詩をよむ』日本放送出版協会、二〇〇七年
長谷川滋成『陶淵明幻視』渓水社、二〇〇八年
一海知義『一海知義著作集２　陶淵明を語る』藤原書店、二〇〇八年
一海知義『一海知義著作集１　陶淵明を読む』藤原書店、二〇〇九年

〈中国語文献・単行本〉

楊勇『陶淵明集校箋』香港呉興記書局、一九七一年

李辰冬『陶淵明評論』東大図書公司、一九七五年
逯欽立『陶淵明集』中華書局、一九七九年
施淑枝『陶淵明及其作品研究』国彰出版社、一九八六年
何満子『酔話酒文化』香港商務印書館、一九九一年
鄭騫校訂・林玫儀選註『南山佳気―陶淵明詩文選』時報文化出版企業有限公司、一九九二年
陳怡良『陶淵明之人品与詩品』文津出版社、一九九三年
鄧安生『陶淵明新探』文津出版社、一九九五年
方祖燊『陶淵明』国家出版社、一九九五年
陳美利『陶淵明探索』文津出版社、一九九六年
陳橋生『詩酒風流』華文出版社、一九九七年
郭維森・包景誠訳注『陶淵明集』台湾古籍出版公司、一九九七年
王国瓔『古今隠逸詩人之宗―陶淵明論析』允晨文化実業股份有限公司、一九九九年
蔡日新『陶淵明』知書房出版社、二〇〇〇年
龔斌『陶淵明伝論』華東師範大学出版社、二〇〇一年
温洪隆『新訳　陶淵明集』三民書局、二〇〇二年
曹明綱『陶淵明・謝霊運・鮑照　詩文選評』上海古籍出版社、二〇〇二年
方祖燊「『田園詩人』陶淵明」国家出版社、二〇〇二年
李剣鋒『元前陶淵明接受史』斉魯書社、二〇〇二年
李蒙『陶淵明』解放軍出版社、二〇〇三年
李長之『陶淵明伝論』天津人民出版社、二〇〇六年
賈延祥『陶淵明詩文選』黄山書社、二〇〇七年
郭建平『陶淵明集』三晋出版社、二〇〇八年

万偉成・丁玉玲『中華酒経』百花文芸出版社、二〇〇八年
袁行霈『陶淵明研究』北京大学出版社、二〇〇九年

〈翻訳〉

TAO YUAN MIN l'homme, la terre, le ciel poèmes traduits du chinois par CHENG Wing Fun et Hervé COLLET, Moundarren, 1987

〈邦語論文〉

茂木信之「陶淵明序論」『東方学報』51、京都大学人文科学研究所、一九七九年
茂木信之「陶淵明詩の構成的原型」『東方学報』52、一九八〇年
大地武雄「陶淵明と田園詩」『二松学舎大学人文論叢』19、一九八一年
伊藤直哉「五柳先生伝試論—高士の形象、そして揚雄の影」『斯文』98、斯文会、一九八九年
上田武「陶淵明の生活理念」『日本中国学会報』42、一九九〇年
大地武雄「陶淵明の死生観について」『日本中国学会報』43、一九九一年
上田武「陶淵明と史記」『鎌田正博士八十寿記念漢文学論集』同書編集委員会編、大修館書店、一九九一年
上田武「陶淵明の若き友人たち—その贈答詩の世界」『日本中国学会報』46、一九九四年
森博行「杜詩における「陶謝」—「真」字を手がかりに」『中国文学報』48、京都大学文学部中国語学中国文学研究室、一九九四年
武井満幹「陶淵明の隠遁生活—農耕と貧窮を軸にして見た二つの時期」『中国中世文学研究』30、中国中世文学会、一九九六年
武井満幹「陶淵明の帰隠後の交友—その創作活動との関係」『中国中世文学研究』31、一九九七年
沼口勝「「飲酒」(二十首)〈其十七〉の詩の寓意について—陶淵明から見た劉裕と韓延之」『日本中国学会報』

50、一九九八年
大地武雄「陶淵明の孤独感」『六朝学術学会報』1、一九九九年
武井満幹「陶淵明の隠逸―「真」を中心にして」同前
沼口勝「陶淵明の「飲酒」の詩題の典拠とその寓意について」同前
上田武「鮑照とその時代の陶淵明の受容」『六朝学術学会報』3、二〇〇二年
沼口勝「陶淵明の「雑詩」と南朝の民歌」『新しい漢字漢文教育』35、全国漢文教育学会、二〇〇二年
増野弘幸「陶淵明における庭の表現について」同前
門脇廣文「陶淵明〈桃花源記〉「外人」小考」『新しい漢字漢文教育』36、二〇〇三年
渡邉登記「田園と時間―陶淵明「帰去来兮辞」論」『中国文学報』66、二〇〇三年
田部井文雄「郷愁に誘う詩人―陶淵明が帰った世界」『月刊しにか』二〇〇三年二月号、大修館書店
加藤国安「自然環境文学の隠者―陶淵明」『月刊しにか』二〇〇三年三月号
川合康三「「桃花源記」を読みなおす」『説話論集』14、清文堂出版、二〇〇四年
安藤信廣「陶淵明「雑誌十二首」考―死生の相克の視点から」『六朝学術学会報』5、二〇〇四年

〈小論・エッセイ等〉

松岡榮志「『陶淵明集』版本小識」『漢文教室』171号、大修館書店、一九九二年
松岡榮志「続『陶淵明集』版本小識」『漢文教室』173号、一九九二年
加藤国安「陶淵明「飲酒」詩―其五―新釈」同前
小山貫暎「「桃花源記」中の「外人」の解釈について」同前
村山敬三「「桃花源記」雑感」『漢文教室』175号、一九九三年
坂口三樹「桃花源記「外人」贅説」『漢文教室』180号、一九九五年
宮澤正順「陶淵明と道教について」『漢文教室』182号、一九九六年

釜谷武志「外は枯るるも中は膏か—陶淵明」『月刊しにか』一九九八年十一月号
上田武「悠然として南山を見る—「飲酒二十首其の五」と日本人」『月刊しにか』二〇〇二年十月号
林田慎之助「酒の詩人　陶淵明（一）陶淵明と曹操」「同（二）陶淵明と竹林の七賢」「同（三）陶淵明と揚雄」「同（四）陶淵明と陸機」「同（五）陶淵明と応璩」『創文』二〇〇七年七月号～十一月号、創文社

〈中国語論文〉

李長之「陶淵明的孤独感及其否定精神」『文学雑誌』二巻十一期、一九四八年
陳寅恪「陶淵明之思想与清談之関係」『古典文学研究資料彙編　陶淵明巻・上編』北京大学・北京師範大学中文系教師同学編、中華書局、一九六二年
王国瓔「陶詩中的歎貧」『人民日報　海外版』一九九三年八月二十日
沈寧生「再論陶淵明的帰隠及其対中国伝統人格的影響」『蘇州大学学報』一九九四年第二期
羅方龍「論陶淵明《飲酒》詩対〝名〟的態度」『柳州師専学報』一九九四年第三期
戴建業「個体存在的本体論—陶淵明飲酒」『複印報刊資料　中国古代、近代文学研究』一九九四年（初出『華中師範大学学報・哲社版』一九九四年第四期）
景蜀慧「陶淵明《擬古》九首新解」『文学遺産』一九九四年第六期
章海生「論陶淵明進入田園詩境界的心理与芸術調整」『九江師専学報』一九九六年第四期
張可礼「陶淵明的文芸思想」『文学遺産』一九九七年第五期
李建中「試論陶詩的人格精神」『複印報刊資料　中国古代、近代文学研究』一九九七年（初出『華南師範大学学報・社科版』一九九七年第六期）
高建新「〝以文為詩〟始於陶淵明」『複印報刊資料　中国古代、近代文学研究』二〇〇二年第十一期（初出『内蒙古大学学報』二〇〇二年第七期）

贅言　陶淵明を酒伴として――あとがきに代えて

思えば長いこと陶淵明とつきあってきたものだ。この詩人の名を初めて知ったのは、中学校で国語の時間に習った「桃花源記《とうかげんき》」だったと思う。中学生のこととてよくはわからなかったが、国語の教師が朗々と読み下しで音読する口調のよさに惹かれ、この作品になんとも不思議な魅力を感じたものであった。その後高校の漢文の授業で、「帰去来《ききょらい》の辞《じ》」や「五柳先生伝《ごりゅうせんせいでん》」、それに陶淵明の代表作を何篇か習い、深い意味もわからぬままに、これを愛唱するようになった。拙老は昔から大の学校嫌い、勉強嫌いの落第生であったが、不思議と漢文漢詩だけは好きだったので、陶淵明に興味をもって、もう少し読んでみたいと思っていたところ、幸い亡父の蔵書の中に「続国訳漢文大成」の一冊『陶淵明集・王右丞集』があったので、それをひっぱり出しては折々読んで楽しんだりした。しかし愛読したのは、せいぜい二十篇かそこらのよく知られた作品ばかりであって、陶淵明を読んだとはとても言えたものではなかった。読んだのは釈《しやく》清潭《せいたん》による訳注本であったが、その読み下し文の口調がよく、それが頭にしみついてしまって、その後他の学者による読み下し文になかなかなじめなかったから、これはマイナスに作用したのかもしれない。

その後大学では、陶淵明にも漢詩にもしばらくご無沙汰が続いた。家からもち出して下宿に置いておいた亡父の続国訳漢文大成版も、金に窮して古本屋に売ってしまった記憶がある。怠け者とはいえ、一応ヨーロッパ文学を専攻していたので、横文字の本を読むのに追われ、また学生運動の盛んな時代でもあったので、マルクス、エンゲルスや、レーニンだのブハーリンだのを読まざるを得ず、一方サルトル、カミュの全盛時代でもあって、そういうものも追いかけねばならぬとあって、陶淵明どころではなかったというのが、実情であった。そんなある日、今から思えばわからないのが当然の悪文で翻訳された社会科学の本を読むのがつくづく厭になり、大学の近くの古書店でバラ売りになっていた岩波書店版の中国詩人選集を、何冊かふと買ってしまったのである。そのうちの一冊が、半解先生こと一海知義先生の『陶淵明』であった。これはその後に買った高橋和巳の『李商隠』とともに、その後拙老の愛読書となった。久しぶりに読む陶詩は新鮮でもあり、心にしみ入るような感動をおぼえたものだ。なによりも、訳注者の一海先生が陶淵明に傾けた情熱が、びんびんと伝わってくるのがわかるような気がして、釈清潭の訳注で読んだ時とは、別の詩人を読むような感があった。無理もない、驚くべきことに、あのお仕事をされたとき、先生はまだ二十代の新進気鋭の少壮学者だったのである。後にそのことを知った拙老は、その学殖の深さと学問の成熟度を思って驚嘆したものだ。同じく外国文学を専攻していたとはいえ、二十代の拙老はやっとよたよたと横文字がたどれる幼稚な雛にすぎなかったからである。そういうわけで、よくわからぬ横文字の本を読むかたわら、一海本の陶淵明に親しむこととなったのだが、その後豹軒鈴木虎雄先生の『陶淵明詩解』を買い求め、これまたその独特の味わいある解釈に惹かれて、愛読することとなった。拙老にとって陶淵明とは、長きにわたって、このお二人の大中国文学者の説かれる陶淵明にほかならなかった。自分ではこの詩人の作品を読んでいるつもりであったが、その実、両先生に作品を読んでいただいているだけであって、いわば紙上での講義を拝聴していたわけである。それでもやはり陶淵明は、わが老後の友であり酒伴であり師でもあった。

拙老は大学院では比較文学などという学問的にはあまり信用されていないものを学んだのだが、学問云々はともかく、広く東西文学に精通した先生方のもとに学び、木村彰一、寺田透両先生を師としたことは、文学というものを広く考える上で得るところが大きかった。またドイツ文学者でありながら、わが国における江戸漢詩研究に先鞭をつけられた文人教授富士川英郎先生の江戸漢詩に関する講筵に連なったことも、その後漢詩に親しむ素地になったかと思う。

不惑にして早くも「東洋回帰」の心兆し、老来横文字屋稼業に倦むようになって以来、漢詩それも中国の詩人達への親炙は一層増して、あれこれの詩人の作を繙くことが多くなったが、やはり陶淵明は特別な存在であった。拙老は陶淵明を研究するつもりは毛頭なかったので、その後出た一海知義先生の世界古典文学全集版の『陶淵明』(興膳宏訳『文心雕龍』と合冊)と鈴木豹軒先生の『陶淵明詩解』を、一読者として酒中酒後に交互に開いて愛読し、独り楽しみ、また時に慰めを得てきた。と同時に、本屋で陶淵明に関する本を見つけると、なんであれつい買ってしまい、病が昂じて、ろくろく解さぬ中国語の研究書まで寓目するとそれにも手を出すというようなまねをしてきたのである。それでなんとなく陶淵明の詩がわかったような気になっていたのだから、愚かなことであった。

そんな拙老に大鉄槌を下したのが、一海先生著すところの『一海知義の漢詩道場』とその続編であった。この二冊の本で、拙老は先生の中国古典詩に関する学殖の深さに改めて驚くと同時に、自分は長らく漢詩を読んできたつもりだったのに、実際には自分の力で読んでいたのではなく、わが国の中国文学者の諸先生に「読んでいただいていた」のにすぎないことを、思い知らされたのであった。そしてこれまで中国の詩について何やらわかったふうなことを言ったことがあるのを、心から愧じざるを得なかった。「とうてい元横文字屋風情の素人が口出しできる分野ではない」と悟ったのだが、その一方で長年一愛読者として親しんできた陶淵明について、せめて「私記」という形によってでも何か書き残しておきたいという不遜な願いも抑えがたいものがあった。しかしながら、一海先生の存在はやはり怖い。畏れ多くて、先生ご存命のかぎりは陶淵明に関する本などとても出せないとの気持ちが強かった。老耄書客となった拙老は「老来事事《ろうらいじじ》 尽《ことごと》く顛狂《てんきょう》」、気力衰損し脳力減退、積年の飲酒が祟って、アタマもだいぶボケてきた。しかるに一海先生は老いてますます御壮健にして、矍鑠として鋭意後進の指導に当たっておられるご様子である。このまま行くと、畏敬する中国古典詩研究の耆宿よりも、拙老のほうに先に「お迎え」が来るのはまず確実と思われる。いやその前に完全にボケてしまう懼れも多分にある。拙老は悩みに悩んだが、長らく教師稼業をしていたせいか、あるときふと、そうだ、レポートを出せばよいのだ、と気がついたのである。一海先生をはじめとする、長年紙上講義を聴かせていただいた中国文学者の諸先生に、出来不出来はともかく、古稀を前にしてレポートを出しておきたいと思ったわけである。そう考えてようやく気も軽くなり、長らく酒伴をつとめていただいたばかりか、老来人生の師と仰ぐかの禹域の詩人についての雑感を、かような一書にまとめてみた次第である。

　本書が世に出るに当たっては、前著『詩林逍遥』『壺中天酔歩』に続いて、またしても大修館編集部の小笠原周氏に一方ならぬお世話になった。ことにも中国語文献の扱いに関しては、中国留学の経験をもつ氏に御教示をあおぐことが多く、また本書の叙述についても、あれこれと貴重な示唆をいただいた。氏の尽力なくしては、本書を世に問うことは難しかったであろう。記してここに厚くお礼を申し上げる。また以前から中国古典詩について、あれこれと御教示を賜ることの多い川合康三京都大学教授にも（そのお礼に先生に「皮日休三《かわひきゅうぞう》」なる渾名を奉ったが）、感謝申し上げる。さらには、以前在日の折、漢詩の体をなさぬ拙老の愚詠に手を入れて指導していただき、このたびは拙老の求めに応じて、中国語の研究論文のコピーを送ってくださった厦門大学教授黄少光博士にも併せてお礼申し上げる次第である。終わりに、愚詠に代えて藤原定家の漢詩の一節を掲げて、贅言の結びとしたい。

六十九年衰暮翁
孟春一月去如夢

二〇一〇年　孟夏　於信州上田蓬廬書屋

老耄書客　枯骨閑人　識

[著者紹介]

沓掛良彦（くつかけ　よしひこ）

狂詩・戯文作者。戯号　枯骨閑人（ここつ　かんじん）

1941 年生まれ。早稲田大学露文科卒業。東京大学大学院博士課程修了。

文学博士。現在、中国・福州大学客員教授。

著書『讃酒詩話』（岩波書店）
　　『文酒閑話』（平凡社）
　　『壺中天酔歩―中国の飲酒詩を読む』（大修館書店）
　　『詩林逍遥―枯骨閑人東西詩話』（大修館書店）
　　『大田南畝』（ミネルヴァ書房）
　　『和泉式部幻想』（岩波書店）
　　ほかにギリシア・ラテン文学、フランス文学に関する著訳書多数。

陶淵明私記《とうえんめいしき》――詩酒《ししゅ》の世界《せかい》逍遥《しょうよう》

NDC921／xii, 312p／20cm

初版第 1 刷――2010 年 11 月 10 日

著者――沓掛良彦《くつかけよしひこ》
発行者――鈴木一行
発行所――株式会社大修館書店
〒 101-8466 東京都千代田区神田錦町 3-24
電話　03-3295-6231（販売部）03-3294-2353（編集部）
振替　00190-7-40504
[出版情報] http://www.taishukan.co.jp

装丁者――山崎　登
印刷所――三松堂印刷
製本所――ブロケード

ISBN978-4-469-23263-9　Printed in Japan

◆沓掛良彦の本

詩林逍遥　枯骨閑人東西詩話

陶淵明・和泉式部・サッフォー……漢詩・和歌からギリシア・ラテンの古典詩まで、詩人たちが言葉に托した魂の軌跡を描き出す。詩酒徒・枯骨閑人先生が自由自在に駆けめぐる、東西の古典詩の世界。

四六判・三〇六頁　本体二四〇〇円

壺中天酔歩　中国の飲酒詩を読む

陶淵明・李白・杜甫……詩と酒、詩人と酒は切っても切れない縁にある。『詩経』から清末・民国期の作品まで、「詩酒合一」の境地を示す中国の飲酒詩の数々を、時空を超えて逍遥する、練達の古典詩エッセイ。

四六判・三〇六頁　本体二四〇〇円

大修館書店　定価＝本体＋税５％（二〇一〇年一一月現在）